Pia Guttenson

Vom Umtausch ausgeschlossen. Mann im Kilt

Das Werk einschließlich aller Abbildungen ist urheberrechtlich geschützt. Jede Verwertung außerhalb der Grenzen des Urheberrechtschutzgesetzes ist ohne Zustimmung der Autorin unzulässig und strafbar.

Handlung und Namen dieser Geschichte sind frei erfunden. Namensgleichheiten und andere Ähnlichkeiten mit lebenden oder verstorbenen Personen sind zufällig und stellen keine Diffamierung oder Beschuldigung dar.

Copyright © 2016 Pia Guttenson

Cover Design: Basil Wolfrhine

Alle Rechte vorbehalten.

Herstellung und Verlag: BoD – Books on Demand, Norderstedt

ISBN 978-3-7392-4411-2

Pia Guttenson
Silvanerweg 17
74376 Gemmrigheim

Für
Meine Lassies & Laddies
von
Outlander Deutschland & Outlander Germany
und meine
Lieblings Schwaben Schaben Sassenachs.
Ohne Euch gäbe es dieses Buch nicht!

1 Eine Vernissage mit Besenkammer

Deutschland

Noch immer konnte Louise ihr Glück kaum fassen. Nicht genug, dass ihr Schotte sein letztes Geld in ein Flugticket nach Deutschland gesteckt hatte. Nein. Alasdair Munro hatte sie auf der Vernissage aufgesucht, bekleidet mit seinem besten Kilt und einer Lederjacke. Sie wusste, wie viel Überwindung es Al gekostet hatte, diesen Schritt zu wagen. Äußerlich ließ er sich seine Nervosität nicht anmerken, doch seine Hand, in der die ihre wie selbstverständlich ruhte, fühlte sich kalt und feucht an. Die Gelassenheit, mit der er die Blicke der Gäste erwiderte, war gespielt, ebenso wie das Lächeln um seine Mundwinkel und die höflichen Floskeln, mit denen er die Kommentare der Gäste bedachte. Unbändiger Stolz wallte in ihr empor und das Rot auf ihren Wangen kam definitiv nicht vom Champagner, wenngleich es mit dem Rotton, den Alexanders Gesicht angenommen hatte, nicht konkurrieren konnte. Alexander schien nicht den geringsten Gefallen daran zu finden, nicht mehr der Mittelpunkt der Klatsch- und Tratschpresse zu sein.

Alasdair schob sich, das Glas Champagner unruhig in der Hand drehend, zwischen den Fall-Tod-um-Blick ihres noch-Ehemanns und sie. Seitdem sich die Presse mit Kameras inklusive Blitzlichtgewitter, auf sie gestürzt hatte, verhielt Alexander sich noch idiotischer als sonst. Zum ersten Mal in ihrem Leben fragte sie sich, was sie eigentlich an Alexander so anziehend gefunden hatte. Irgendetwas musste es doch gewesen sein, schließlich hatte sie ihn geheiratet und ihre Ehe hatte immerhin 22 Jahre gehalten. Jetzt gerade sah ihr

Noch - Ehemann sie mit verkniffenem Gesichtsausdruck an. Als ob sie diesen Rummel um ihre Person gewollt hätte.

»Hätte ich Boxhandschuhe mitnehmen sollen, mo cridhe?«, raunte Alasdair, dem Alexanders Blick keineswegs entgangen war. Seine Lippen an ihrem Haarschopf zauberten dabei eine Gänsehaut auf ihren gesamten Körper. Das Leder seiner schwarzen Jacke fühlte sich angenehm kühl unter ihren heißen Wangen an. Alasdairs Aufmachung sah verboten sexy aus, was nicht nur ihr aufgefallen war. Ob er wusste, was er bei so mancher Frau auf der Vernissage anrichtete? Ein Wunder, das es noch keine ohnmächtigen Damen gegeben hatte.

»Gestatten sie uns noch eine Frage, Frau Schulzinger? Werden Sie und Ihr Schotte heiraten?«

Louise zuckte ertappt zusammen. »Was? Äh ... wie bitte?« Alasdairs Wirkung auf die Frauenwelt hatte selbst sie alles um sich herum vergessen lassen. Lou war in den Tiefen seiner frech blickenden Augen nahezu ertrunken. Abgelenkt, wie sie gewesen war, hatte sie die grauhaarige Dame des Albkuriers für Sekunden völlig ignoriert. Diese nutzte die Gunst sofort und wandte sich mit ihren Fragen bereits in holperigem Englisch an Alasdair. Verzweifelt versuchte Lou sich vom Anblick der belustigt erhobenen Mundwinkel, samt dem verwegen wirkenden Dreitagebart ihres Schotten loszureißen.

O Mann, du brauchst einen Waffenschein, flüsterten ihre Gedanken. Sie hatte den Mund bereits zu einer Antwort geöffnet, doch ihr Schotte kam ihr zuvor. Jedes Wort betonend, die Rs absichtlich stark rollend, erklärte er der Dame, dass sie heiraten würden, sobald Louises Scheidung von Alexander durch war. Ohne mit den langen dichten Wimpern zu zucken, erklärte er der Pressedame haarklein alle Details ihrer Hochzeit, beschrieb in blumigen Bildern die

Dorfkirche und den Traktor, mit dem sie zu dieser fahren würden. Mit verzückten Gesichtszügen und vor Sensationslust glänzenden Augen kratzte der Bleistift der Frau im Eiltempo über den kleinen Block, den sie bei sich trug. Es gelang Lou nicht, wenigstens irgendetwas Brauchbares von sich zu gegeben. Stumm und starr, als wäre sie lediglich Beiwerk stand sie neben dem Mann an ihrer Seite.

Hallo! Hallo, Erde an Munro. Hast du noch alle Tassen im Schrank? Wie kannst du behaupten, wir heiraten? Du hast mich noch nicht mal gefragt!, protestierte sie in Gedanken, während sie bereits Pläne schmiedete, wie sie ihm das heimzahlen würde. Als das einseitige Interview endlich beendet war, bat Alasdair die Pressetussi mit einem charmanten Lächeln, sie beide zu entschuldigen. Unter den Ahs und Ohs der Gäste sowie einem erneuten Blitzlichtgewitter der Kameras, erstickte er ihren beginnenden Protestschrei mit einem schwindelig machenden Kuss. Ihren wackeligen Beinen zum Trotz zog er sie im Anschluss hinter sich her, als ginge es um Leben oder Tod. Lou wurde zur nächst besten Tür gezerrt, ohne zu wissen, wohin diese führte.

Unglücklicherweise war es nichts anderes als die Besenkammer. Warum kam ihr auf einmal Boris Becker in den Sinn?

»Aye. Nicht gerade das Scotsman Hotel, aber ich brauchte einfach eine Pause von alldem da drin«, entschuldigte Alasdair sein Verhalten, wobei er beiläufig das volle Champagnerglas in eines der Regale stellte.

»Ah … eine Pause …« murmelte Lou, in deren Inneren noch immer das reinste Gefühlschaos herrschte. Sie warf einen fragenden Blick auf das volle Glas ihres Schotten.

»Champagner ist nicht so mein Ding«, deutete er ihren Blick richtig und nahm ihr ungefragt ihr eigenes Glas aus der Hand um es zum anderen zu stellen.

»Aber … aber heiraten ist dein Ding?« Mühevoll versuchte Lou, das Zittern ihrer Stimme zu überspielen. Es misslang. Im flackernden Licht der Neonröhre an der Decke, die vermutlich demnächst den Geist aufgeben würde, war das breite Grinsen im Gesicht des Mannes, dem sie scheinbar total verfallen war, bis ins kleinste Detail zu erkennen.

Nervös gruben sich ihre Zähne in die Unterlippe. Langsam bewegte er sich auf sie zu. Warum musste sie plötzlich an ein Raubtier denken?

»Ist es nicht das, was sich eine Frau wünscht, Lass? Heiraten?« Das tiefe Timbre seiner Stimme ließ ihren Körper vor Erregung vibrieren. Das Blau seiner Augen schien sich verdunkelt zu haben. Gefährlich und geheimnisvoll wie die tiefsten Stellen des Loch Ness. Lou schluckte trocken. Ihre Augen huschten unstet über das ganze Arsenal an Putzmittel in den Regalen. Nicht in der Besenkammer. Nicht mit so vielen Menschen vor der Tür. Denk an das, was Boris Becker passiert ist. Sieh ihn einfach nicht an, dann merkt er nicht, wie sehr er dich gerade unter Strom setzt … komm schon, Lou, denk an etwas anderes. Du kannst das.

Ach da ist das Lösungsmittel für die Pinsel, das ich vor Kurzem gesucht habe, versuchte sie sich abzulenken. Dabei wusste sie bereits, dass sie gegen ihre Gefühle keine Chance hatte. Wenn sie es recht bedachte, war es von ihrer ersten Begegnung an da gewesen, diese gar übermächtige Anziehungskraft. Fast als wären sie wie magnetische Pole, die sich anzogen. Oder wie Ying und Yang. Jede Faser ihres Seins sehnte sich nach ihm. Hatte ihn vermisst. Sie wurde schwach. Verflucht!

Sein muskulöser Körper hatte den ihren erreicht. Ohne zu zögern, drängte er sie damit Richtung Tür, bis sie das harte Holz hinter ihrem Rücken spürte.

Ladd, du brauchst selbst für diesen Blick einen Waffenschein! »Du ... du hast mir keinen ... also keinen Antrag gemacht«, krächzte sie.

Alasdairs Augenbrauen schoben sich in die Höhe. »Oh ... nun aye, ich dachte, das vorher war so eine Art Antrag«, sagte er, während sich seine Finger wie zufällig dem Ausschnitt ihres Kleides näherten.

»Tatsächlich? Also ich ... vielleicht möchte ich gar nicht wieder ...«

»Ganz schön gewagt dieses Kleid«, unterbrach er sie völlig ungerührt. Seine Finger wurden zunehmend mutiger, zumal die Spitzen ihrer Brüste sich verräterisch sichtbar gegen den dünnen Stoff ihres Kleides drückten.

»Das ist nicht fair!«, stieß sie aus, versuchte dabei, seine Finger festzuhalten. Es gelang ihr nicht. In Sekundenschnelle waren es ihre eigenen Hände, die ihr Schotte locker mit einer Hand über ihrem Kopf in Schach hielt. »Gib einfach auf, Lass. Hast du mich nicht vermisst?«

»Also ... also ich ... das tut doch gar nichts zur Sache. Weich mir nicht aus, du ...«

»Sturer Kerl. Schotte.«

»Das ... es ist nicht lustig, Al. Du hast dieser, dieser ...«

»Grauen Eminenz«, half er ihr weiter.

»Egal. Du hast ihr verflucht noch mal gesagt, dass wir HEIRATEN!«, knurrte sie und erschrak dabei selbst über den finsteren Ton in ihrer Stimme.

»Natürlich heiraten wir. Außerdem wollte ich mich auch nicht von einer Frau aushalten lassen, Lass. Quid pro quo!«, erklang es rau aus ihrem Ausschnitt, in dem soeben seine Lippen liebkosend am Werk waren.

»Vielleicht will ich aber nicht! Vielleicht möchte ich nie, niemals wieder heiraten«, protestierte sie rebellisch.

Einen Moment lang hielt Alasdair inne. Sein Gesicht kam wieder zum Vorschein. Stumm betrachtete er sie, bevor seine Hand entschlossen und provokativ ihr Kleid in die Höhe schob. Und was machst du jetzt, stand, wenngleich unsichtbar, in großen Lettern in sein Gesicht geschrieben. »Außerdem ... also das ... Schulden kann man doch nicht mit ... mit ... heiraten vergleichen!«

Alle ihre Widerworte ebenso wie ihre Gedanken verflüchtigten sich binnen Sekunden. Alasdairs gierige Lippen hatten ihre feuchte Mitte erreicht. Jetzt kniete er auf dem schmutzigen Teppichboden, den Kopf unter ihrem Kleid.

»Da sind wichtige ... Leute ... die gesehen haben, dass ... also, dass wir ... Oh Gott ...«

»Al, reicht völlig, Lass. Wir wollen doch nicht übertreiben. Wenn du deinen süßen kleinen Mund halten würdest, fallen wir sicherlich gar nicht weiter auf!«

Bloß gestellt. Erneut und in aller Öffentlichkeit bloß gestellt. Was hatte sich Louise nur dabei gedacht? Hatte dieser fürchterliche schottische Bauer ihr den Verstand geraubt? War es nicht nobel von ihm, die Vernissage seiner Frau zu besuchen? Schließlich hatte Alexander seiner untreuen Ehefrau sogar die Presse ins Haus gebracht. Und was war der Dank für seine Geste? Vor allen Gästen hatte sie sich diesem Kerl an den Hals geworfen. Wie verfluchte Teenager hatten die beiden geknutscht.

Konstanze hing schwer an seinem linken Arm, säuselte beständig in sein Ohr. Sah Konstanze nicht, was ihm angetan wurde? Musste sie ihn jetzt ebenfalls blamieren?

Bebend vor Zorn leerte Alexander den teuren Champagner in einem einzigen Zug. Wie konnte Louise ihn gegen einen Schotten eintauschen? War der Kerl überhaupt schon dreißig? Er sah aus wie ein John Travolta für Arme, in seinem Kilt mit dieser absurden Lederjacke.

»Was regst du dich den so auf, Alex - Schatz. Du hast doch mich. Vergiss doch dein prüdes Hausweibchen. Amüsiere dich Liebling. Ich wüsste etwas, um dich ein bisschen aufzulockern ...«, versuchte Konstanze ihn mit klimpernden Wimpern abzulenken.

»Ach halt doch die Klappe, Konstanze. Du bist betrunken«, zischte er, ihre Hände festhaltend, die sich Tentakeln gleich, in seinen Hosenbund schoben. Das hatte er nun davon, sich ausgerechnet mit einer wie Konstanze eingelassen zu haben. Ich könnte mich ohrfeigen für so viel Blödheit!

Wie sie schon wieder aussah mit diesen grell rot geschminkten Lippen, die jäh einen Schmollmund bildeten.

»Lass das sein, bitte. Nicht hier in aller Öffentlichkeit«, tadelte er sie ungehalten, schnippte währenddessen jedoch bereits mit erhobenen Fingern nach dem Kellner. »Na endlich. Ich dachte schon, Sie sind auf dem Weg hierher eingeschlafen!«, raunzte er den jungen Mann an und riss ihm das neue Glas Champagner regelrecht vom Tablett. Konstanze war nicht mehr als ein billiges Flittchen. Alexander hatte einen großen Fehler gemacht. Aber Louise und ihr schottischer Bauer würden schnell feststellen, dass man mit einem Schulzinger nicht so umspringen konnte. Er würde ihnen das Leben zur Hölle machen. Schließlich hatte er Beziehungen. Beziehungen in den Höchsten, ja den besten Kreisen. Louise würde auf Knien zu ihm zurückkriechen. Gott, er würde sie um Vergebung winseln lassen wie einen Köter. Sein finsterer Blick bohrte sich ins

Holz der Tür, durch welche die beiden Turteltauben verschwunden waren. Er ließ sie nicht mehr aus dem Auge. Wo führte diese Tür überhaupt hin?

Im selben Moment, in dem Konstanze sich auf den Weg zur Toilette machte, öffnete sich die Tür und der Schotte schlenderte fröhlich pfeifend in die gleiche Richtung wie Konstanze davon. Sekunden später erschien Louise. Seine Louise. Die freie Hand zur Faust geballt konnte er kaum fassen, wie sie aussah. Er nahm das verrutschte Kleid, das sie hastig glatt strich, ebenso wahr, wie das erhitzte Rot auf ihren Wangen oder die Haarsträhnen, die aus ihrer Frisur entkommen waren. Die beiden hatten doch nicht etwa …?

Das leise Knacken des Champagnerglasstieles klang wie ein schlechtes Omen in seinen Ohren. Unter Aufbringung aller Kraft zwang er sich zur Contenance.

Ihre Blicke trafen sich. Louise wich ihm nicht aus. Im Gegenteil. Aufsässig, gar provokativ, hob sie das Kinn. Alexander bildete sich ein, Trotz in ihren Augen lesen zu können. Dieses elende Miststück. Bevor er wusste, was er überhaupt tat, war er auf sie zugeschossen, drängte sie in das leere Ende des Korridors ab.

»Was bildest du dir ein, Louise. Willst du meinen guten Ruf ruinieren, indem du auf deiner eigenen Vernissage die Beine breitmachst, für diesen … diesen schottischen Bauern?«

Sie zuckte ertappt zusammen. Für einen winzigen Moment konnte er in ihren Augen erkennen, dass er mit seinem Verdacht ins Schwarze getroffen hatte. Zitternd bis ins Mark, das Gesicht krebsrot vor Jähzorn, öffnete er den Krawattenknoten.

»Erstens brauchst du mich nicht anzuknurren. Zweitens sind wir getrennt und drittens geht dich mein Privatleben nichts mehr an«, entgegnete Louise kalt. Das Lächeln, das dabei um ihre Mundwinkel lag, ließ ihm fast augenblicklich die Sicherungen durchbrennen. Resoluter als er es ihr je zugetraut hätte, versuchte sie, an ihm vorbei zu gelangen. Doch er war schneller, vereitelte ihre Flucht. Statt Hand an sie zu legen, und er war wirklich kurz davor, versuchte er es zähneknirschend auf charmante, großmütige Art. »Du solltest dringen zu deinem Psychiater, Louise, Liebes. Noch kannst du zurückkommen. Ich verzeihe dir. Lass uns diese ganze Farce einfach vergessen. Ich bitte dich, komm zur Vernunft. Du brauchst doch keinen dahergelaufenen Bauern, Liebling!«

Ihr Gesicht nahm eine unschöne feuerrote Farbe an. Sie schlug seine Hand weg, mit der er in einem Anflug von Sentimentalität, eine Haarsträhne aus ihrem Gesicht hatte streichen wollen.

»Nimm deine Finger von mir!«, stieß sie aus.

Verflucht. Er hatte ganz vergessen, wie schön Louise aussehen konnte, wenn sie so voller Wut war.

»Ich werde nicht zu dir zurückkommen, Alexander. Es ist vorbei. Unsere Ehe ist bereits Vergangenheit. Ich verstehe nicht, wieso ein intelligenter Geschäftsmann wie du, nicht akzeptieren kann, dass er verloren hat. Meine Zukunft ist bei Alasdair, den ich im Übrigen liebe. Jetzt geh mir aus dem Weg, bevor du uns beide noch mehr blamierst, als du es in Schottland bereits getan hast!«

Mit enormer Kraft stieß sie ihn weg. Es gelang ihm dennoch, den Ärmel ihres Kleides zu erwischen. Der Stoff ächzte unter seinen Fingern, war kurz davor zu zerreißen. Vor Zorn bebend, blieb Louise stehen. Dummerweise tauchte jäh der elende Schotte am anderen Ende des Korridors in ihrem Blickfeld auf. Alexander bildete sich ein, zu sehen, wie sich die Augen des Kerls verdunkelten.

Nimm sofort deine Hände von meiner Frau oder ich erwürge dich mit bloßen Händen, schien der Körperausdruck, samt den diabolisch funkelnden Augen zu sagen. Dass der Mistkerl einen ziemlich guten rechten Haken besaß, hatte er bereits schmerzvoll feststellen müssen. Auch jetzt sah der Mann nicht aus, als wäre er gewillt, viel Federlesen zu machen. Er hatte bereits die Hände zu Fäusten geballt.

»Ich mache dir und deinem Röckchen tragenden Schotten das Leben zur Hölle. Die Scheidung kannst du vergessen!«, zischte er drohend in Louises Ohr, genoss wie sein Speichel, auf ihrer Wange landete und sie unter seinen Worten zusammenzuckte. Er weidete sich an ihrer spürbareren Angst, die sein Herz regelrecht jubilieren ließ. Jetzt erst öffnete er seine Finger, die sich unbarmherzig in den Stoff ihres Kleides gekrallt hatten, und gab sie frei. Louise rannte los. Jeder Schritt, das Wehen ihres weit schwingenden Kleides, all das war wie Balsam. Flüchte dich nur in die Arme deines Röckchen tragenden Helden. Du wirst schon sehen, was du davon hast, du Flittchen! Mordlust breitete sich in seinem Inneren aus wie Säure. Alexander ließ zu, dass ihn der Zorn in seinem Inneren übermannte. Sekunden später knallte das Champagnerglas mit voller Wucht gegen die Wand, wo es unbeachtet von allen, in einem Hagel aus Splittern zu Boden fiel.

Lou konnte erst wieder atmen, als Alasdairs Arme sich um sie schlossen wie ein schützender Kokon. Das Herz ihres Schotten pochte wild unter ihrem Ohr. Sie brauchte ihn gar nicht erst anzusehen, um zu wissen, dass sein Blick ihren Noch-Ehemann geradezu durchbohrte. Einen Lidschlag lang schloss sie die Augen, um nicht etwa in Tränen auszubrechen. Wann war aus Alexander dieser ekelhafte Kerl geworden? War es denn so viel verlangt, einfach wieder glücklich sein zu wollen?

Was bildete sich dieser Mann eigentlich ein? Sie musste sich verhört haben. Alexander glaubte doch nicht wirklich, ihre Ehe retten zu können, indem er Drohungen und Beschimpfungen aussprach. Hatte er wirklich gesagt: ‚Noch kannst du zurückkommen. Ich verzeihe dir. Lass uns diese ganze Farce einfach vergessen?' Sie musste das wirklich geträumt haben. Anders konnte es nicht sein.

Schon alleine wegen ihrer Söhne sollten sie doch beide vernünftig miteinander umgehen können. Er nahm sie zurück? Er - sie? Wie gönnerhaft. Was wurde dann mit Konstanze? War sie nur ein Mittel zum Zweck für ihn oder einfach billiger Ersatz? Das geht dich nichts an, Lou. Warum verschwendest du überhaupt einen einzigen Gedanken an die beiden?, rügten sie sich in Gedanken.

»Wenn du willst, prügle ich ihm jeden seiner teuren, perfekten Zähne aus dem Mund. Du musst es mir nur erlauben, Lass.« Alasdairs tiefer Bariton an ihrem Ohr zauberte ihr ungewollt ein kleines Lächeln ins Gesicht. Es schien, als wisse er immer das Richtige zu sagen, um sie zu beruhigen. Entschlossen griff sie nach seiner geballten Faust, öffnete diese, um sie an ihre Lippen zu führen. Zärtlich küsste sie die Handinnenfläche. »Heute nicht mein Held. Die Genugtuung geben wir Alexander nicht.« Aufmerksamkeit war das Allerletzte, was er verdient hatte.

Geraume Zeit später verließen sie Hand in Hand und ohne weitere Vorkommnisse die Vernissage. Die wenigen Wochen, die sie bereits zurück in Deutschland war, hatte sie damit verbracht, ihr Hab und Gut zusammenzupacken. Mit Christophs Hilfe war alles Weitere für die Scheidung in die Wege geleitet worden. Das Gute an ihrem Künstler - Dasein war, dass sie ihr eigener Chef war. Bereits am Tag ihrer Rückkehr nach Deutschland hatte sie das winzige Gästezimmer in Debbies und Christophs Haus bezogen. Die wenigen Dinge, die sie mitgenommen hatte, konnte sie dort locker unterbringen. Ihre beiden besten Freunde taten alles, was in ihrer Macht stand, um ihr die Situation einfacher zu machen. Christoph als ihr Anwalt hatte Alexander sehr direkt in die Schranken gewiesen. Tatsächlich ließ dieser sie im Anschluss überraschend schnell in Ruhe. Wie trügerisch dieser Umstand war, hatte sie nun wieder einmal live erleben dürfen. Selbstverständlich traf ihn keinerlei Schuld am Untergang ihrer Ehe. Oh nein. Schuld war alleine ihre Midlife-Crisis.

Müde schmiegte sie sich näher an Alasdair, der interessiert aus dem Fenster des Taxis sah. Schade, dass er in der Nacht nicht sonderlich viel von der schwäbischen Alb zu sehen bekam.

»Du bist dir sicher, dass deine Freundin und ihr Mann nichts dagegen haben, wenn ich über Nacht bei dir bleibe?«, wisperte er kaum hörbar, einen Kuss auf ihren Scheitel hauchend.

»Sie freuen sich ebenso auf dich, wie ich es getan habe.« Das Debbie mit einen völlig hysterischen: Oh mein Gott. Ich weiß gar nicht, was so ein Schotte zum Frühstück habe will. Himmel. Ich habe keine Ahnung wie man diesen Frühstücksbrei, Porridge heißt er glaube ich, kocht?, reagiert hatte, verschwieg sie ihrem Schotten wohlweißlich. Als sie einige Zeit später den Schlüssel ins Schloss des kleinen Einfamilienhauses steckte, kam sie sich fast wie ein Teenie vor. Es war nicht alleine die Aufregung oder der Umstand mit dem Mann ihrer Träume alleine zu sein, vielmehr fühlte Lou sich auf seltsame Weise verletzbar, so als offenbarte sie ihrem Schotten ihr letztes Geheimnis. Mitten auf der Stufe zum Kellergeschoss, in dem das kleine Gästezimmer lag, blieb sie, unschlüssig den Schlüssel in den Fingern hin und her drehend, stehen.

»Es ... also es ist auch nicht das Scotsman und ... also falls du lieber in ein Hotel ...«

Sein warmes Lächeln ließ sie augenblicklich jedes weitere Wort vergessen. »Lou, ich würde mit dir im Park auf einer Bank übernachten, wenn es sein müsste. Weißt du das denn nicht? Ich dachte, das wäre dir klar geworden, nachdem ich völlig planlos ohne großes Gepäck einfach auf deiner Vernissage aufgekreuzt bin.«

Erleichtert erwiderte sie sein Lächeln, griff nach seiner Hand, aus dem kindlichen Bedürfnis heraus ihn hinter sich zu wissen. Mit Alasdair, der ihren Rücken stärkte, fühlte sie sich irgendwie sicher. So seltsam sich das auch anhören mochte. Es kam ihr fast ein bisschen vor, als hätte sie ihren eigenen Bodyguard.

Die bescheidene Bleibe bestand aus Bergen voller Umzugskisten, welche die eine Wand des Zimmers komplett einnahmen. Es gab einen Schreibtisch, auf dem ebenfalls das reinste Chaos herrschte, einen restlos überfüllten Kleiderschrank und auf dem ungemachten Bett mit der kitschigen Marienkäfer-Bettwäsche, hatte Alasdair bereits Platz genommen. Interessiert sah er sich um. Dabei wirkte es, als ob er genau dort, auf ihr Bett, hingehörte. Bevor sie es hätte verhindern können, zog er an einem Stückchen Karostoff, der unter dem Deckenberg herauslugte. »Was haben wir denn da?«, fragte er ohne eine Antwort zu erwarten, da er sich diese just selber gab. »Eines meiner Flanellhemden. Ach, so ist das also. Erst mein ACDC-T-Shirt, jetzt mein Hemd. Du scheinst eine ganz schön diebische Elster zu sein, Bonnie Lass.«

»Erwischt«, kicherte sie leise, während sie insgeheim den Champagner verfluchte, der ihr nun doch ziemlich in den Kopf stieg. Einladend klopfte der Schotte neben sich auf die Matratze. Plötzlich fühlte sie sich seltsam befangen, gar auf eine seltsame Art verunsichert. Himmel, erneut fühlte sie sich wie ein verliebter Teen, nicht wie eine Frau mit 40 Jahren, die soeben dabei war ihr ganzes bisheriges Leben umzukrempeln. Alasdair schien ihre Unsicherheit zu spüren, was sie nicht weiter wunderte. Der Mann mit den markanten Gesichtszügen verfügte, ganz im Gegensatz zu seiner überaus männlichen Art, über sehr feine Antennen. Zumindest, was ihre Gefühle anbelangte. Seit sie ihn kannte, hatte er das immer wieder bewiesen. In manchen Momenten, wie in diesem, wenn er die Hand nach ihr ausstreckte, schien er sie tatsächlich besser zu kennen, als sie sich selbst. Entschlossen griff sie erneut nach seiner großen Hand, in der ihre schmalen Finger fast komplett verschwanden, ließ zu, dass er sie neben sich auf das Bett zog.

»Du hast mir einen riesigen Schrecken eingejagt, als du so plötzlich weg warst, Lou.« Seine Finger strichen sanft eine ihrer Haarsträhnen aus der Stirn. Seine verboten blauen Augen betrachteten sie mit einer Intensität, die sie fast das Atmen vergessen ließ.

»Ich dachte, du hättest verstanden, was ich dir versucht habe, zu sagen ... also, dass ich zurückkomme«, murmelte sie kleinlaut.

»Nein! Nein das hab ich nicht. Ich bin nicht gerade gut darin, zwischen den Zeilen zu lesen oder fehlende Wörter zu erraten. Ich bin nämlich ein Mann, falls dir das entgangen sein sollte, Lass. Für uns Männer werdet ihr Frauen immer ein großes Rätsel bleiben. Nachdem du weg warst, habe ich mich in den ersten Wochen wie ein geprügelter Hund gefühlt. Ständig habe ich mich betrunken, konnte an nichts mehr anderes denken, als an dich.«

»Das war nicht meine Absicht, Al. Es ... es tut mir leid«, bekannte sie schlicht.

»Aye, das will ich doch hoffen, mo cridhe. Ich bin unendlich erleichtert gewesen, als ich in das Cottage gekommen bin und all deine Nachrichten gefunden habe. Nachrichten, die ich nicht erst entschlüsseln musste. Was hast du dir nur dabei gedacht, Lou?«

Sie zuckte unter seinem Vorwurf geknickt mit den Schultern. Nun, was hatte sie sich gedacht? Wenn sie ehrlich war, wusste sie es nicht. »Ich konnte doch nicht ahnen, dass ... es tut mir wirklich so schrecklich leid. Falls es dich irgendwie befriedigt, du hast es mir unwissentlich heimgezahlt. Ich ... ich dachte wirklich ich müsse sterben, aus Angst, dass du das mit uns nicht ernst gemeint hast. Du hast dich so lange nicht gemeldet. Wochenlang keine einzige Nachricht von dir zu erhalten, war einfach fürchterlich.« Lou konnte sehen, wie Al mit sich rang. »Aye. Wir haben beide gewaltige Fehler gemacht. Das lässt sich wohl nicht leugnen«, gab er unumwunden zu. Seine Worte sorgten dafür, dass der Schwarm Schmetterlinge in ihrem Magen einmal mehr wie wild zu flattern begann und sich behagliche Wärme in ihrem Inneren ausbreitete. Er betrachtete sie versonnen, während seine Hand die ihre zärtlich streichelte. Tief einatmend hob Lou zu einer erneuten Erklärung an, doch Alasdair war schneller. »Allerdings werden wir einiges klarstellen müssen, Lou!«

Alarmiert zuckte sie zusammen.

»Aye. Du hast mich schon verstanden, Mistress Unschuld. Ich habe zufälligerweise auch meinen Stolz. Das ist so ziemlich das Einzige, was von mir heil geblieben ist, nach Felicitas. Ganz sicher werde ich mich nicht von dir aushalten lassen. Ich sehe zwar ein, dass es mit meinen Schulden nicht anders zu lösen war und natürlich bin ich dir dankbar. Was ich aber keinesfalls bin, ist begeistert ...«

»Aber ...«

»Nein. Kein wenn oder aber! Ich werde das mit dem Tilgen meiner Schulden erstmal so schlucken. Im Gegenzug wirst du das mit dem Heiraten überdenken müssen!«

»Aber ... aber das ist ja die reinste Erpressung!«, protestierte sie schwach.

»Vielleicht. Vielleicht auch nicht. Ich bin kein Mann für eine Liebe auf Distanz, Lou. Und ich habe mir geschworen, keine halben Sachen mehr zu machen. Wenn ich erneut eine Frau in mein Leben, in mein kaputtes Herz lasse, dann muss ich sicher gehen. Verstehst du? Ich muss wissen, dass du bleibst. Dass du bei mir bleibst, egal was kommt. Kein gekränktes Davonlaufen, Lou! Ehrlichkeit. Ehrlichkeit von uns beiden«, sagte er ernst, den Blick gesenkt, fast als hätte er Angst vor dem, was er in ihrem Gesicht sehen könnte. »Ich ... Ich glaube nämlich nicht, dass ich ein zweites kaputtes Herz verkraften würde. Und ich muss an Grace denken.« Sein Bekenntnis trieb ihr Tränen der Scham in die Augen. »Dann sind wir ja schon zu zweit«, flüsterte sie mit belegter Stimme und zog ihren Schotten fest in ihre Arme.

2 Bombenstimmung

Schottland, mehrere Wochen später

»Jetzt hör endlich auf mit dem Gezappel. Man könnte meinen, du bist ein Dreijähriger, Alasdair. Außerdem kann ich mir nicht vorstellen, dass eine Frau wie Louise begeistert sein wird, wenn sie einen Aschenbecher küsst!«

Cormacks Mahnung war berechtigt. Lou mochte es nicht, wenn er rauchte. Dennoch war er so nervös, dass er nicht am Zigarettenautomaten vorbei gekommen war, ohne eine Packung Kippen zu ziehen. Heute war er endlich da, der Tag, den er so heiß ersehnt hatte. Der Tag, an dem Lou zurück nach Schottland, zurück zu ihm kam. Einige ihrer Habseligkeiten waren bereits eine Woche zuvor angekommen. Seine Bonnie Lass hatte keine Ahnung, wie ihn jeder einzelne dieser Umzugskartons beruhigt hatte. Schließlich bestätigten sie ihm, dass Lou sich für ihn entschieden hatte. Sie hatte es sich nicht plötzlich anders überlegte. Wider Erwarten hatte er ihr Herz erobert. Die Frau, die das Aussehen eines Topmodels hatte. Das hübsche weibliche Wesen, von dem ihn eineinhalb Stunden Flug trennten, hatte ihn, den Schotten mit finanziellen Problemen ihrem reichen Ehegatten vorgezogen. Trotz der Sorgen um ihre fast erwachsenen Söhne, obwohl sich die Reichen und Schönen die Mäuler über Lous neue Beziehung zerrissen, kam sie zu ihm zurück. Er hatte sogar ein Foto von ihnen beiden, in einer deutschen Zeitschrift der Klatschpresse entdeckt. Wenn das nicht Liebe war, dann wusste er gar nichts mehr! Cormack war mit ihm und dem Ausflugsbus hergefahren, um die Umzugskartons, die Lou noch mitbrachte, einzuladen. Vermutlich hatte sein Freund aber auch gespürt, dass er jede Unterstützung brauchen konnte, die zu bekommen war. Seit Tagen lagen seine Nerven blank. Alasdair konnte sich nichts Schöneres vorstellen, als den Rest seines Lebens mit Lou zu verbringen. Dennoch verging keine Stunde, in der er nicht von Verlustängsten gequält wurde. Was, wenn Lou seiner überdrüssig wurde? Sie war eine Deutsche. Würden ihr ihre Heimat, die Sprache und die Gepflogenheiten nicht fehlen? Vor allem aber war sie eine liebende Mutter, der ihre Söhne alles bedeuteten. Doch ihre Söhne blieben in Deutschland. Konnte das gut gehen?

Die Nacht nach der Vernissage in einem winzigen Bett, umgeben von einer ganzen Armada aus Umzugskisten nahm in seiner Erinnerung Gestalt an. Sie hatten sich fast die ganze Nacht mit ernsthaften Gesprächen um die Ohren geschlagen und bald herausgefunden, dass es für sie beide nur ein ganz oder gar nicht gab. Auch der Kinder wegen.

»Glaubst du, es wird einfacher, wenn ich beständig hin und her pendle? Weder deiner Tochter noch meinen Söhnen wäre damit geholfen. Ich bin ehrlich, Al. Eine Wochenendbeziehung ist für mich auch keine Option,« hatte Lou ihm mit bebender Stimme erklärt. Fast als fürchtete sie seine Antwort. Dabei hatte er nichts als Erleichterung empfunden, obwohl er gleichfalls Mitleid, vor allem mit ihrem jüngeren Sohn Philipp, hatte. »Bei Alexander haben sie ihre alte Umgebung, ihre Freunde und die Familie. Außerdem hat Richard seine Freundin und das Studium. Bei Philipp ist es auch nicht viel anders. Er steckt ebenfalls mitten im Studium. Ich kann sie nicht einfach aus ihrem gewohnten Leben reißen, nur weil es mir fast das Herz bricht, sie nicht um mich zu haben!« Lou hatte geweint, als sie das gesagt hatte. Wenn Alasdair die Augen schloss, bildete er sich ein, diese Tränen erneut auf seiner Wange zu spüren.

Seufzend öffnete er die Augen wieder und erntete dafür Cormacks skeptischen Blick. Verflucht wo blieb nur Lous Flieger? Ihr Flug hatte bereits über eine halbe Stunde Verspätung. Bei den Wetterverhältnissen war das zwar nicht weiter verwunderlich, dennoch bereitete ihm dieser Umstand Sorgen. Bereits seit Stunden schneite es in großen Flocken. Der Schnee hatte alles in strahlendes Weiß getaucht. Selbst die Straßen lagen unter einer geschlossenen Schneedecke begraben. Wie so oft in den heftigen Wintern in Schottland kam der Räumdienst nicht nach. Doch auch das war vollkommen normal für Anfang Dezember. Es änderte jedoch nichts daran, dass Geduld nicht gerade zu seinen Tugenden zählte. Tatsächlich musste man in den Highlands bereits im November mit Schnee rechnen. Weshalb er schon seit Jahren dazu übergegangen war, Anfang November die Schneeketten an sämtlichen Fahrzeugen im Haushalt der Familie Munro anzubringen. Seine Finger zitterten, als er die Zigarette ausdrückte, um sie in den dafür vorgesehenen Aschenbecher zu werfen. Cormack quittierte sein Tun mit genervtem Augenrollen, wobei er ihm gleichzeitig demonstrativ ein Päckchen Fishermen's Friend unter die Nase hielt. »Wisst ihr schon, wie ihr es mit Weihnachten handhaben werdet?«, versuchte Cormack, ihn abzulenken.

»Wir werden vom 23. bis zum 24. Dezember in Deutschland sein. Am Abend des Weihnachtstags sind wir wieder da«, brummte Alasdair unwillig, ohne die Tafel mit den Flügen oder die Menschenmassen aus den Augen zu lassen. Noch immer war nichts von Lous Flug zu sehen, sah man vom Vermerk einer Verspätung mal ab. Als könnte Cormack seine Gedanken lesen sagte er: »Ich bin mir sicher, dass nicht ausgerechnet das Flugzeug mit deiner Bonnie Lass abstürzt. Also bleib ruhig, Ladd!«

»Du warst schon wesentlich witziger, Cormack!«, knurrte er. Sein bester Freund hatte leicht reden. Seine Frau kam aus einem nicht weit entfernten Nachbarort. Seit Kindertagen waren die beiden ein Paar. Cormack und Emily waren glücklich verheiratet, beide freuten sich, auf ihr erstes gemeinsames Kind, mit dem Emily gerade schwanger war. Frustriert steckte Alasdair beide Hände in die Hosentaschen seiner Bluejeans. Es wollte ihm nicht gelingen ruhig stehen zu bleiben. Er kam sich wie ein Tiger im Käfig vor. Fragen über Fragen jagten in einer Art Endlosschleife durch sein Hirn. Würde es ihm je gelingen, Lou von einer Heirat mit ihm zu überzeugen? Warum zum Teufel waren ihm plötzlich ein Ring am Finger und ein

`bis das der Tod euch scheidet´ so wichtig? War es, weil seine Bonnie Lass ihn an sich selbst erinnerte? Auch er hatte sie mitgemacht, die harte Zeit während und nach einer Scheidung. Er konnte sich gut an das Gefühl des Versagens, den Schmerz und die Überzeugung nie mehr vor den Altar zu treten, erinnern. Lange Zeit glichen Hochzeiten in seinen Augen einem roten Tuch. All die Jahre lang hatte er, außer zu Gelegenheitssex, Frauen gemieden wie der Teufel das Weihwasser. Bis das fehlende ‚E' im Anmeldeformular der Mietanfrage für sein Cottage ihm Lou vor die Haustür setzte. Erst ihr war es gelungen seinem tristen Alltag wieder Farbe und Leben zu gegeben, so kitschig ihm dieser Vergleich auch vorkam. Selbst jetzt, wenn er nur an sie dachte, begann sein Herz wie wild zu pochen. Die Wahrheit war, dass ihm überhaupt nicht bewusst gewesen war, wie sehr er Louise brauchte. Bis an jenem Morgen nach Cormacks und Emilys Hochzeit, als sie von jetzt auf nachher einfach fortgegangen war ohne eine Nachricht. Seine Hände ballten sich in den Hosentaschen zu Fäusten. A Dhia. Er hatte sich einfach nur hilflos und verraten gefühlt.

Cormack stieß ihn derb an der Schulter, um ihn auf die geänderte Anzeigetafel der Flüge aufmerksam zu machen. Der Flug von Easyjet Stuttgart - Edinburgh zeigte endlich das ersehnte ‚gelandet' an. Einige Minuten später wussten sie bereits, wo das Gepäck ankommen würde.

»Hoffentlich reichen zwei Gepäckwagen für das ganze Zeug deiner, Lass«, gab Cormack zu bedenken.

Was Alasdair mit einem vernehmlichen »Hmpf.« abtat.

Ein Bein auf dem Gepäckwagen stieß sich sein Freund mit dem anderen Bein ab und fuhr dabei fast einen jungen Mann um, der im letzten Moment fluchend auswich. Alasdair blickte ihn finster an, woraufhin Cormack mit den Schultern zuckte und abstieg. »Wer von uns beiden ist nochmal der Dreijährige? Hör auf den Gepäckwagen als Roller zu missbrauchen«, mahnte er gereizt, bekam jedoch keine Antwort. Einige Zeit später drehten Koffer, Kisten und allerhand andere Gepäckstücke sich bereits munter auf dem Band im Kreis. Alasdair überließ es Cormack Lous Umzugskartons vom Band zu angeln, da er selbst die Augen nicht vom Menschenstrom nehmen konnte, der sich den Gang entlang schob. Wo blieb sie nur?

Lou hätte wissen müssen, dass sie, wie eigentlich immer in ihrem Leben, den Jackpot der Unannehmlichkeiten geknackt hatte. Die Nacht vor dem Abflug war schon schrecklich genug gewesen. Alexander, der sie mit Vorwürfen bombardiert hatte, bis sie seine Anrufe nicht mehr entgegennahm. Richard, der sie weder ansah, noch mit ihr redetet. Und Philipp ihr Weltverbesserer, ihr Vermittler. Philipp ihr Held, der sich nach Lehrstellenangeboten in Kildermorie und Umgebung erkundigte. Debbie und

Christoph, sowie ihr Bruder, hatten ihr ein nagelneues, stoß- und wasserfestes Smartphone geschenkt. Das Neonpink tat ihr jedes Mal, wenn sie das Smartphone benutzte, in den Augen weh. Sie wollte überhaupt nicht wissen, was dieses ultramoderne Teil gekostet hatte.

»Neonpink damit du es immer findest auch im Wasser«, waren Debbies geraunten Worte gewesen. Womit sie an die unsäglich bescheuerte Begebenheit mit dem versenkten Smartphone im schottischen Loch anspielte. Das hatte sie davon, ihrer Freundin so ziemlich alles anzuvertrauen.

»Außerdem habe ich einen Jahresvertrag gemacht bei dem bestmöglichen Betreiber für Schottland«, erklärte ihr Christoph. »Schatz du bist und bleibst ein Pragmatiker. Nimm ihn nicht so ernst, Lou. Das ist einfach eine Anwaltskrankheit«, versuchte ihre Freundin zu witzeln, obwohl in ihren Augen Tränen schwammen. Dass sich ihr Jüngster extra freigenommen hatte, war schließlich mehr gewesen, als ihr angespanntes Nervenkostüm vertragen hatte. Zu guter Letzt hatten sie sich alle weinend in den Armen gelegen. Ein gefasster Abschied sah anders aus. Ihre geknickte Laune änderte sich jedoch bereits bei der Gepäckkontrolle und schlug in Ärger um. Unter den Argusaugen des Kontrollteams hatte sie sich bereits ihrer Schuhe entledigt, was das schrille Piepen jedoch mitnichten verstummen ließ.

»Sie sind sich sicher, dass sie keinerlei metallische Gegenstände bei sich tragen?«, hob die junge Dame an, von der Lou systematisch abgetastet wurde.

»Das habe ich ihnen doch schon gesagt«, antwortete Lou frustriert. Mama, hast du mir irgendwelche Metall-Implantate verschwiegen, knurrten ihre Gedanken sarkastisch. Ein supertolles Erlebnis, vor allen anderen Reisenden breitbeinig, die Arme wie ein Hampelmann von sich gestreckt, da zu stehen, während eine wildfremde Frau mit behandschuhten Händen bis in ihre Unterhose tastete. Nach dem auch noch ihre sowieso nicht vorhandene Frisur dran glauben musste, zuckte die Frau Kaugummi kauend mit der Schulter und sie war endlich entlassen. Da hatte sie noch gedacht, es könnte nicht mehr schlimmer kommen. Leider wurde sie im Flugzeug eines Besseren belehrt. Ihr Platz am Fenster war quasi nicht mehr existent, da der Mann auf dem mittleren Platz diesen mit seiner Leibesfülle quasi mit einnahm. Der Mann warf ihr einen entschuldigenden Blick zu. Vielleicht hätte sie doch mit British Airways fliegen sollen. Dabei war Easyjet trotz allem eine Klasse besser als Ryanair, oder nicht?

Glücklich, auf ihrem Sitz angekommen, sowie angeschnallt, durfte sie feststellen, dass die Frau die den Sitzplatz direkt am Gang hatte und sie irgendwie ein bisschen an Svetlana vom Busausflug erinnerte, nicht nur Kettenraucherin, sondern vermutlich auch eine Knoblauch Liebhaberin sein musste.

»Haben Sie einigermaßen Platz, Miss?«, unterbrach ihr unmittelbarer Sitznachbar ihre Gedanken. »Ich versuche ja immer, zwei Plätze zu buchen, aber die Fluggesellschaft weigert sich, mir einen Rabatt einzuräumen«, witzelte der Mann fröhlich. Dabei bot er der Frau am Gang Pfefferminzbonbons an, während er Lou dabei zu zwinkerte. Zu ihrer beider Pech lehnte die Frau dankend ab. Ausgerechnet, wo es ihrem Magen von der ganzen Aufregung nicht gerade prächtig ging. Dazu kam die Sorge um Doc, der in seiner Transportkiste in den Untiefen des Flugzeugbauches ausharren musste. Verzweifelt vergrub sie die Nase im weichen Kaschmir des Tartanschals, den Alasdair ihr geschenkt hatte. Konzentriert atmete sie durch den Mund ein- und aus.»Flugangst?« Ihr Nachbar betrachtete sie mitleidig. »Unbequem, für ihre lange Beine. Wenigstens hab ich das nicht auch noch ... also lange Beine meine ich.«

Lou schenkte dem freundlichen Mann ein Lächeln. Wenigstens schien er es gut zu meinen. Der Flug zog sich in die Länge und so sehr sie versuchte tapfer zu sein, die Übelkeit ließ nicht nach. Selbst der kleine Small Talk mit ihrem Sitznachbarn konnte Lou nicht wirklich ablenken. Die ganze Situation spitzte sich zu, als die Dame auf dem äußeren Sitz den Fehler beging, sich Essen zu bestellen. Lou brach der kalte Schweiß aus. »Entschuldigen Sie. Ich muss wirklich dringend zur Toilette«, stieß sie unter Würgen hervor.

»Oh Oh«, erwiderte der nette Mann. Ungerührt biss die Dame in ihr fetttriefendes Würstchen. Unter nicht gerade schicklichem Schmatzen antwortete sie: »Wie, jetzt? Aber ich esse gerade. Hat es nicht noch fünf Minuten Zeit?«

Einen winzigen Moment lang stellte Lou sich vor, sie wäre Wonder Woman und würde einfach über alle Fluggäste zur Bordtoilette hinwegfliegen. Oder sie könnte sich wegbeamen wie bei Star Trek. Vehement schüttelte sie den Kopf, wobei sie dabei wie hypnotisiert den Fetttropfen, der vom Mundwinkel zum Kinn der Frau kroch, verfolgte.

»Jetzt. Oder möchten sie die Sauerei putzen, wenn ich mich übergebe?«

Was die Dame mit ihren verschmierten Lippen erwiderte, registrierte sie bereits nicht mehr. Mit dem Mut der Verzweiflung und dem Wissen um das Unausweichliche hangelte sie nach ihrer Handtasche. In einer einzigen anmutigen Bewegung kippte sie deren kompletten Inhalt in den Schoß ihres verdutzten Sitznachbarn. Entsetzte Augenpaare sahen ihr zu, wie sie sich im Anschluss in die geleerte Handtasche erbrach. Das »So was. Ganz schön empfindlich!«, drang nur noch am Rande zu ihr durch, da sie es endlich an ihren Sitznachbarn vorbei schaffte. Am ganzen Leib zitternd, eine Handtasche im Schlepptau, deren Reißverschluss sie über dem unappetitlichen Inhalt geschlossen hatte, erreichte sie die Toilette. Kraftlos sank sie vor der metallenen Toilettenschüssel zu Boden, um sich erneut zu übergeben. »Mist, eine Magen-Darm-Grippe hat mir gerade noch gefehlt«, stöhnte sie kaum hörbar. Sie brauchte eine halbe Ewigkeit um sich wieder auf die Beine zu kämpfen. Leider dauerte es noch um einiges länger, die Handtasche mit deren unappetitlichem Inhalt zu leeren. Mehrere Sprühstöße Raumduftspray später begleitete sie ein intensiver Duft nach Maiglöckchen zu ihrem Platz zurück. So würdevoll wie irgend möglich und unter den besorgten Blicken ihres Sitznachbarn, nahm sie wieder Platz. »Wenn Sie jetzt lachen, erwürge ich Sie!«, zischte sie leise.

»Maiglöckchen hä? Das hätte uns aber auch schon wesentlich früher einfallen können«, antwortete der Mann flüsternd, wobei er ihr eine kleine Tüte entgegenhielt, in die er offensichtlich den Inhalt ihrer Handtasche hineingepackt hatte. Als sich ihre Fingerspitzen berührten, löste sich ein kleiner elektrischer Schlag, welcher sie alle beide gleichzeitig lauthals auflachen ließ. Sie lachten selbst dann noch, als die Dame am äußeren Sitz echauffiert vor sich hin schimpfte.

»Jetzt verstehe ich im Übrigen auch, was es mit der ‚Frauen Garage' auf sich hat. Franz, also mein Name ist Franz, meine ich.«

»Hallo Franz, danke für deinen Humor. Ich bin Lou.«

»Na ja, die Welt ist doch schon ernst genug, nicht wahr?«, antwortete ihr Sitznachbar verschmitzt. Nachdem sie sich die Hände gegeben hatten, tauschten sie noch ein paar Persönlichkeiten aus. Franz war geschäftlich regelmäßig in Glasgow unterwegs. Dass Lou ins schottische Hochland auswanderte, sorgte bei ihm für große Bewunderung. So kam es, dass Lou einige Zeit später das Flugzeug in Edinburgh doch noch beschwingt verließ. Wäre der Duft nach Maiglöckchen nicht gewesen, hätte sie keinen Gedanken mehr an das Fiasko verschwendet. Selbst die Passkontrolle brachte sie ohne neue Probleme hinter sich. Doc war zwar von den Beruhigungstropfen, die er vor dem Flug bekommen hatte, noch etwas mitgenommen, trippelte aber langsam neben ihr her. Auf dem Edinburgher Flughafen herrschte ein reges Treiben. Es war definitiv mehr los als sonst. Weihnachtsrummel vermutete sie stark. In dem Trubel hatte sie direkt Mühe den Hund hinter sich herzuziehen. Er hing zugegeben unwillig an seiner Leine. Der arme Kerl hatte sichtlich Mühe, mit ihr Schritt zu halten. Hatte sie ihm zu viel von den Bachblütentropfen zur Beruhigung verpasst? Skeptisch sah sie immer wieder zu ihrem Vierbeiner. »Du fängst nicht auch noch an dich zu übergeben?«, murmelte sie bissig. An einem Mülleimer, wo sie die Handtasche loswerden konnte, war sie auch noch nicht vorbei gekommen. Verdammt. Nicht genug das du aussiehst wie eine Vogelscheuche und einen Hund hinter dir her zerrst, der aussieht, als stünde er unter Drogeneinfluss. Nein, du stinkst nach Maiglöckchen und Erbrochenem. Das ist doch nicht fair!, schimpfte sie in Gedanken. Als Dreingabe verhedderte sich die Hundeleine just mit den Rollen ihres Handgepäckkoffers. Andererseits war Alasdair das Chaos, das ihr im Schlepptau folgte, wahrlich gewohnt.

Als Alasdair Lou wahrnahm, war es ein bisschen wie ein Déjà-vu. Sie kämpfte einmal mehr mit den Rädern ihres Handgepäckstücks, die sich augenscheinlich in der Hundeleine verfangen hatten. Er hatte noch nie eine zauberhaftere Frau gesehen als sie. Ihre Haare standen wie wild in alle Richtungen ab. Die Wangen waren gerötet und bildeten somit einen hübschen Kontrast zu ihrer hellen, makellosen Haut. Der rote, kurze Dufflecoat umgab ihren Körper wie der Schirm eines Pilzes. Ihr war wohl warm geworden. Zumindest hatte sie den Dufflecoat nicht geschlossen. Sein Blick fiel auf Bluejeans, Strickpullover und die Farben seines Clans, die sich im Tartanschal widerspiegelten. Er hatte ihr den Schal aus Kaschmir als Geschenk nach Deutschland mitgebracht, damit sie an ihn dachte, wenn ihr kalt war.

Lou hatte ihn noch nicht bemerkt. Im Gegensatz zu Doc. Der Hund begrüßte ihn enthusiastisch mit dem Schwanz wedelnd, wenngleich er nicht winselte. Soeben hielt Lou an einem Mülleimer an, wo sie sich seltsam umblickte, um dann ihre Handtasche mit einem mehr als angeekelten Blick, unter den Müll zu schieben.

»Was zum Teufel?«, stieß er aus. Gleichzeitig begann sie zu schwanken, da sich die Hundeleine, wie bereits von ihm befürchtet, jetzt endgültig um ihre grazilen Beine gewunden hatte. Noch bevor er Lou jedoch erreichen konnte, wurde diese von zwei Sicherheitsleuten flankiert, die sie grob zu Boden rissen. Laute Sirenen erklangen. Bombenalarm?

Schockiert erstarrte er mitten in der Bewegung, die Augen wie paralysiert auf seine Bonnie Lass, gerichtet. Um ihn herum brach Panik aus. Sein Gehirn hatte für einen Lidschlag lang einen Aussetzer, nur deshalb gelang es ihm erst nicht, eins und eins zusammenzuzählen. Menschen stoben auseinander, rannten um ihr Leben. Andere warfen sich neben ihm zu Boden. Alasdair kam es vor, als sähe er alles in Zeitlupe. Endlich hatte Lou ihn bemerkt und ihr stummes O auf den Lippen, spiegelte sein eigenes Entsetzen wieder. Dann ging alles ziemlich schnell. Doc riss sich los.

Gerade noch gelang es ihm den Hund, dessen schrilles Jaulen ihm durch Mark und Bein ging, davon abzuhalten, einem der Sicherheitsmänner in die Wade zu beißen. Er drückte dem verdutzten Cormack, der sich wieder vom Boden hochgerappelt hatte und ihm zu Hilfe geeilt war, kurz entschlossen die Hundeleine in die Hand.

»Entschuldigen Sie bitte«, verschaffte er sich mit zur Beschwichtigung erhobenen Händen Gehör. »Entschuldigen Sie bitte. Würden es Ihnen etwas ausmachen, meine Verlobte loszulassen?«

»Bleiben Sie stehen, Sir. Sonst sehen wir uns gezwungen, von der Waffe Gebrauch zu machen«, erwiderte der Sicherheitsmann. Alasdair tat er wie ihm geheißen. »Hören Sie, meine Herren. Wir wollen doch alle nicht überreagieren, bitte! Ich bin mir sicher, es gibt eine logische Erklärung für dieses … äh dieses Durcheinander«, versuchte er zu erklären. »Nicht war, Louise, Schatz!«

Seine Bonnie Lass sah aus, als würde sie jeden Moment hysterisch werden. Ihre Augen waren weit aufgerissen und sie schnappte nach Luft wie ein Fisch auf dem Trockenen.

»Ich weiß Sie haben Ihre Vorschriften. Aber ich bitte Sie, sehen Sie sich meine Verlobte doch einmal genauer an. Erscheint sie Ihnen wirklich wie eine potenzielle Attentäterin?«

»Miss?«

»Ich … äh … also …«

»Also bitte, sie sieht doch wirklich nicht aus wie von den Taliban oder der IS!«, versuchte Alasdair zu vermitteln.

»Entschuldigen Sie bitte, dass ich mich einmische. Lou, also Miss Schulzinger, hatte sich in ihre Tasche erbrochen«, mischte sich ein Koloss von Mann ein, der in einem unbeobachteten Moment die Tasche aus dem Müll geholt hatte, die er nun demonstrativ in der Luft schlenkerte. Die entsetzten Ausrufe der am Boden liegenden Reisenden ignorierend, redete der Mann unbeeindruckt weiter, während eine Pistole auf ihn gerichtet wurde.

»Wenn eine Bombe oder ein Sprengsatz in diesem Täschchen wäre, könnte ich diese sicherlich nicht so hin- und herschlenkern. Oder? Mir ist klar, dass Sie nach den Attentaten in Paris allem nachgehen müssen, meine Herren. Bei Miss Schulzinger liegen Sie da allerdings völlig falsch. Es handelt sich um ein großes Missverständnis.«

»Miss Schulzinger? Sie haben sich in ihre Handtasche erbrochen? Ihre ...«, der Sicherheitsmann besah sich die vermeintliche Bombe vorsichtig genauer. »... Prada Handtasche?«, vervollständigte er und blickte dabei ungläubig von Lou zu dem fremden Mann und zu der Handtasche zurück. Dieser öffnete nun kurz entschlossen die Tasche, drehte sie um und schüttelte sie aus. Nichts passierte. Kein Gegenstand, noch nicht einmal ein Bonbonpapier fiel aus dem Inneren der Handtasche heraus. Lediglich die atemraubende Mischung aus Erbrochenem und Maiglöckchen zog in ihre Nasen.

»Ein teures Missverständnis«, erwiderte der eine Sicherheitsmann, während er dabei skeptisch Lous Pass studierte. Sein Kollege indes bellte aufgebracht Kommandos in sein Funkgerät. Die restlichen Sicherheitsleute, welche sie in einigem Abstand umstellt hatten, zogen ab. Einige Zeit später verließen sie in bedrücktem, einträchtigem Schweigen, und um mehrere Pfund Strafe erleichtert, das Innere des Edinburgher Flughafens. Wie ein Mahnmal thronte das Korpus Delicti auf der Spitze des Berges aus Umzugskisten.

»Manchmal frage ich mich schon, wie du es immer wieder schaffst, in die größten Fettnäpfchen zu fallen, Lass.«

Lou warf ihm einen zerknirschten Seitenblick zu, blieb aber stumm. Tatsächlich war sie seit dem Vorfall mehr als wortkarg. Gut, es war alles andere als erbaulich, wenn man in aller Öffentlichkeit erst ausgelacht und dann auch noch mit einer ordentlichen Geldstrafe bedacht wurde. Lediglich bei diesem Mann, Franz war sein Name gewesen, hatte sie sich überschwänglich bedankt. Sie war ihm sogar um den Hals gefallen vor Erleichterung.

»Eine Bekanntschaft aus dem Flugzeug, aye?«, hakte er erneut beiläufig nach. Was tat er da eigentlich? Unterstellte er Louise gerade eine Liaison mit einem Fremden? Lou blieb mitten im Schritt stehen. Seine Augen blieben an ihren bebenden Lippen hängen.

»Ich habe es nicht darauf angelegt, Al. Es ist nämlich nicht so, dass ich gerne vor aller Welt, allem voran vor dem Mann den ich liebe, zum Gespött gemacht werden wollte. Ich … ich hab mir das alles auch ganz anders vorgestellt.«

Zerknirscht schloss er sie in seine Arme, bevor sie zu weinen anfing. »Schsch. Ist ja gut Lass. Das weiß ich doch. Wenn es eine Chaos Queen geben würde, wäre das sicherlich dein Job.« Bevor sie protestieren konnte, hauchte er, die Lippen liebkosend in ihrer Halsbeuge, ein Versöhnliches: »Du hast mir gefehlt, Lou.« Den leichten Maiglöckchengeruch, der ihr noch immer anhaftete, ignorierte er dabei. Weder scherte ihn, dass die Reisenden kaum an ihnen vorbei kamen, da sie den schmalen Weg zu den Taxis, Leihwagen und dem Parkhaus versperrten, noch Cormacks belustigtes Räuspern, welches er klar und deutlich vernahm. Lous leises Kichern an seinem Ohr war alles, was er jetzt in diesem Moment gewillt war zu hören. Nur widerwillig ließ er zu, dass sie sich aus seiner Umarmung löste. »Wenn du wüsstest, wie du mir gefehlt hast, Al«, wisperte sie unter niedergeschlagenen Augen kokettierend, wenngleich sie ihn auf Abstand hielt. Schon alleine, wie sie seinen Namen aussprach, sorgte dafür, dass sein Blut ganz gewaltig in Wallung geriet. Alasdair war sich sicher, wenn Doc und Cormack nicht bei ihnen gewesen wären- a Dhia- hätte er Lou vermutlich in irgendeine nicht einsehbare Ecke gezerrt, um sie auf der Stelle zu lieben. Als könne er die jähe Hitze, die in ihm auflodderte, vertreiben, rieb er sich die vom Schweiß feuchten Hände über das Gesicht und kämmte sich mit gespreizten Fingern durch seine halb langen Haare. Beruhig dich Mann, rügte er sich in Gedanken, während er den Umstand der besonders engen Jeans verfluchte, die ihm nun ordentlich ins Gemächt schnitt.

Irgendetwas an Lous Aussehen erregte sein Mistrauen. Zuerst kam ihm der Gedanke, dass sie ihn durchschaut hatte. Schließlich war die männliche Anatomie beim Verstecken gewisser Gefühlsregungen auch nicht gerade als hilfreich zu bezeichnen. Zum Glück für ihn trug er keinen Kilt. Immer wieder ertappte er sich dabei sie von der Seite anzusehen, bis er sein komisches Gefühl dem Bombenfiasko zuschrieb. Immerhin war noch keine seiner Freundinnen für eine gefährliche Terroristin gehalten worden. In einem unbeobachteten Moment schüttelte der belustigt den Kopf.

3 Eine Kriegserklärung

Der Morgen nach ihrer Ankunft in Kildermorie war herrlich. All ihre Ängste, was Grace, Marge oder Angus betraf, hatten sich in Luft aufgelöst, sobald sie das Haus der Munros betreten hatte. Grace war nicht mehr von ihrer Seite gewichen. Angus hatte sie den ganzen Abend mit einem freudigen Grinsen, wenngleich gewohnt wortkarg, beobachtet. Marge hingegen schwirrte emsig wie eine Biene zwischen ihnen allen Hin und Her, um es ja jedem recht zu machen. Das ganze Haus samt Café und dem kleinen Verkaufsraum war bereits auf Weihnachten eingestellt. Alles war liebevolldekoriert. Wobei die vorherrschenden Farben rot und ein warmes Grün waren, die perfekt mit dem Clantartan der Munros harmonierten. Es gab Tannengirlanden an Türen und Fenstern, die mit Tartanschleifen verziert waren. Auf den Tischen des Cafés lagen ebenfalls Tannenzweige mit roten Teelichtern, Schleifen und Strohsternen. Der Duft nach Zimt, Tannenharz und frischem Gebäck war wie Balsam für ihre Seele.

Die schönste Überraschung erwartete sie jedoch in einem der ursprünglich als Gästezimmer gedachten Räume. Dort war ein kleines Atelier entstanden.

»Es ist das Zimmer mit dem besten Licht«, hatte Alasdair verlegen erklärt, als sie ihm zum Dank um den Hals gefallen war. Später hatte Angus ihr unter vier Augen erzählt, wie wichtig es seinem Sohn gewesen war, dieses Zimmer perfekt für ihre Bedürfnisse zu gestalten. Dabei war der alte Mann tatsächlich einmal nicht wortkarg gewesen. Stumm vor Rührung mit dem Bewusstsein, akzeptiert und willkommen zu sein, hatte sie ihm zugehört. Das Zimmer war in Wahrheit mehr als perfekt. Nicht nur, weil das Regal in einer der Ecken aus einem fein abgeschliffenen, ursprünglich erhaltenen Baumstamm bestand, aus dem keine Äste, sondern Regalbretter wuchsen. Auch nicht des Schreibtischs wegen, der ebenso besonders war. Die Schreibtischplatte bestand ebenfalls aus einem naturbelassenen Stück Baumstamm. Die hölzernen Beine hatte Angus selbst gedrechselt - eines seiner vielen Hobbys. Wo nahm der Mann nur die Zeit für all die Hobbys her? Das ganze Zimmer zeugte von Liebe gepaart mit vollendeter Handwerkskunst, die man sicherlich kaum hätte bezahlen können.

Bei dem Gedanken an den gestrigen Abend wurde Lou warm ums Herz. Selig grinste sie vor sich hin und rekelte sich dabei genüsslich in den warmen Laken des Bettes, in das sie, nachdem sie Grace schulfertig gemacht hatte, wieder geschlüpft war. Vor dem Fenster fiel der Schnee in dicken Flocken vom Himmel. Eigentlich wäre Lou am liebsten in diesem warmen Kokon aus Decken liegen geblieben. Stattdessen erlag sie Docs sehnsüchtigem Blick, der von freudigem Schwanzwedeln begleitet zu sagen schien: »Los Frauchen. Lass uns durch die Winterlandschaft toben. Bitte, bitte, bitte!« Weder für einen Müdigkeit austreibenden Kaffee noch für ein Frühstück ließ das Fellbündel ihr die Zeit. Tatsächlich schien er es ziemlich eilig zu haben.

»Nicht dass du mir noch ins Haus machst«, murmelte sie nach der Jeanslatzhose hangelnd, die sie schon am Vorabend extra für die Gassirunde bereitgelegt hatte. Auf dem Weg durch das Treppenhaus konnte sie Alasdairs fröhliches Pfeifen aus der Backstube vernehmen. Der Duft von Kaffee und Frischgebackenem hinterließ ein flaues Gefühl in ihrer Magengegend. Begleitet vom Klappern des Geschirrs öffnete sie die Haustür und trat hinaus in die Winterlandschaft. Eine seltsame Ruhe überkam Lou, die sich beim Stapfen durch den Schnee noch verstärkte. Sie fühlte sich stark und frei. Eine große Last fiel von ihr ab. Auf Kieldermories Straßen herrschte kaum Betrieb. Die wenigen, mit einem großen Stern versehenen, rot-weiß geringelten Straßenlaternen, leuchteten noch immer. Sie erinnerten Lou in ihrem Aussehen an überdimensionale Zuckerstangen. Durch die Wetterbedingungen wurde es nicht wirklich hell. Der Schnee knirschte und knarzte angenehm unter den derben Profilsohlen ihrer Schnürstiefel. Am oberen Ende von Alasdairs Weide konnte sie die blökenden Fellbündel dicht an dicht in ihrem Unterstand sehen. Wie von selbst trugen ihre Füße sie zum Loch. Die geschlossene Schneedecke war hier, sah man von einigen Tierspuren ab, unberührt. Still und teilweise erstarrt lag das Wasser da. Am Rand des Lochs sah die Eiskruste aus, als wäre sie ein Zuckerrand. Alasdair hatte ihr erzählt, dass der Loch in seiner Kindheit sogar jeden Winter fast komplett zugefroren war, sodass er dort das Schlittschuhlaufen gelernt hatte. In der heutigen Zeit waren die Winter jedoch inzwischen meist zu mild. Nur selten reichten die Temperaturen aus, um das Eis so fest werden zu lassen, dass es gefahrlos zu betreten war. Der unberührte Schnee weckte das Kind in Lou. In Deutschland musste man wirklich erst ins Gebirge fahren, um solchen Schnee zu Gesicht zu bekommen. Selbst auf der schwäbischen Alb sah man solche Schneemassen nur noch selten. Im nächsten Moment warf sie sich unter Docs skeptischen Blicken rückwärts in die weiße Pracht. Indem sie Arme und Beine auf und ab bewegte, bildete sich ein Schnee-Engel. Allerdings kostete es sie jede Menge Kraft Doc abzuwehren, der dies für eine gelungene Einladung zum Toben hielt und sich wie toll auf sie stürzte. Der große

Hund und Lou lieferten sich unter lautem Gelächter das reinste Schneecatchen. Für Fremde musste es aussehen, als würde Doc Lou zerfleischen. Einige Hundeküsse später hatte sie es immerhin fertiggebracht, sich zurück auf ihre Beine hochzuarbeiten. Ihr Fellbündel gab aber nur Ruhe, wenn sie ihn nach Schneebällen jagen ließ.

»Himmel, es wird ewig dauern, bis ich dich wieder trocken habe. Du verrückter Kerl«, schimpfte sie lachend und trat den Heimweg an. Am Cottage blieb sie kurz stehen. Vom Weg, der vor die Haustür führte, war nichts zu erkennen. Wehmütig dachte sie an ihre schöne Zeit dort. Jetzt erinnerte das Cottage ein bisschen an ein Hexenhäuschen, wobei der meterhohe Schnee aussah wie Zuckerguss. Seltsam. Warum erinnerte sie alles, was mit Schnee zu tun hatte in irgendeiner Art an Zucker? Wieso stellte sie sich bunten Lebkuchen als Fensterläden und eine Rauchwolke aus Zuckerwatte am Kamin vor?

»Himmel, Louise. Du brauchst definitiv schnell etwas zu essen!«, stieß sie sarkastisch aus. »Komm, Großer. Lass uns nachsehen, ob Alasdair etwas Leckeres für uns hat.«

Der Schnee schwebte immer noch in großen, dicken Flocken zu Boden. Alasdair beobachtete ihn verzückt. Dinge wie Schlittenfahren, Schneemänner bauen oder lange Spaziergänge mit dem beruhigenden Knirschen der weißen Pracht unter seinen Schuhen kamen ihm in den Sinn. Daingead! Um ein Haar hätte er sich am heißen Blech verbrannt, auf dem sich die ersten Weihnachtsplätzchen tummelten. Eine Pause und ein Kaffee waren vielleicht kein Fehler.

Auf dem Weg über den Korridor ins Café stürzte sich ein graues Fellbündel, begleitet von lautem Schimpfen, enthusiastisch bellend auf ihn.

»Aus! Halt, du verrückter Hund. Stopp, habe ich gesagt!«, schimpfte Lou. Doc betrachtete ihn und sein Frauchen abwägend, doch bevor er weitere Wasserpfützen hinterlassend davon springen konnte, reagierte Alasdair. Er schnappte sich das große Handtuch, welches eigens für den Vierbeiner an der Garderobe deponiert worden war und warf es mit geübter Hand über den Hund. Ohne zu zögern, begann er, ihn abzutrocknen. Lous Atem ging stoßweise. Sie betrachtet sein Tun zerknirscht.

»Entschuldige bitte, Al. Ich vergesse immer wieder, wie schnell dieses Riesenbaby ist«, erklärte sie an der Wand lehnend und schlüpfte dabei aus ihren nassen Stiefeln.

Abgelenkt durch dieses bezaubernde Wesen, das ihn vom anderen Ende des Korridors aus einer nassen Jeanslatzhose, selbst gestrickten Socken und kreisrunden, wie aufgemalten feuerroten Wangen entgegensah, vergaß er den Hund. Erst als Doc am Handtuch zerrte, um zu spielen, gelang es ihm, den Blick von Lou zu nehmen.

»Was hast du angestellt, Lass. Bist du in eine Schneelawine geraten?«, lenkte er von seinem Zustand ab. Schließlich konnte er sich nicht vorstellen, dass eine Frau wie Lou auf ein Weichei stand.

Lou prustete entrüstet. »Für wen hältst du mich denn?«

»Für die Chaosqueen«, murmelte er kaum hörbar.

»Wie bitte?«

»Nicht so wichtig, mo cridhe«, erwiderte er. Im Bund seiner Bäckerschürze steckte ein frisches Frotteehandtuch, das er eigentlich immer für die Hände einstecken hatte. Diese warf er ihr mit einem »Fang!«, entgegen. »Wartest du in der Backstube auf mich, Lou? Du kommst mir nämlich fast so vor, als ob du auch dringend einen Kaffee gebrauchen könntest.«

Sie schenkte ihm ein verschmitztes Grinsen. »Aye, Ladd.«

Die Antwort, vor allem aber ihr freches Lächeln dabei, sorgten dafür, das ihm ganz warm ums Herz wurde. Lou drehte ihm den Rücken zu und verschwand, mit wiegenden Hüften, während sie sich dabei gleichzeitig die Haare frottierte, in der Tür zur Backstube. Doc betrachtete Alasdair interessiert aus seinen Teddybär Knopfaugen - verhaltend Schwanz wedelnd.

»Tja, Junge. Dich hat sie wohl vergessen. Na komm schon.« Ergeben folgte ihm der Hund zu Marge ins Café. Etwas später verharrte Alasdair im Türrahmen zur Backstube. Würde sein Alltag in Zukunft immer so aussehen? Beine baumelnd saß Lou auf einer der Arbeitsflächen, die Augen weltentrückt auf die Winterlandschaft im Garten gerichtet. Seit sie sich vor nicht ganz drei Monaten hier zwischen Mehl und allerlei anderen Backzutaten geliebt hatten, haftete seinem einst öden Arbeitsplatz etwas Sinnliches, fast Erotisches an. Der Anblick seiner Bonnie Lass ließ jeden Moment erneut in seiner Erinnerung Revue passieren. Ein Träger der Latzhose hatte sich geöffnet, gab den Blick auf eines seiner T-Shirts preis, welches unter ihrer Strickweste hervor blitzte. Stundenlang nur ihr zusehen können, so wie am frühen Morgen als er sie im Schlaf beobachtet hatte. Cac. Jetzt reiß dich zusammen Mann. Sie ist wegen dir hier und du wirst es nicht verbocken, rügte er sich in Gedanken. Mehrere heiße Tropfen Kaffee trafen seine Hand. Er hatte die beiden gefüllten Tassen, die er in Händen hielt, fast vergessen. Der Schmerzlaut, den er unbewusst ausgestoßen hatte, ließ Lou alarmiert von der Ablage springen.

»Seit wann stehst du da denn? Hast du dich verbrannt, mein Retter?« Sie nahm ihm eine der Tassen ab, um im Anschluss seine nun freie Hand an ihre sinnlichen Lippen zu führen, wo sie zärtlich über die gerötete Haut pustete. Hätte er sich nicht immer noch an einer Tasse des heißen Gebräus festgehalten, Gott allein wusste, was er dann angestellt hätte. So stand er so ruhig wie möglich da. Die plötzlichen romantischen Gedanken, die ihn in letzter Zeit viel zu häufig überkamen, behagten ihm überhaupt nicht. Zur Memme mutieren war nicht sein Ansinnen. Nicht einmal für eine Frau wie Louise. Die Augen auf die Rundungen ihres herrlichen Pos gerichtet, folgte er ihr zurück zur Ablage, wo sie einträchtig nebeneinander lehnten. Eine von Lous Stärken war, dass man mit ihr schweigen konnte, ohne ein schlechtes Gewissen zu haben. Eine kleine Berührung hier, ein Augenaufschlag da, war alles, was nötig war, um sich zu verständigen. So kam es, dass Lou, anstatt ihrer eigenen Arbeit nachzugehen, ihm mit den ersten Weihnachtsplätzchen half. Es war fast, als könnten sie beide nicht genug voneinander bekommen. Er konnte sich nicht sattsehen an ihrem Feuereifer und den glänzenden Augen, die er sonst nur von Grace kannte. Lou stach die Hafer-Ingwer-Kekse ebenso aus wie die Whiskyplätzchen.

Alasdairs Müdigkeit war verflogen. Lou erzählte von Deutschland, von sich und ihrer Künstler-Karriere. Je mehr sie ihm von sich offenbarte umso mehr öffnete er sich ihr. Er liebte es, ihren leidenschaftlichen Geschichten zu lauschen. In der Luft lag der Duft von Weihnachten, wie Grace ihn nannte. Zimt, Lebkuchengewürze und der Geruch von Kaminfeuer. Der Vormittag verging wie im Flug.

»Was würdest du davon halten, wenn wir zusammen nach Inverness fahren, um Gracy von der Schule abzuholen? Wir könnten zusammen in eines der Cafés gehen, die dir bei deinem letzten Besuch so gefallen haben. Dann könnte ich dir auch beweisen, was für Weihnachtsliebhaber wir Schotten sind. Außerdem finde ich, dass deine fleißige

Mithilfe etwas Besonderes verdient, Lass.«

»Das hört sich für mich perfekt an, Al«, erwiderte Lou in einem Tonfall, der ihn an eine schnurrende Katze erinnerte. Sie schlang ihm die Arme um den Hals und schmiegte sich an ihn. A Dhia, wer konnte sich bei so einer ehrlichen Begeisterung ein Grinsen verkneifen?

Da Alasdair nur zu gut wusste, was in der nächsten Zeit noch alles an Arbeit auf sie beide zukommen würde, war es ihm umso wichtiger, die kurze gemeinsame Zeit so gut es möglich war, auszukosten.

Felicitas ließ die große Treppe der Schule nicht aus den Augen. Zum wiederholten Mal strich sie ihren kurzen Rock glatt, um im Anschluss der Gier nach einer erneuten Zigarette doch nachzugeben. Warum war sie nur so nervös? Es gab keinen Grund dafür. Alasdair war zwar ein harter Kerl, aber sie wusste aus eigener Erfahrung, dass er einen weichen Kern hatte. In der Vorweihnachtszeit war in der mickrigen Bäckerei ausnahmsweise die Hölle los und da konnte auch ein Mann wie Alasdair etwas Zuneigung sicherlich gebrauchen. Bei dem Gedanken an diese angebliche deutsche Verlobte, die der elende Kerl ihr präsentiert hatte, waren in ihr alle Alarmglocken losgegangen. Wem wollte er etwas vormachen? Falls er die Strategie verfolgte sie eifersüchtig zu machen, musste sie zugeben, dass es leider bestens funktionierte. Alasdair liebte sie insgeheim noch immer, das musste der Grund sein. Natürlich hatte sie das gewusst. Ob er jedoch wusste, dass sie in all den vergangenen Jahren immer über sein Tun informiert gewesen war? Dieser sture Holzkopf war besser mit seinem Leben zurechtgekommen, als es ihr nützlich gewesen war.

Unruhig trat sie auf der Stelle. Die hochhackigen Wildlederstiefel hatten sich bereits unschön mit Schnee vollgesogen, der jetzt hässliche Wasserränder bildete. Mrs. Leod, die in einiger Entfernung wartete, schenkte ihr einen missbilligenden Blick. Nach dem letzten Zusammentreffen zwischen ihr und diesem unsäglichen deutschen Flittchen war die Frau nicht unbedingt gut auf sie zu sprechen. Felicitas machte sich keine Illusionen. Die Dolmetscherin stand nur deshalb noch in ihrem Dienst, weil sie auf die gute Bezahlung angewiesen war. Von Alasdair würde sie, was das Übersetzen der Gebärdensprache betraf, keinerlei Hilfe erhalten. Was war auch anderes von einem Mann zu erwarten!

Tatsächlich bildete sich ihr Exmann gar ein, dass sie keinerlei Anrecht auf Grace hatte. »Dieser arrogante Mistkerl«, knurrte sie leise, wobei sie den Filter der Zigarette lässig in einen Schneeberg schnippte. Ohne sie wäre Grace gar nicht auf der Welt. Felicitas hatte nicht vor Alasdair - verheiratet mit ihm oder nicht - einfach einem dahergelaufenen deutschen Weib zu überlassen. Alasdair gehörte ihr! Sie war die Mutter von Grace. Nur weil sie sich von ihm hatte scheiden lassen, hieß dies noch lange nicht, dass dieser langbeinige Storch ihn haben konnte. Nicht mit ihr!

Die Schulglocke kündigte das Ende des Unterrichts an. Den Moment in dem Mrs. Leod durch die herausströmenden Schülerinnen und Schüler abgelenkt war, nutze sie um den Sitz ihrer Kleidung zu kontrollieren und den Push-up-BH in die richtige Position zu bringen. Der Busen war teuer genug gewesen, also sollte Alasdair ihn auch registrieren. Als Grace die Schultreppe herunter kam, war sie dabei ihre Lippenkonturen nachzuziehen. Das freudige Lächeln auf dem Gesicht ihrer Tochter ließ sie jedoch ihr

Tun unterbrechen.

Alarmiert drehte Felicitas sich um. Das charmante Lächeln ihres Exmanns gefror zu einer Maske. Sichtlich ärgerlich fixierten sie seine Augen. Immerhin hatte er sie gleich bemerkt. Augenblicklich setzte sie ihre Geheimwaffe, ihren – Schmollmund - ein, mit dem sie Alasdair früher zu allem hatte überreden können. Dummerweise entdeckte sie im selben Moment, dass er nicht alleine war. Alasdairs Hand hielt die des deutschen Flittchens fest, während diese mit ihrer freien Hand seinen muskulösen Oberarm umschlungen hatte. Sie schien ziemlich eindringlich auf ihn einzureden. Der Anspannung zum Trotz, die sich anfühlte, als befände sie sich plötzlich auf Kriegsgebiet, sprang Grace fröhlich und unbeirrt auf sie alle zu. Freundlich grüßend nickte Alasdairs angebliche Verlobte Mrs. Leod zu, die lächelnd zurückgrüßte, um sich dann sichtlich nervös nach Felicitas umzusehen. Wenigstens hatte diese alte Kuh den Anstand, betroffen auszusehen. Für was bezahlte sie diese Frau so gut, wenn diese ihr bei dem winzigsten Lächeln des Feindes in den Rücken fiel?

»Was suchst du hier, Felicitas?«, blaffte ihr Exmann, kaum dass er sie erreicht hatte.

»Ich wollte nach meiner Tochter sehen«, erwiderte sie frostig. Innerlich bebend ignorierte sie die pulsierende Ader an Alasdairs Hals ebenso wie die feingliedrigen Finger der Deutschen, die virtuos an seinem Arm entlang strichen. Das war ja wohl der Gipfel. Ausgerechnet diese Fremde schien sich Sorgen um sie zu machen. Fast kam es ihr vor, als würde die Frau sie warnen. Am liebsten hätte sie laut gelacht. Nein. Sie würde nicht auf dieses Model hereinfallen. Hatte sie sich so in Alasdair geirrt? Louise Schulzinger entsprach nicht ein bisschen dem Typ Frau, auf den dieser Mann eigentlich stand. Aber was war es dann? Das Geld oder die

Hormone?

Alasdair riss sie aus ihren Grübeleien. »Deine Tochter? Du meinst die Tochter, die du nicht gewollt hast, Felicitas! Du hast uns alle beide sitzen lassen, um berühmt zu werden. Schon vergessen? Hat es nicht geklappt? Ist dir das Geld ausgegangen oder hast du deinen neuen Lover bereits in den Wahnsinn getrieben? Was ist der wahre Grund deines Besuches? Bei mir ist nichts mehr zu holen. Du hast bereits mein ganzes Geld. Was willst du jetzt? Publicity? Wolltest du sichergehen, dass ich noch immer unter deiner Scheidung leide? Ich muss dich enttäuschen. Das kannst du vergessen. Ich bin so glücklich wie schon lange nicht mehr!«

Einen Wimpernschlag lange zuckte sie unter seinen Worten betroffen zusammen, besann sich dann jedoch eines Besseren. Wenn er jetzt merkte, dass er mit jedem seiner Worte ins Schwarze getroffen hatte, war ihr ganzer perfekter Plan für die Katz. Felicitas hatte nicht damit gerechnet, dass dieses deutsche Weib tatsächlich ihr Luxusleben aufgegeben hatte, um sich in die Arme ihres Exmanns zu werfen. Wie bescheuert musste die Frau eigentlich sein?

Mrs. Leod blickte sichtlich betreten von einem zum anderen. Wagte jedoch, nichts zu sagen. Himmel, Felicitas kochte innerlich vor Eifersucht. Am allerliebsten würde sie diesem deutschen Flittchen die Augen auskratzen. Die Beiden gingen viel zu liebevoll - viel zu verliebt - miteinander um.

Inzwischen war Grace fast bei ihnen angekommen. Sollte die Kleine ruhig sehen, dass ihre Mutter um sie kämpfte. Die Frage war nur, wie sollte sie es schaffen, die Kleine für sich zu gewinnen. Sie brauchte schleunigst eine Lösung, bevor diese Schulzinger Grace um ihre Finger gewickelt hatte. Frauen durfte man nicht unterschätzen. Garantiert war diese Deutsche mit allen Wassern gewaschen. Sie tat nur so unschuldig.

»Hörst du dir eigentlich auch mal selber zu, Honey? Du weißt doch genau, dass das, was du da sagst, totaler Schwachsinn ist. Grace ist auch meine ...«

»Tochter? Nein, Felicitas. Nein, das ist sie nie gewesen. Du hast weder ihre ersten Schritte gesehen, noch ihre Hand gehalten, wenn sie mal wieder wegen ihrer Gehörlosigkeit gehänselt wurde. Du hast neun Monate genörgelt, dich beschwert und das Ungeborene in deinem Bauch verflucht. Du hast dir sogar grundlos einen Kaiserschnitt mit Vollnarkose verpassen lassen, nur um Grace schnell loszuwerden.«

»Das ist eine infame Lüge, Honey. Du verdrehst wie immer alle Tatsachen«, unterbrach sie ihn die Hände vor Zorn geballt.

»Ich verdrehe Tatsachen? Das ist ja wohl der Hohn! Spar dir dein Honey, nimm die Beine in die Hand und verschwinde aus unserem Leben so, wie du es die letzten acht Jahre getan hast!«

Felicitas schluckte gekränkt, rang nach Worten, um es Alasdair mit gleicher Münze heimzuzahlen. Entschlossen machte sie einen Schritt auf ihre Tochter zu. Ihr Exmann kam ihr jedoch zuvor, versperrte ihr mit voller Absicht den Weg. Seltsam. Sie hatte völlig verdrängt, wie gut gebaut sein Körper war. Hatte Alasdair an Muskeln zugelegt?

Bevor sie es hätte verhindern können eilte Louise Schulzinger bereits auf Grace zu. Vor Wut fast schnaubend musste sie mit ansehen, wie diese Frau mit wenigen Schritten bei Grace ankam, wo sich ihr kleines Mädchen freudig in deren Arme warf, statt in ihre.

»Lass mich vorbei, Honey. Alsadair, bitte!« Felicitas hasste sich für ihre flehende Stimme aber der Zweck heiligte nun einmal die Mittel. In einer Geste, die beschwichtigend und verführerisch zugleich sein sollte, legte sie ihm die flache Hand auf die Brust.

Zornig schlug ihr Exmann diese weg. Sein barsches »Nein!«, klang wie das Knurren eines Raubtiers.

»Du kannst mir nicht verbieten Grace zu sehen!«, heulte sie auf.

»Selbstverständlich kann ich das tun. Und genau das werde ich auch, Felicitas. Ich habe das alleinige Sorgerecht für Grace. Schon vergessen?«

»Ich werde mir einen der besten Anwälte nehmen. Ich ... ich werde dir und deinem Flittchen die Hölle heißmachen.«

»Tu, was du nicht lassen kannst, Felicitas. Ich bin nichts anderes von dir gewöhnt. Hast du dir mal überlegt, damit aufzuhören anderer Leute Leben zu versauen, nur weil du deines nicht in den Griff bekommst? Du weißt schon - mieses Karma. Außerdem macht es Falten.«

Es gelang ihr nicht, etwas Passendes zu erwidern. Herr im Himmel, seit wann war Alasdair so bestimmend? So sexy? Schlagartig fühlte sie, wie Hitze sich auf ihrem Gesicht ausbreitete. Verdammt. Vermutlich hatten sich bereits unschöne Flecken auf ihrer Haut ausgebreitet. Ohne ihrem Exmann weitere Beachtung zu schenken, trat sie die Flucht an. Im Stechschritt rammte sie mit voller Absicht Alasdairs Neue, ohne sich vom Entsetzen im Blick ihrer Tochter ablenken zu lassen. »Dich mach ich fertig, du Miststück. Du bekommst meine Familie nicht!«, schleuderte sie ihr hasserfüllt entgegen, um dann hoch erhobenen Hauptes und siegessicher weiter zu eilen. Felicitas drehte sich weder um noch mäßigte sie ihre Gangart. Warum auch? Das Einzige, was sie noch hörte, war das atemlose Keuchen von Mrs. Leod, die kaum mit ihr Schritt halten konnte.

»Bist du in Ordnung, Lou?« Alasdairs Stimme sorgte dafür, dass sie aufhörte, Felicitas Munro entgeistert hinterher zu starren. Was für ein Biest. »Klar. Warum fragst du?«, log sie aufgesetzt fröhlich, das grauenvolle Gefühl der Drohung ignorierend, das Felicitas hinterlassen hatte. Bewusst wich sie dem besorgten Blick seiner Augen aus. Kaum hatte sie es gewagt, ihr komplettes Leben umzukrempeln, schienen Gott und die ganze Welt ihr ans Leder zu wollen. Sie war noch nie wirklich gläubig gewesen, doch irgendwie kam sie sich zunehmend wie eine fürchterliche Sünderin vor.

Ihr Schotte schloss seine starken Arme um sie und Grace zog sie beide in eine feste Umarmung. Es gelang ihr nicht, zu verhindern, dass sie erschauerte.

»Du bist eine schlechte Lügnerin, Lass. Was hat sie gesagt? Hat sie dir gedroht?«, flüsterte Alasdair, die Lippen liebkosend an ihrem Haarschopf.

»Das ist doch nicht wichtig, Al. Außerdem interessiert mich diese Frau nicht. Wolltest du uns nicht zu Kuchen und heißer Schokolade ausführen?«

Bei den Worten Kuchen und Schokolade hatte sie Grace angesehen und dabei jedes Wort überdeutlich ausgesprochen. Jetzt hüpfte die Kleine aufgeregt vom einen auf das andere Bein, während ihre flinken Finger in der Luft tanzend mit ihrem Vater redeten.

»Das wird aber teuer. Ich bin mir nicht sicher, ob dir nicht schlecht werden wird, Gracy«, erwiderte Alasdair stöhnend und verdrehte dabei theatralisch die Augen. Gemächlich schlenderten sie einige Zeit später Arm in Arm Inverness Straßen entlang, die in weihnachtlichem Glanz erstrahlten. Tannengirlanden, geschmückt mit bunten Bändern und unendlich vielen Lichtern überspannten die Straßen. Die Schaufenster waren voll von Nikoläusen, Engeln und Sternen im Übermaß. In der Luft lag eine Vielzahl von

Gerüchen; Holzfeuer, Gebäck und Tannennadeln. Aus den Geschäften klang Weihnachtsmusik an ihre Ohren. Der Versuch, die Gehwege von der weißen Pracht zu befreien, war gescheitert, da es nicht aufhörte zu schneien.

»Hier oben in den Highlands haben wir ab und an Probleme mit zu viel Schnee. Du musst dich also darauf einstellen, dass du in Kildermorie festsitzt, Lass.«

»Och, das macht nichts. In Deutschland haben wir nur selten Schnee, dessen Konsistenz die meiste Zeit zu nichts zu gebrauchen ist. Ich mag dieses Knirschen unter meinen Schuhsohlen«, sagte sie und stieg gleichzeitig über einen kleinen Berg der weißen Pracht hinweg. Wenn es nach ihr gegangen wäre, hätte sie noch ewig weiter durch Inverness schlendern können. Vor ihnen tauchte jedoch das nette, kleine Café mit den bunten Bleiglasfensterscheiben auf, in welches sie sich bei einem ihrer Inverness Besuche regelrecht verliebt hatte. Mollige Wärme umfing sie beim Betreten, während die alten, abgelaufenen Holzdielen unter ihren nassen Füßen heimelig ächzten. Dankbar, dass ihr Lieblingsplatz am Kachelofen noch frei war, steuerte sie darauf zu. Als wäre es miteinander abgesprochen rutschte Grace neben ihr auf die Bank. Alasdair schien sich nicht an ihnen beiden sattsehen zu können. Er machte einen mehr als zufriedenen Eindruck, wie er ihnen gegenübersaß und sie versonnen betrachtete. Der Kuchen in dem Kaffee war sehr zu empfehlen. Das Tollste jedoch waren die vielen Sorten heißer Schokolade. Es gab sie mit einer monströsen Haube frischer Sahne oder mit Milchschaum. Man konnte sie mit verschiedenen Whiskysorten, Baileys oder Rum bestellen. Natürlich bekam man sie auch ohne Alkohol, konnte aus Varianten mit Zimt, Kardamom oder Chili wählen.

Lou entschied sich für die Varianten mit Ben Riach Whisky und einer geradezu obszön großen Sahnehaube, die mit Karamell - Topping serviert wurde. Grace, deren Sahneberg ihrem in nichts nachstand, war bereits über beide Ohren verschmiert und genoss sichtlich jeden einzelnen, bunten Zuckerstreusel. Ihr Schotte beobachtete sie amüsiert über den Rand seines schwarzen Kaffees hinweg. Schwarz wie seine Seele pflegte er zu sagen.

»Du hast da was, mo cridhe«, sagte er rau und beugte sich über den Tisch um ihr liebevoll die Sahne vom Mundwinkel zu küssen. Grace sah ihnen erst Augen rollend beim Turteln zu, machte sich dann jedoch mit ernstem Blick bemerkbar. Wie schon von Anfang an konnte Lou nicht aufhören Graces Hände fasziniert zu beobachten. Obwohl die Kleine kaum sprach, wurden ihre anmutigen Bewegungen keineswegs von Stille begleitet. Meist gab Grace unartikulierte Geräusche von sich. Ihr Schotte hatte sich mittlerweile angewöhnt, automatisch zu übersetzten, wenn es um etwas ging, das sie ebenfalls wissen sollte. Gerade war dies nicht nötig, da Alasdair laut antwortete und sie sich somit zusammenreimen konnte, um was es ging.

»Ich weiß nicht, ob Lou das möchte. Ich kann sie aber gerne von dir fragen, wenn du das willst, Gracy?«

In der Zeit, in der die beiden stumm gestikulierend weiter diskutierten, bestellte sie sich ein Brötchen mit Speck. Die Beine weit von sich gestreckt, nippte sie von der heißen Schokolade, um im Anschluss herzhaft vom Brötchen abzubeißen. Dass ihr Schotte sie dabei mit erhobenen Augenbrauen irgendwie alarmiert beobachtete, ignorierte sie geflissentlich.

»Öhm, dir geht es gut, Lou?«, unterbrach er kurz sein Gebärdengespräch um sie besorgt zu betrachten.

»Wie meinen?«, nuschelte sie genüsslich kauend.

»Na ja, Schokolade mit Sahne und gleichzeitig Speckbrötchen, aye?«, hob er vorsichtig an.

Belustigt lachte sie auf und zwinkerte ihm zu. »Keine Sorge, Al. In meinem Alter wird man nicht mehr so schnell schwanger. Außerdem habe ich in dieser Hinsicht vorgesorgt.«

»Wenn du das sagst, mo cridhe«, antwortete er, den Kopf nachdenklich schief gelegt, mit Augen in denen der Schalk nur so zu glitzern schien. Glücklicherweise ließ er von ihr ab, widmete sich stattdessen wieder seiner Tochter. Erneut begann der anmutige Tanz der Hände. Lou fand ihre Heißhungerattacken keineswegs ungewöhnlicher als sonst. Seit sie Alasdair kannte und ihn liebte, konnte sie auf einmal essen wie ein Scheunendrescher. Musste wohl an der guten schottischen Luft liegen. Wenn sie nicht aufpasste, würde sie bald auseinandergehen wie ein Hefekloß. Außerdem hatte sie eine Spirale, welche sie bei dem Termin in Deutschland, den sie ausgerechnet am Morgen des Heiligenabends noch über sich ergehen lassen musste, zu überprüfen oder gegebenenfalls zu erneuern gedachte. Schwanger. So ein Quatsch. Wenn sie nur daran dachte wie sie jeden einzelnen Tag, jede Stunde, ihrer Schwangerschaften mit Richard und Philipp die Toilettenschüssel umarmt hatte. Himmel. Was war das fürchterlich gewesen!

Grace machte sich bei ihr bemerkbar, in dem sie auffordernd am Ärmel ihres dicken Strickpullovers zog. Die Kleine gab ihrem Vater ein Zeichen. Der Blick war dabei seltsam ernst. Alasdair begann zu übersetzen. »Liebe Louise, du bist doch jetzt Pa's Frau.«

»Ganz schön höflich und förmlich deine Tochter. Ja. Grace das bin ich wohl«, erwiderte sie, gemütlich die Hände vor dem Bauch verschränkt und lehnte sich gegen den warmen Kachelofen.

»Da siehst du mal, wie wohl erzogen Grace ist« flachste Alasdair, übersetzte dann jedoch weiter, da Grace ungeduldig wurde. »Werdet ihr richtig heiraten? Also Grace, ich finde, das ist wirklich keine Frage, die wir Erwachsenen mit dir erörtern sollten!«, erklärte ihr Schotte.

Lou bildete sich ein, dass seine Ohren ebenso wie die Wangen dabei etwas rot wurden.

»Ist schon gut, Al. Sag ihr, dass ich mich irgendwann dazu breit schlagen lassen werde. Die Betonung liegt dabei auf, irgendwann!«

»Wenn deine Scheidung durch ist?«

Jetzt war sie es, die unter seinem interessierten Blick spürte, wie sie rot wurde. Verflucht! »Alasdair, Grace ist gerade dran. Nicht du.«

»Ha. Glaub nur nicht, dass ich nicht merke, wie du mir ausweichst, mo cridhe.«

»Alasdair Munro!«

»Aye. Schon gut. Grace fragt … wie bitte? Also … Grace will wissen, ob es für dich in Ordnung ist, wenn sie von dir als … als … du musst, nicht ja sagen, Lou. Ich möchte das vorher klarstellen. Sie möchte von dir als ihrer Mutter reden, also, sie würde gerne Mama zu dir sagen.«

Tränen der Rührung schossen ihr unvermittelt in die Augen. Alasdair wagte es nicht sie direkt anzusehen, schlug stattdessen verlegen die Hände über dem Kopf zusammen. Er hatte Angst um seine Tochter. Fast kam es ihr vor, als könne man dieses fürchterliche Gefühl körperlich greifen.

Verzweifelt versuchte sie nicht zu weinen, da sie sich ziemlich sicher war, dass Tränen in diesem Moment dazu führen würden, dass völlig falsche Schlüsse gezogen wurden. Ohne dass es auffiel, holte sie Luft. Nicht das ihre Stimme sie letztlich verriet. »Ich würde gerne Gracys Mutter sein, wenn das auch für dich okay ist, Al?«

Alasdair sah sie völlig entgeistert an, so dass sie sich vorsichtig nach allen Seiten umdrehte in der Annahme

Felicitas würde mit einer Schrotflinte im Anschlag neben ihr stehen. Was natürlich nicht der Fall war. »Ähm. Hab ich etwas Falsches gesagt, Alasdair?«

Langsam fast wie in Zeitlupe bewegte ihr Schotte verneinend seinen Kopf. Hatte sie ihn missverstanden? Warum hätte sie mit einem ‚Nein' antworten sollen, wenn es für sie das Schönste war, was ihr passieren konnte? Männer waren eben doch ein Unikum. Wieder einmal zeigte sich klar und deutlich, dass sie überhaupt keine Ahnung von Männern hatte oder schwer von Begriff war. Eigentlich war sie sich sicher gewesen, eine gute Zuhörerin zu sein. Gerade sah es jedoch nicht danach aus. Ihre Gedanken überschlugen sich, während ihr ziemlich blass aussehender Mister Cool einen Whisky bestellte, den er ganz entgegen seiner normalen Angewohnheit in einem einzigen Schluck hinabstürzte. Ein Frevel, wie er ihr selbst erst kürzlich erklärt hatte. Langsam wurde ihr unheimlich.

»Entschuldige bitte, Lou«, fand er die Sprache wieder. »Ich rechne dir hoch an, dass du noch da sitzt, als wäre nichts gewesen. Ich hatte tatsächlich Sorge, du könntest schreiend vor mir und einer ungewollten Hochzeit samt einer Tochter Reißaus nehmen.«

»Na ja, ich fürchte, dazu ist es bereits zu spät!«

Alasdairs lautes Auflachen sorgte dafür, dass die wenigen Gäste des Cafés sich alle nach ihnen umdrehten. Prima. Das hatte ihr gerade noch gefehlt. »Hab ich dir schon mal gesagt, dass dein Sarkasmus das Erste an dir war, das mich angezogen hat? Ich liebe deinen Humor, Louise«, wisperte er rau, die Finger liebkosend an ihrer Wange.

»Und ich dachte, es wären meine langen Beine und mein dicker Hintern gewesen, die dich für mich eingenommen hätten.«

»Louise, Louise!« Sein glückliches, aufrichtiges Strahlen ließ die Schmetterlinge in ihrem Bauch einmal mehr fliegen. Ihre Entscheidung, zu ihm nach Schottland zu ziehen, war richtig gewesen. Allein dieser aufrichtige Blick war ihr Lohn genug. In den Rest würde sie eben hineinwachsen müssen. Grace unterbrach ihr Geplänkel mit einem entrüsteten Blick, die Hände ärgerlich in die Hüften gestemmt. Lou musste sich bei ihrem Anblick in die Wange beißen, um nicht etwa laut aufzulachen. Alasdair ließ sich davon nicht beeindrucken, antwortete Grace, als ob nichts wäre. »Ich soll dir von Louise sagen, dass du sie gerne Mama nennen darfst und du kannst jederzeit von ihr als Mutter reden. Sie fühlt sich geehrt!«, erklärte er ernst. Lediglich das Augenzwinkern, das für sie gemünzt war, zeigte, wie belustigt er war.

Glücklich stürzte sich das kleine Mädchen in ihre Arme und schmiegte sich an sie. Mit einem: »Zur Feier des Tages darfst du die Jukebox füttern, Gracy. Deine Mutter und ich haben noch was für Erwachsene zu bereden«, sorgte Alasdair dafür, dass sie nicht erdrückt wurde. Die Frage musste ihr wohl gut sichtbar ins Gesicht geschrieben gewesen sein, denn ihr Schotte beantwortete diese, ohne dass sie die Frage laut ausgesprochen hätte. »Sie liebt die Vibrationen des alten Teils. Hier sind die Lieder allerdings schrecklich altmodisch, nicht wie die meiner Jukebox.«

Wie zum Beweis dröhnte im selben Moment Simon & Garfunkel mit Mrs. Robinson durch das Café.

»Oh Himmel, wie weihnachtlich«, prustete Lou leise.

»Es hätte noch schlimmer kommen können, sie haben die Beach Boys mit Barbara Ann«, hielt Alasdair flüsternd entgegen.

»Ernsthaft?«

»Aye.«

»Wie viel Kleingeld hast du Gracy gegeben?«

»Genug für ein paar Minuten ohne Aufpasserin. Ich

möchte nämlich, dass du weißt, dass ich unendlich froh bin über deine Reaktion. Außerdem wollte ich dir erzählen, wie das Gespräch bei dem Facharzt verlaufen ist, das du für mich besorgt hast. Du weißt schon, auf einem deiner Post-its.«

Sie erinnerte sich gut daran. Schließlich hatte sie lange mit sich gerungen, ob sie es wirklich wagen konnte, sich in Alasdairs und Graces Leben einzumischen. Es war ein Facharzt in Glasgow, der sich speziell um Cochlea Implantate verdient gemacht hatte. Alasdair erzählte von ihrem Besuch dort. Es waren einige Untersuchungen nötig gewesen, die Grace jedoch alle mit Bravour überstanden hatte.

»Ich habe mich trotzdem nach langem Abwägen dagegen entschieden. Was auch damit zu tun hatte, dass Grace es nicht wollte. Stell dir vor, sie hat mich wirklich gefragt, ob ich sie mehr lieben würde, wenn sie hören könnte! Diese kleine Hexe hat mich wirklich in eine verzwickte Lage gebracht. Ich hoffe, du hältst mich jetzt nicht für einen schlechten Menschen?«

»So ein Quatsch, Al. Warum sollte ich das tun? Ich bin mir mehr als sicher, dass du nur das Beste für Grace im Sinn hast. Und weißt du, ich muss ihr in gewisserweise Recht geben. Liebe hat nichts mit hören oder nicht hören, mit Schwarz oder Weiß zu tun. Liebe ist einfach da, ohne Erklärungen.«

»Aye. Aber ...«

»Nichts aber. Allerdings solltest du mir jetzt, wo das geklärt wäre, einen Termin in diesem Kurs für Gebärdensprache besorgen, von dem Graces Lehrerin gesprochen hat. Ich habe nämlich keine Lust immer nur die Hälfte eurer Gespräche mitzubekommen.«

Unvermittelt beugte Alasdair sich über den Tisch und

küsste sie zärtlich. Sein Whisky geschwängerter Kuss vermischte sich mit dem Nachgeschmack der Schokolade. Am liebsten hätte sie diese warmen herrlichen Lippen mit dem drei Tage Bart der ihre Haut kitzelte noch länger genossen, doch das Dröhnen der Gitarrenriffs von The Swinging Blue Jeans unterbrach sie. Lautstark klang der Hippie Hippie Shake aus der Jukebox. Verzückt beobachtete Lou Grace, welche die Hände auf die gläserne Abdeckung gepresst hatte und sich zur Musik rhythmisch hin und her bewegte.

»Ich bin froh, dass wir Doc bei deinen Eltern gelassen haben, er würde mit Begeisterung zu dieser Musik jaulen«, merkte sie trocken an.

»Aye. Wenn ich mich hier so umsehe, scheint bei den Cafégästen auch nicht mehr viel dazu zu fehlen. Gehen wir lieber. Die Musik in meiner eigenen Jukebox ist mir dann doch lieber.«

Eisiger Wind trieb durch Inverness Straßen, sorgte dafür, dass sie sich tief in die Umarmung ihres Schotten kuschelte. Vor ihnen sprang Grace mit kindlichem Eifer, der Lou das Herz erwärmte und völlig vergessen ließ, dass dieser hübsche Wirbelwind über keinerlei Gehör verfügte. Die Kleine hatte sichtlich Spaß dabei, in jede Schneewehe und jeden Schneehaufen mit Anlauf hinein zuspringen. Jedes Mal, wenn sie dies tat, wirbelten die Bommel an ihrer von Marge gestrickten Mütze wie Propeller und ließen Lou an Astrid Lindgrens Karlson vom Dach denken.

»Weißt du eigentlich, dass ich seit Jahren nicht in Weihnachtsstimmung gekommen bin? Außer Philip und mir hat sich nie jemand um das Fest der Liebe geschert. Weihnachten war für mich nur mit Arbeit und den falschen Geschenken verbunden. Würdest du mit mir nach Edinburgh gehen? Ich würde so gerne einmal den

Weihnachtsmarkt live erleben.«

Sie kam ins Schwärmen, wenn sie an die tollen Bilder dachte. Sie hatte welche in der Ausgabe des aktuellen Schottland Magazins gesehen. Es kam keine Antwort. Fragend hob sie das Kinn, um ihrem Schotten in die Augen sehen zu können. Sein Blick ging jedoch gedankenverloren in die Ferne.

»Al? Ist irgendetwas?«

Sein »Nein«, kam viel zu schnell. Argwöhnisch musterte sie ihn. Was beschäftigte ihn den jetzt schon wieder? Schließlich erwiderte er ihren Blick. »Aye. Natürlich können wir das tun.« Er schien nicht begeistert von ihrem Vorschlag zu sein. Seltsam. Bevor es ihr jedoch gelang, sich eine Frage zu überlegen trat sie in ein Loch und fiel nur dank Alasdairs Halt gebendem Arm nicht rücklings in den Schnee. Gleichzeitig hüpfte etwas an ihnen vorbei, blieb in einem scheußlich grauen Schneematschhaufen stecken. Lauthals fluchend besah Lou sich ihren Stiefel, um festzustellen, dass es ihr abgebrochener Absatz war. Kopfschüttelnd hielt sie sich auf einem Bein balancierend an Alasdair fest, der schmunzelnd ihren Absatz auflas und begutachtete. »Ich könnte den anderen auch noch abreißen?«

Die Idee an sich hörte sich nicht schlecht an. Leider stellte Lou bei dem Versuch ohne Absatz zu laufen fest, dass dies so nicht funktionierte. »Das klappt wohl nur im Fernsehen. Tja, ich werde wohl einbeinig zum Auto humpeln oder hüpfen müssen. Ausgerechnet meine Lieblingsstiefel«, schnaubte sie frustriert.

»Ich bin mir ziemlich sicher, das Angus den wieder reparieren kann. Ärger dich nicht, Lass. Und was den Rest des Rückwegs anbelangt …«, bevor sie sich versah, nahm ihr Schotte sie huckepack, ganz zu Graces Freude. »…ist der Weg ja nicht mehr so lang. Sag mal, Lass. Hast du zugenommen?«, witzelte Alasdair, was sie mit einer leichten Kopfnuss konterte. »Aua. Wenn du nicht willst, dass ich eine Glatze bekomme, lässt du das besser bleiben.«

»Wer behauptet den so etwas Abstruses?«

»Dein zukünftiger Schwiegervater und glaube mir, er weiß, wovon er redet.« Zu ihrem Glück konnte ihr Schotte nicht sehen, wie sie mit einem Augenrollen antwortete.

4 Ein männliches Pin up

Alasdairs Abende waren noch nie so entspannt abgelaufen. Seit Lou wieder zurück bei ihm in Schottland war, fühlte er sich wie neugeboren, strotzte nur so vor Energie. Obwohl der Nachmittag dank Felicitas Auftauchen, nicht gerade vielversprechend begonnen hatte, war er besser geworden, als er es je zu träumen gewagt hätte. Dabei war ihm bei Graces Bitte, einen Wimpernschlag lange der Gedanken gekommen, diese einfach nicht zu übersetzten. Zu seinem Pech hatte Grace allerdings ausgerechnet den sturen Schädel ihres Vaters geerbt. Niemals hätte seine Tochter locker gelassen. Vorher gefror sogar Eis in der Hölle, so viel war sicher!

Noch immer wurde ihm schon alleine bei dem Gedanken an diesen einen Satz, der fähig gewesen wäre, einiges zwischen ihm und Lou kaputtzumachen, bevor ihre Beziehung richtig gefestigt war, mulmig zumute. Mit ihrer Antwort hatte Lou ihn unwissentlich noch mehr für sich eingenommen, als es ihr zuvor schon gelungen war. Er hatte mit allem gerechnet, nur nicht mit dem, was dann gekommen war. Diese Frau wusste zum Glück nicht, wie sehr er ihr verfallen war. A Dhia. Alasdair würde aufpassen müssen, dass er vor lauter rosaroter Brille nicht all seine Probleme auf die leichte Schulter nahm. Bei seiner Bonnie Lass schien Vergessen so einfach. Sich treiben lassen. Ganze Tage mit ihr im Bett verbringen. Sex in der süßesten und verruchtesten Art. Wie sollte ein Mann bei so einer Frau noch logisch überlegen können?

»Daingead. Wenn sie nur nicht so schrecklich stur wäre, was das Heiraten anbelangt«, murmelte er, abwesend in sein

Ale starrend.

»Gleich und Gleich gesellt sich eben gerne. Ich bin gespannt, wer von euch den härteren Kopf hat, aye.« Cormacks Sticheleien samt seinem breiten Grinsen und den derben Stößen gegen seine Schulter, brannten wie Salz in einer Wunde. Sein bester Freund hatte gut reden. Der war ja auch frisch verheiratet. Außerdem bekamen er und seine zauberhafte Frau Emily ihr erstes Kind. Eine ganze Zeit lang hatte er etwas wie Eifersucht verspürt in Cormacks Gegenwart. Nicht, dass er Gefühle für Emily gehegt hätte, aber das Glück der Beiden hatte ihm einfach sein eigenes Versagen vorgehalten, wie einen Spiegel. Lou war es gelungen, ihn aus diesem Loch, in das er sich vergraben hatte, herauszuhelfen. Wenn er Cormack und Emily jetzt traf, konnte er sich aufrichtig mit ihnen freuen, wenngleich er die verstörende Sehnsucht nach einem eigenen Kind mit Lou weit von sich schob. Himmel, wenn sein eigenes Erbgut ein gehörloses Kind hervorgebracht hatte, was mochte erst passieren, wenn die Eltern zusätzlich nicht mehr gerade die Frischsten waren? Schließlich waren die Zeitungen voll von Artikeln über zu alte Eltern.

Lous Jüngster, Philipp, schien ein ganz patenter Junge zu sein. Vielleicht würde der Junge im Laufe der Zeit eine Art väterlichen Kumpel in ihm sehen. Das würde er sich zumindest für sich selbst ebenso wie für Lou wünschen. Es würde ihr guttun, wenn wenigstens einer ihrer Söhne so vernünftig war und dem Glück seiner Mutter nicht im Weg stand. Wehmütig dachte Alasdair an seine Träume von einer Großfamilie, wie er selbst sie nie gehabt hatte. Gedankenverloren zerlegte er eine Werbebroschüre, die Hinterlassenschaft eines Pubbesuchers, in kleine Papierschnipsel. Eigentlich war er ziemlich lustlos zum Männerabend gegangen. Lou hatte ihn regelrecht dazu überreden müssen.

»Ich habe nicht vor, dein bisheriges Leben komplett umzukrempeln nur, weil ich das mit meinem Eigenen gemacht habe, Al. Außerdem wollte ich heute mein Malzimmer einweihen. Und mit Einweihen meine ich etwas anderes, als dir gerade durch den Kopf geht. Leugne es nicht. Das, was dir vorschwebt, holen wir nach. Jetzt geh endlich, Ladd.«

Ihre frechen Worte zauberten selbst jetzt noch ein wohliges Gefühl in seinen ganzen Körper. Verdammt bei dem Gedanken daran sie bäuchlings liegend auf dem Zeichentisch zu nehmen, zog sich sein Unterkörper voller Sehnsucht zusammen. Entspannt lehnte er sich gegen die Stuhllehne, ein Lächeln auf den bärtigen Wangen.

»Na also. Es geht doch. Ich dachte schon, du mutierst plötzlich zum Griesgram, kaum ist deine Bonnie Lass nicht zur Stelle. Weißt du, du kannst Lou das mit dem Heiraten wirklich nicht vorwerfen. Nicht ausgerechnet du! Dein Standardspruch war doch: Ich heirate nie wieder in meinem ganzen Leben. Oder verwechsle ich da etwas?«

»Ach, das ist doch Schnee von gestern und etwas völlig anders!« protestierte er, merkte dabei jedoch selbst, wie lahm sein Protest klang. Natürlich hatte Cormack recht. Letztendlich machten ein paar Ringe, ein Pfaffe und Papiere eine Beziehung auch nicht langlebiger, oder? Waren er und Felicitas, ebenso wie Lou und Alexander, hierfür nicht die allerbesten Beispiele? Wieso also war ihm genau das plötzlich ausgerechnet so wichtig und warum zum Henker, konnte er sich das vor seinem besten Freund nicht eingestehen?

Er war froh gewesen, dass die anderen Männer, bereits ziemlich bald für ihre Verhältnisse, nach Hause aufgebrochen waren. Ihm war nicht nach ihren anzüglichen

Witzen zumute gewesen, ganz zu schweigen davon, vor ihnen seine Gefühle öffentlich zur Schau zu tragen.

Alasdair war ihr Held. Völlig zu Unrecht, wie er selbst fand. Nicht, dass irgendeiner der Laddies auf sein Befinden Rücksicht genommen hätte. Er, der alleinerziehende Schotte aus normalen Verhältnissen, hatte einem reichen Schnösel die Ehefrau ausgespannt. Zu Beginn waren all seine Erklärungsversuche diesbezüglich auf taube Ohren getroffen, hatten gar in Unmengen von Whisky und Ale geendet. Zu guter Letzt hatte er, für seinen ebenso wie für Lous Seelenfrieden, all diese Erklärungsversuche aufgegeben.

So oder so ging keinen etwas an, was seine Bonnie Lass und er taten oder nicht. Er war diesen kindischen Laddies zu keiner Zeit Rechenschaft schuldig. Selbst Gordon startete nach einer Prügelei, die sein fast zwei Köpfe kleinerer Freund angezettelt hatte und bei der es um nicht weniger als Lous Ehre gegangen war, keine Annäherungsversuche mehr. Vermutlich war seine momentane Freundin nicht so erfreut über sein Veilchen und die dicke Nase gewesen, die er ihm eigens verpasst hatte. Zwei Whiskys, sowie den neusten Schwangerschaftsnachrichten von Emily später, war er doch soweit, Cormack um Rat zu bitten.

»Was soll das heißen, du hast es Lou nicht gesagt?«, war allerdings mitnichten die Antwort, die er erhofft hatte.

»Ich wollte ja, aber ich hatte Bedenken und …«

»Sag mal, hast du sie nicht mehr alle? Irre ich oder ist nicht gerade dir Ehrlichkeit wichtig?« Haare raufend sah ihn sein Freund aus leicht geröteten Augen an. Die Missbilligung in Cormacks Blick sprach Bände. Wann war er je aus dem Alter heraus, aus dem er Mist baute?

»Ja, mir ist Ehrlichkeit sehr wichtig. Gerade weil Lou und ich so oft hinters Licht geführt wurden. Aber … Ich bin mir nicht sicher, ob Lou es gut heißen würde, dass ich so viel nackte Haut gezeigt habe ...«

Cormack verschluckte sich vor Lachen an seinem Ale. »Ha ha. Hallo! Hast du etwa etwas anderes gemacht als ich? Was habe ich verpasst? Jetzt tu doch nicht so, als hätten wir uns prostituiert! Wir haben bei einem Fotoshooting mitgemacht, in dem man etwas mehr Haut zu sehen bekommt. Na und?«

»Ein bisschen? Darf ich dich daran erinnern, dass es mein nackter Arsch ist, der zukünftig Postkarten und Plakate ziert!«, entgegnete er erbost.

»Nur wenn ich dich im Gegenzug erinnern darf, dass du Glückspilz den Vertrag mit der tollen Gage an Land gezogen hast. Ich habe lediglich einen sexy Fotokalender für meine Frau. Die im Übrigen etwas spießiger eingestellt ist, als deine Bonnie Lass, wohl bemerkt. Trotzdem hat sie keinen Anstoß an meinem Tun genommen. Ich habe es ihr allerdings auch von Anfang an erzählt!«

Alasdair seufzte laut. Spießig war Lou ganz sicher nicht, ganz im Gegenteil. Genauso wenig glaubte er, dass sie wegen der Fotos sauer werden würde. Es war eher der kindische Hintergrund, mit welchem er diesen Job gemacht hatte, den sie ihm verübeln konnte. Es nagte nun einmal an seinem Ego, sich aushalten lassen zu müssen. Dazu war er einfach nicht bereit. Das Fotoshooting war ihm wie eine willkommene Lösung seiner Probleme erschienen. Der Job war überdurchschnittlich gut bezahlt gewesen, wenngleich er sich ohne Cormack, der den Aufruf dazu in einer Zeitungs-Annonce gefunden hatte, nicht dorthin gewagt hätte. Ihn schauderte, wenn er an die Aufnahmen dachte. Mitten in Glasgow, im Inneren einer alten Fabrikhalle waren diese entstanden. Cormack und er mitgerechnet, waren sie 12 Männer in unterschiedlichem Alter gewesen. Wobei sie beide die Einzigen ohne Modelerfahrung, dafür aber mit ihrem eigenen Clan Kilt gewesen waren. Den anderen 10 Männern gelang es zuerst, sie beide durch ihr professionelles Auftreten ziemlich alt aussehen zu lassen. Modeln war ein Knochenjob. Hätte ihm das jemand erzählt, er hätte ihn ausgelacht, es niemals geglaubt. Muskeln, von deren Existenz er nicht einmal gewusst hatte, waren unangenehm ziehend zum Leben erwacht. Unwirsch schüttelte er sich bei dem Gedanken an den geschniegelten Kerl, der sie immer in die richtige Position gestellt hatte. Das Äffchen. Cormack hatten dem Kerl, der ständig aufgeregt wie ein Gockel hin und her stolziert war, den Namen verpasst. Er rührte daher, dass das Äffchen nicht davor zurückschreckte, ihnen genauestens vorzumachen, was für eine Position er von ihnen erwartete. Dabei verstand er es, seinen Körper selbst im engen Sakko affengleich zu verbiegen und zu verdrehen. Bei diesem Kerl sah sogar die blödeste Position recht possierlich aus. Bei allen anderen leider weniger. Oftmals scheiterte es an der Beweglichkeit des jeweiligen Models. Jede Menge Muskelmasse hieß eben nicht gleich beweglich. Bei einigen der Männer schien diese Muskelmasse sogar dem Gehirn geschadet zu haben. Zumindest schien ihm dies die einzig plausible Erklärung, für so viele lächerliche Gespräche und Themen an einem Fleck zu sein. Ein Model hatte sie tatsächlich gefragt, welche Körpertönungscreme sie beide verwendeten. Woraufhin Cormack eiskalt mit: »Schaf- und Rinderdung, ach und Sonne«, geantwortet hatte.

Danach durfte Alasdair seiner Lachtränen wegen, erneut unter die Puderquaste. Dass hinter der Kamera eine Frau stand und knipste, setzte dem allen noch die Krone auf.

Vielleicht präsentierten andere Männer gerne fremden Frauen ihren nackten Hintern. Dummerweise gehörte Alasdair genauso wenig dazu, wie Cormack. Wären sie nicht zu zweit gewesen, hätten sie spätestens jetzt die Flucht ergriffen. So machten sie sich beide mit dem verlockenden Verdienst Mut. Wie sich jedoch herausstellte, war allerdings das Äffchen weitaus gefährlicher als die Fotografin. Das war nämlich von einem ganz anderen Ufer.

Cormack fiel es dennoch um einiges leichter als ihm. Viel schlimmer konnte die Hölle nicht sein. Eingeölt wie ein verfluchter Babypopo, nackt bis auf Kilt und Stiefel über einem Ventilator zu balancieren, der unter einer Schachtattrappe auf voller Stufe lief, mit einem Gefühl, als fröre einem das komplette Gemächt ab. Nein, das war weder lustig noch prickelnd und ganz sicher nicht erstrebenswert. Noch nie war ihm etwas so schwergefallen, wie eine männlichen Marylin Monroe darzustellen, die Spaß hatte. Was Cormack mit einem gut bezahlten Abenteuer betitelt hatte, entsprach eher einem Albtraum der Extraklasse. Mehr als befremdlich fand er auch das Foto mit der üppigen Blondine, die sich lasziv zwischen seinen gespreizten Beinen räkelte, den Blick verklärt unter seinen Kilt gerichtet. Nicht dass es da bei der Kälte überhaupt noch etwas zu sehen gegeben hätte. Das Foto mit dem linken Bein auf einer Stuhlfläche war dagegen einfach gewesen, wenn da nicht der keltische Drache auf seiner Pobacke gewesen wäre. Ein Helfer des Äffchens hatte diesen mit einer Art Body-Airbrush aufgesprüht. Das Teil war trotz Bearbeitung mit einer Bürste und Waschcreme für Automechaniker, welche er sich eigens von Gordon geliehen hatte, kaum abzukriegen. Selbst heute bildete er sich noch ein, den Umriss des Drachens auf seiner Haut zu erkennen. Es grenzte an ein Wunder, dass es Lou noch nicht aufgefallen war. Andererseits wäre es vielleicht besser gewesen, wäre das Teil nicht abgegangen. Dann hätte er es Lou nämlich sagen müssen. In was für eine Misere hatte er sich da nur wieder hineinmanövriert? Es half alles nichts, er musste es Lou beichten. Sein Freund hatte recht. Nur wann, und wie – verflucht - sollte er das tun?

Zu viele Ales und Whiskys später, hoffte er nur noch, dass seine Bonnie Lass ihn so nicht zu Gesicht bekam.

»Himmel, Alasdair. Ich hatte ja keine Ahnung, wie sehr dir die paar Fotos an die Nieren gegangen sind«, keuchte Cormack, der ihn in der Senkrechten hielt. »Du bist voll wie eine Haubitze, aye!«

Ohne seinen Freund wäre der Schlüssel nie ihm Schlüsselloch gelandet.

Müde und leicht desorientiert krabbelte Lou aus dem warmen Bett. Die Nacht war seltsam unruhig, voller wirrer Träume gewesen. Kein Wunder also, dass sie sich so gerädert fühlte. Eine zerwühlte Decke auf dem Sofa, ebenso wie kreuz und quer liegen gelassene Kleidungsstücke samt einer leeren Aspirin Verpackung, waren die stummen Zeugen einer vermutlich ziemlich feuchtfröhlichen Nacht unter Männern.

»Oh oh. Wenn das mal nicht der Kuckuck von heute Nacht ist«, erklärte sie ihrem Vierbeiner, der sie aus seinen dunklen Teddybär-Knopfaugen betrachtete. »Wäre ja auch ganz neu gewesen, wenn Mann die offizielle Erlaubnis kriegt und sich dann nicht volllaufen lässt ... Männer!«

Vor sich hin grinsend, las sie die Kleidungstücke auf und füllte damit die Waschmaschine. Einen Kaffee später, nebst frischem Croissant und Small Talk mit Marge, war sie bereit um nach ihrem Schotten zu sehen. Am heutigen Morgen lief kein Radio in der Backstube, lediglich die Öfen brummten auf Hochtouren. Alasdair hatte sie nicht gehört, obwohl sie nicht gerade leise zugange war. An den Türrahmen gelehnt, betrachtet sie ihre neue Liebe. Übermüdet und schmerzgepeinigt waren die Begriffe, welche ihr als Erstes in den Sinn kamen. Absichtlich ließ sie die Türe hinter sich laut ins Schloss fallen. Wie nicht anders zu erwarten, zuckte Alasdair leidvoll zusammen, hielt sich den Kopf, bevor er sich nach ihr umdrehte, um mitten in der Drehung zu verharren. »Guten Morgen, Lou!«

Alleine diese drei, leicht zittrig ausgesprochenen Worte genügten ihr, um augenblicklich Mitleid für ihren Schotten zu empfinden.

»In deinem Fall scheint der Morgen nicht gerade so schön zu sein, Ladd. Kopfschmerzen?«

Erschöpft ließ Alasdair die Schultern hängen, lehnte sich schwer gegen die Ablagefläche, wo er Brötchen geformt hatte.

»Es wird schon wieder werden, aye«, antwortete er matt.

Es kostete Mühe, das Kichern zu unterdrücken, das ihr bereits auf der Zunge lag.

»Ich wusste übrigens gar nicht, dass ihr eine Kuckucksuhr euer Eigen nennt«, tat sie völlig unschuldig und genoss es, wie alle Farbe aus Alasdairs sowieso schon bleichem Gesicht wich.

Argwöhnisch betrachtete er sie, bevor er ziemlich langsam erwiderte: »Wir haben keine Kuckucksuhr. Wie kommst du denn auf so etwas?«

Ohne es verhindern zu können, fing Lou lauthals an zu lachen. Sie lachte so laut, dass sie Sorgen hatte, man würde sie noch im Café hören. »O mein Gott ... ha ha ha ... das ist wie in diesem Witz ... ha ha ...« gluckste sie, schlug sich dabei mehrmals auf die Oberschenkel.

Alasdair verfolgte ihren Lachanfall mit einem leicht verstörten Gesichtsausdruck. »Ich verstehe nicht?«

Mühsam versuchte sie, sich zusammenzureißen. Scheinbar litt ihr Schotte an einem Filmriss, den es zu beheben galt.

»Ich wurde heute Morgen, es muss so um 1.00 Uhr gewesen sein, von seltsamen Geräuschen geweckt. Zuerst dachte ich, ich reagiere einfach nicht, in Filmen werden schließlich immer die Neugierigen zuerst umgebracht. Dann habe ich aber deine Stimme erkannt, die immer wieder ‚Kuckuck' rief, gefolgt von einem Lachen, das Tote hätte wecken können. Du warst so damit beschäftigt, die Treppe auf allen Vieren zu bewältigen ... hi hi ... dass ich dich nicht dabei Stören wollte. Ich gebe zu, ich war mehr als froh, dass du ohne im Couchtisch einzuschlagen oder gegen die Tür zu laufen zum Sofa gefunden hast. Dein Striptease war im Übrigen wirklich filmreif.«

»Hat dir eigentlich schon einmal jemand gesagt, dass du ein ganz schön freches Weib bist? Du hast mich also einfach heimlich beobachtet?«

»Also von heimlich, kann keine Rede sein, Munro! Es war vielmehr so, dass ich im Türrahmen stand und du mich einfach nicht beachtet hast. Die Manieren während und na ja also in deinem Zustand, die du an den Tag gelegt hast, habe ich im Übrigen einfach ignoriert.« Versöhnlich trat sie näher, strich ihm sanft mehrere verschwitze Haarsträhnen aus der Stirn.

»Cac. Was für Manieren?« hakte er mit holperig klingenden Worten und Augen, die riesigen Murmeln glichen, nach.

»Das ist mein Geheimnis, Honey.«

Den schottischen Unmutslaut, der folgte, ließ sie unkommentiert. Stattdessen band sie sich betont langsam eine der Bäckerschürzen um. Wenn sie noch etwas von Alasdairs Zeit für sich beanspruchen wollte, konnte er alle Hilfe brauchen, die ihm zur Verfügung stand.

Später, nach einem ausgiebigen Nachmittagsschlaf, war Alasdair wieder soweit zu gebrauchen, dass er in einen Winterspaziergang einwilligte. Es hatte zwar aufgehört zu schneien, dennoch lag der Schnee an den meisten Stellen unberührt und oft ziemlich hoch. Ihr Vorankommen glich einem mühseligen Schleichen, tat der Stimmung jedoch keinen Abbruch. Grace saß auf einem altertümlichen Holzschlitten, gezogen von ihrem Vater, von wo aus sie immer wieder Schneebälle warf, denen ein kaum zu bändigender Doc hinterherjagte.

»Was macht dein Kopf?« fragte Lou, wobei sie sich bei Alasdair unterhakte.

»Ist das eine ernst gemeinte Frage? Wenn ja, kann ich nur sagen: Er lebt!« Lou reckte sich, um ihrem Schotten eine Hand an die bärtige, kalte Wange zu legen.

»Mein armer schwarzer Kater«, feixte sie, ihn streichelnd. Alasdair legte seine Hand über die ihre und führte diese an seine Lippen, um einen warmen Kuss auf ihrer Handinnenfläche zu hinterlassen. »Ich könnte mich an deine Hilfe in der Backstube gewöhnen, wenn ...«

»Munro, ich warne dich. Du hast schon wieder diesen Blick in den Augen. Diesen flegelhaften Blick!« Der Gesichtsausdruck, den ich so sexy und anziehend finde, sprach sie in Gedanken weiter und versuchte dabei nicht rot zu werden.

»Wenn deine Brötchen nicht so eine katastrophale Form hätten!« vervollständigte Mr. Charming seinen Satz, ohne auch nur mit der Wimper zu zucken.

Das war ja wohl die Höhe. Na warte. Im nächsten Moment verrieb sie bereits eine Handvoll Schnee in seinem Gesicht. In Anbetracht einer Revanche seinerseits wich sie vorsichtshalber nach hinten aus und übersah dabei ihren Hund. Einen Aufschrei später fand sie sich rücklings im Schnee wieder, begraben unter einem Hund und einem Kind, die dies allem Anschein nach für die beste Idee überhaupt hielten.

Nun war es Alasdair, der sich vor Lachen auf die Schenkel schlug. »A Dhia, Lass. Du hättest dein Gesicht sehen sollen. Schätze in gewisserweise sind wir beide quitt, oder?«

»Friede?« erwiderte Lou zuckersüß, während sie nach der ihr dargebotenen Hand griff und dann alle Kräfte mobilisierte, um den großen Mann neben sich in den Schnee zu befördern. Kichernd wie die Teens rollten sie im Schnee umher, begleitet von niederprasselnden Schneebällen und lautstarkem Hundegebell.

Es grenzte an ein Wunder, dass noch keiner von ihnen einen Schnupfen bekommen hatte, nach ihren mehr als ausgiebigen Schneebädern. Alasdair sah schmunzelnd zu dem Deckenberg, unter dem er Lou und Grace vermutete und sinnierte über den vergangenen Abend. Nach einem Spaziergang, der seinen, von Kopfschmerzen geplagten Kopf, wieder kuriert hatte, waren sie bereits am frühen Abend in ihren Pyjamas, bewaffnet mit Kaffee, Kakao, Plätzchen und Popcorn zu einem Fernsehabend auf dem Sofa gelandet. Es war sein und Gracys erstes Mal, was eine Pyjamaparty anbelangte. Wenn er gewusst hätte, wie lustig so etwas sein konnte, hätte er gewiss nicht damit gewartet, bis Gracy im Schulalter war. Sie hatten sich erst ‚Merida' gefolgt von ‚Drei Haselnüsse für Aschenbrödel' und zu guter Letzt ‚Pretty Woman' angesehen, das etwas aus der Reihe fiel. Natürlich alles mit Untertiteln, um Grace ebenfalls daran teilhaben zu lassen.

Zu seiner Schande musste er gestehen, dass er inmitten der Weihnachtsgeschichte weggedöst war. Was ihn schließlich weckte, war ein wackelndes Sofa sowie seltsame Geräusche. Zu seinem Glück hatte er nicht zuerkennen gegeben, dass er aufgewacht war. So kam er in den unverfälschten Genuss, seine beiden Lieblinge heimlich beobachten zu können. Grace erteilte ihrer neuen Mutter Unterricht in Gebärdensprache. Alleine der Lehrerinnenblick, den seine Kleine dabei an den Tag legte, sorgte dafür, dass ihm sofort warm ums Herz wurde. Seine Bonnie Lass folgte konzentriert, die Zähne mit der unübersehbaren Zahnlücke zwischen den perfekten Schneidezähnen in die Unterlippe gegraben, Graces Anweisungen. Die beiden wurden nicht müde zu wiederholen oder neue Worte auszuprobieren.

Irgendwann am frühen Morgen waren sie schließlich alle zusammen in seinem großen Bett gelandet. Gedankenverloren rieb er sich den Brustkorb, auf dem der steinharte Kopf seiner Tochter die halbe Nacht verbracht hatte. Blieb nur zu hoffen, dass Lou keine blauen Flecke von seiner Tochter abbekommen hatte. Noch immer lag das Mädchen quer im Bett. Selbst der Hund hatte in dieser Nacht seinem Körbchen den Vorzug gegeben.

»Schlauer Kerl!«, murmelte er den Hundekopf tätschelnd, der ihn aus lediglich halb geöffneten Augen betrachtete. Der Deckenberg hinter ihm bewegte sich und er drehte sich um. Lou sah aus, als wäre sie in einen Sturm geraten, was ihren Anblick nur noch süßer machte. Wie eine der Katzen, die seine Mutter durchfütterte, streckte sie sich genüsslich und gähnte dabei herzhaft.

»Gut geschlafen, mo cridhe?«

»So gut es mit den Füßen der Kleinen im Gesicht geht. Ich hatte wirklich Angst, ein Veilchen davonzutragen«, antwortete sie ihm mit diesem unverschämten Augenaufschlag, den sie so perfekt beherrschte.

Warum war er nur Lous Bitte nachgekommen? Er wüsste ganz genau, was er mit ihr anstellen würde, hätten sie das Bett für sich alleine. Aber nein, sie wollten ja 300 km fahren um dann, wenn es der Verkehr zuließ, nach vier Stunden in

Edinburgh auf dem Weihnachtsmarkt anzukommen. Er hatte nichts gegen den Weihnachtsmarkt, auch wenn er wusste, dass dieser nicht wirklich anders war, als die Weihnachtsmärkte in Deutschland oder sonst wo auf der Welt. Lou wünschte es sich und tatsächlich wäre er für Lou auch Gott weiß wo hingefahren.

Was ihm jedoch fast den Schlaf geraubt hatte, war die Tatsache, dass vor allem in den größeren Städten das Risiko immens war, dass sein Allerwertester in überdimensionaler Größe, auf irgendeinem Werbeplakat für Whisky prangte. Seine Bonnie Lass gehörte bei Weitem nicht zu der dummen, naiven Frauenfraktion. Spätestens seit Felicitas hätte er sich in so eine Frau auch nicht mehr verlieben können. Ein einziger genauer Blick würde ihr genügen, um seinen Hintern selbst unter 100 anderen als den seinen zu überführen.

A Diah, was war er nur für ein Feigling. Erschwerend kam hinzu, dass er sie in den letzten Tagen dabei ertappte, wie sie ihn seltsam ansah. Begonnen hatte das mit dem Fiasko vor Graces Schule. Keine Frau verstand es besser, ihn die Beherrschung verlieren zu lassen. Alleine Felicitas Anblick, ihre aufgepumpten Lippen - nahm man dazu auch Botox? - gefolgt von diesen übergroßen Silikonbrüsten, genügten und er malte sich plötzlich aus, wie er die Hände um ihren Hals legte. War das noch normal? Vielleicht litt er an einer Felicitas Phobie?

»Alles in Ordnung, Al?«

»Ja, klar. Was sollte denn sein?«, log er.

»Ich organisiere uns einen Kaffee und gebe Marge Bescheid, dass Grace in unserem Bett liegt!« Bevor Lou etwas erwidern konnte, eilte er bereits auf nackten Sohlen, in Jogginghose und einem Sweatshirt, das er unterwegs überzog, die Treppe zum Café hinab. Sonntag war ein guter

Tag für den Weihnachtsmarkt. Es würde auf den Straßen relativ leer sein und auf den Weihnachtsmärkten in Edinburgh so voll wie in der Hölle. Bei so vielen Menschen würde Lou damit beschäftigt sein, sich an ihn zu schmiegen wie ein Kätzchen, ohne groß auf Werbung, welcher Art auch immer, zu achten. Vielleicht würde er dabei auch den passenden Moment finden, um ihr endlich den Verlobungsring an den Finger zu stecken, den er für einen Teil der Modelgage, ziemlich teuer, bei Hamilton & Young in Edinburgh hatte fertigen lassen.

Alasdair benahm sich seit dem Vorfall mit Felicitas definitiv komisch. Verärgert über sich selbst strich sich Lou die wirren Haare aus dem Gesicht. Erst als sie die Schlafzimmertür leise hinter sich geschlossen hatte, wagte sie es, erleichtert auszuatmen. »Was tu ich da überhaupt, Doc?«

Der Hund sah sie aus treuherzigen Augen an, wedelte verhalten mit dem Schwanz. »Ich meine Grace ist schließlich gehörlos, warum schleiche ich dann? Weißt du vielleicht, was mit Alasdair los ist? Ich finde, er benimmt sich irgendwie seltsam.«

Natürlich erwartete sie nicht wirklich eine Antwort von ihrem Vierbeiner. Andererseits wollte ihr auch niemand einfallen, dem sie sich anvertrauen konnte. »Was wenn Al doch noch etwas für Felicitas empfindet, Doc? Sie ist die leibliche Mutter von Grace, kann ich ihm das übel nehmen? Ich sehe schon Gespenster, oder?«

Der Hund legte den Kopf schief, als überlege er. Das tiefe ‚Wuff' riss Lou aus der Erinnerung. Hätte sie Alasdair von Felicitas Drohung erzählen sollen?

Dich mach ich fertig, du Miststück. Du bekommst meine Familie nicht!

Der Satz hatte sich tief in ihren Kopf gedrängt, sich in ihr Herz gefressen. Waren Alexanders Drohungen nicht schon genug? Entschlossen warf sie sich mehrere Hände eisig kaltes Wasser ins Gesicht. Ihr Spiegelbild ließ sie zusammenzucken.

»Oh Gott, seit wann hast du plötzlich solche Falten, Louise?« Sie Schnitt der Frau im Spiegel, die niemals sie sein konnte, mehrere fiese Grimassen. Wenigstens konnte sie noch ihre Stirn runzeln, das hatte sie Felicitas voraus. Gewaschen und angezogen wartete sie missmutig, die Beine untergeschlagen, auf der Couch. Ihr Schotte ließ nicht lange auf sich warten. Selbst wenn er noch nicht lange auf den Beinen war, ohne Wasser oder eine Bürste gesehen zu haben, war er einfach nur sexy. Noch nie hatte sie einen Mann gekannt, der eine solche Anziehungskraft auf sie ausübte, dass sie ihm am liebsten die lässige, verboten tief sitzende Jogginghose vom Leib gerissen hätte. Wie er seine Augen über ihren Körper wandern ließ, kam sie sich regelrecht ausgezogen vor. Er stellte eine der beiden Kaffeetassen, die er in einer Hand getragen hatte, vor ihr ab und reichte ihr ein lecker duftendes Plunderteilchen.

»Etwas Süßes, für meine Süße, Lass«, hauchte er, die Lippen sanft auf ihren Nacken gelegt. Alleine damit schaffte er es, ihre trüben Gedanken zu vertreiben. »Isst du nichts?«

»Nein, mo cridhe. Ich habe beim Warten auf den Kaffee bereits ein Hörnchen gegessen. Dachte mir, ich hübsche mich noch kurz auf, während du frühstückst. Vielleicht falle ich hässlicher Kerl dann nicht ganz so auf, aye.«

Die Nacht hatte keinen neuen Schnee gebracht und auch der Straßenräumdienst war bereits unterwegs gewesen. Sie würden den Jeep nehmen, da Allradantrieb und Schneeketten bei diesen Wetterverhältnissen unabdingbar waren. Alasdair hatte ihr den Autoschlüssel gegeben. Da der

Jeep im Freien stand, war es nötig, die Scheiben vom Eis zu befreien. Und solange ihr Schotte Marge noch letzte Anweisungen für Grace gab, konnte sie schließlich schon anfangen. Gewohnheitsmäßig fing sie dabei mit der Frontscheibe an, erstarrte jedoch mitten in der Bewegung.

»Brr. Ganz schön kalt heute, Lass. Ich schätze aber, in Edinburgh wird uns strahlender Sonnenschein erwarten. Lou? Ist alles Okay?« Alasdairs Stimme schlug von fröhlich in alarmiert um. Was kein Wunder war, so wie sie dastand. Im selben Moment, in dem er sie erreichte, gelang es ihr, sich wieder zu bewegen.

»Wenn du das ...«, ihre Finger zeigten anklagend auf die Windschutzscheibe, » ... okay nennst?«

Schreiend rot hob sich dort der Satz: I love you, Honey. Forever Yours, unterzeichnet mit dem Kürzel Fel. ab.

»Was zum Teufel ist das?«

»Lippenstift, Honey. Es ist Lippenstift«, stieß sie sarkastisch aus.

»Moment. Du glaubst jetzt aber nicht, was ich glaube, dass du denkst? Lou, Louise, ich bitte dich. Das ist ein Witz.«

»So? Ist es das? Was denke ich denn?«

Krampfhaft umschlossen ihre Finger den Eiskratzer, von dem sie sich fragte, ob er wohl als Mordwaffe genügen würde und vor allem, wen sie damit als Erstes ermorden sollte.

»Also nur für den Fall, dass ich den Blick in deinen Augen richtig deute, Lass, wäre ich dir dankbar, wenn du Felicitas mit dem Eiskratzer erstechen würdest. Nicht mich. Du kämst mir damit sogar zuvor, wenngleich ich Dads Schrotflinte gewählt hätte. Ich habe weder jetzt, noch hatte ich die letzten acht Jahre ein Verhältnis mit meinem intriganten Exweib!«, beteuerte er nachdrücklich.

Seufzend schloss Lou die Augen, um die Tränen der

Erleichterung zurückzuhalten. Seit wann war sie denn so leicht zu erschüttern? Es sah ihr überhaupt nicht ähnlich diese Heulerei, die sie seit ihrem Umzug nach Schottland an den Tag legte. Wärmend legten sich seine starken Arme um sie.

»Tut mir Leid, Al«, murmelte sie kraftlos.

»Ist nicht einfach für dich, oder? Ich meine, du musst Deutschland und deine Kinder doch vermissen, Lou?« Behutsam hob er ihr Kinn an, um in ihre Augen zu sehen. Liebevoll zog er eine Spur aus Küssen von ihrer Stirn über die Nase bis zu ihren bebenden Lippen.

»Nein. Es ist nicht einfach«, gab sie unumwunden zu. Wäre es möglich, im perfekten Blau seiner Augen zu ertrinken, sie wäre untergegangen ohne sich dagegen zur Wehr zu setzen.

»Aber viel schlimmer sind diese miesen Stolperfallen, die uns unsere Expartner in den Weg legen. Ich ... ich wäre fast drauf reingefallen und das, obwohl ich dir vertraue, Alasdair. Das beunruhigt mich zutiefst.«

»Ist schon gut, mo cridhe. Wir lieben uns. Du bist hier bei mir und alles andere kriegen wir auch noch hin!«

Alasdairs Satz hätte sie eigentlich beruhigen sollen. Warum nagte dann noch immer dieses nicht zu deutende Gefühl an ihrem Herzen?

Die Fahrt nach Edinburgh über die A9 verlief ohne Stress und großen Verkehr. Sie ließen Inverness hinter sich, passierten Aviemore und Newtonmore und hielten für einen atemberaubenden Ausblick beim Queensview in Pitlorchy an. Der Ort war so hübsch anzusehen, dass Alasdair Lou versprechen musste, irgendwann wieder mit ihr für eine Sightseeingtour dort vorbeizukommen. Perth wartete kurz mit etwas mehr Verkehr auf, doch auch dieser kostete sie kaum Zeit. In North Queensferry überquerte Lou zum ersten Mal den Forth über die schon von Weitem sichtbare Forth Rid Bridge. Alasdair hatte bei einem Kumpel von Patrick, der am Hafen unweit der Royal Britannia wohnte, einen Parkplatz in einer Tiefgarage für ihr Auto klar gemacht. In der Weihnachtszeit war es nicht leicht, mit dem Auto zu Patricks Wohnung und dem Autostellplatz im dortigen Innenhof zu gelangen. Da aber ein Jeep, im Vergleich zu Alasdairs Harley, wesentlich schwerer unterzubringen war, waren sie auf so eine Möglichkeit angewiesen. Der Weg zum Castle Hill und somit der Royal Mile, war zu Fuß zu weit und so stiegen sie in einen der etlichen Busse, der sie bis zur Waverly Station brachte. Von dort aus war der Weihnachtsmarkt bereits gut zu sehen. Dennoch stiegen sie durch eine der vielen Closes den Burgberg zum Castle empor. Einfach deshalb, weil die Aussicht vom Vorplatz des Edinburgh Castle auf den Weihnachtsmarkt mit nichts zu vergleichen war und einen wahrhaft zauberhaften Blickwinkel zeigte. Da in Edinburgh eigentlich fast immer eine leichte Brise wehte, die kalte Luft vom Meer mitbrachte, kam ihnen der Aufstieg sogar ganz gelegen. Schließlich wärmte er ganz beiläufig. Die Stadt glich einem Weihnachtstraum, wartete ähnlich, wie in Inverness, mit geschmückten Häusern und weihnachtlicher Beleuchtung auf. Herrschte in den kleineren Closes und Wynds durch die sie den Berg zur Old Town hinauf stiegen noch Stille, so wurden sie auf den größeren Straßen zum Teil fast umgerannt. Über alldem lag der Geruch von Holzfeuer, Zimt und gebrannten Mandeln. Ein Geruch, der Lou bereits das Wasser im Mund zusammen laufen ließ. Nachdem sie sich an der Aussicht sattgesehen hatte, schlenderte sie, eng an Alasdair geschmiegt die Royal Mile hinab. Lou liebte das besondere Flair dieser Altstadt. Hier passte einfach alles zueinander.

Da der Tag einfach nicht heller werden wollte, brannten bereits Tausende bunter Lichter. Aus den vielen Andenkengeschäften erklang Dudelsackmusik, in denen sie Lieder wie: ‚Winter Wonderland‘ und selbst ‚Last Christmas‘ von Wham, erkennen konnte. Sie verließen das Kopfsteinpflaster der Royal Mile, bogen bei der Borthwick's Close für einen kleinen Moment ab und sahen vom Innenhof aus zu Patricks Wohnung im fünften Stock empor, in der sie einige schöne Stunden verbracht hatten.

»Schade, dass Patrick nicht zu Hause ist«, merkte Lou mit in den Nacken gelegtem Kopf an, während sie sehnsüchtig an der Häuserwand emporsah.

»Dass du dich genauso gerne daran erinnerst, freut mich, Lass«, raunte Alasdair und küsste ihren Scheitel. Er blieb noch einen Atemzug lang, die eine Hand in die Hosentasche versenkt, gedankenverloren stehen, besann sich dann jedoch ihrer Anwesenheit. »Komm, mo cridhe. Sonst hast du nichts mehr vom Weihnachtsmarkt und wegen dem sind wir schließlich hergekommen!«

Wie immer pulsierte auf der High Street das Leben. Touristen aus allen Herren Länder mischten sich hier unter die Schotten. Die meisten waren über und über beladen mit Tüten und Paketen, deren weihnachtliche Aufmachung keinen Hehl daraus machte, um was es sich dabei handelte. An der Ecke zur North Bridge stimmte soeben ein Dudelsackspieler ‚Jingle Bells‘ an, wobei die Nikolausmütze auf seinem Kopf enthusiastisch wackelte. Kurz blieb Lou stehen, doch ihr Schotte zog sie mit einem entschuldigenden Zucken der Achseln weiter. Der Weihnachtsmarkt begann unmittelbar nach der North Bridge und zog sich bis zum St. Andrews Square. Brüderlich teilten sie sich eine große Portion heiße Maroni, denen ein Glühwein folgte. Alasdair machte sie auf einen Stand aufmerksam, der auch auf dem

Volksfest in Stuttgart hätte stehen können. ‚The Original German Sausage' stand auf der beleuchteten Tafel des großen Holzhauses, das selbst mit rotkarierten Vorhängen aufwartete.

»An was erinnern mich die Vorhänge nur?«, witzelte er neckend und wich ihren Fingern aus, die ihn mahnend kneifen wollten. Natürlich wusste Lou ganz genau, auf was er anspielte. Die Vorhänge sahen einer gewissen Unterwäsche, die sich in ihrem Besitz befand, verblüffend ähnlich.

»Wie wäre es damit?« Alasdairs Kinn zeigte auffordernd zu dem Stand. »Du fragst mich ernsthaft, ob ich eine deutsche Bratwurst essen möchte?«

»Aye. Das tue ich. Dachte mir, vielleicht hilft das ein bisschen gegen dein Heimweh?«, erwiderte er ernst.

Sie wollte schon Nein sagen. Schließlich mochte sie keine Bratwürste, hatte sie noch niemals gemocht. Der Geruch ließ ihr jedoch jäh das Wasser im Mund zusammenlaufen. Bevor sie sich recht versah, biss sie bereits herzhaft in die heiße Wurst, die ihr Schotte für sie erstanden hatte, und verbrannte sich gar die Zungenspitze an der deutschen Delikatesse. Was um alles in der Welt hatte Schottland plötzlich für einen Einfluss auf ihren Geschmack? Das war doch nicht normal, oder?

Ihr nächstes Ziel war das Riesenrad, welches eine zehnminütige Fahrt versprach. Trotz der Menschenmassen saßen sie ziemlich schnell in einer der Gondeln.

»Glücklich?«

»So glücklich, wie man nur sein kann, Ladd«, log sie leise und küsste ihn nur kurz, um nichts von der schönen Aussicht zu verpassen, aber auch, um ihn nicht sehen zu lassen, dass es, was ihre Gemütslage anbelangte, nicht gerade zum Besten mit ihr stand. Grübelnd starrte sie konzentriert in die Ferne, zwang dabei die Tränen zurück. Wieso zum Teufel war ihr in so einem schönen, romantischen Moment plötzlich zum Heulen zumute? War das hier denn nicht genau das, was sie sich in ihren Träumen gewünscht hatte?

Unter niedergeschlagenen Lidern betrachtete sie den Mann an ihrer Seite. Er hatte den Kragen seiner Jacke hochgeschlagen, das war jedoch das einzige Zeichen dafür, dass es kalt war. Alasdair schien, wie die Schotten an sich, nie wirklich zu frieren. Vermutlich, weil er einfach andere Temperaturen gewohnt war. Sie selbst hatte Mühe, ein Zähneklappern zu verhindern. Unstet glitten ihre Augen über den gewollt deutschen Weihnachtsmarkt. Er war wirklich nicht viel anders als die Märkte, die sie aus ihrer Heimat kannte. Trotz allem machte ihn die Kulisse des Castle im Hintergrund, ebenso wie das Scott Monument am einen Ende des Marktes und die schottische Nationalgalerie am anderen Ende, zu etwas ganz Besonderem. Ärgerlich über sich selbst atmete sie leise ein und aus, um sich zu entspannen. Das war doch idiotisch. Sie machte sich doch nicht indirekt Sorgen wegen Alasdairs Exfrau? Gedanklich sah sie sich bereits dabei zu, wie sie, wie in einem dieser kitschigen Soaps im Fernsehen, in Alasdairs Jacken- und Hosentaschen nach Beweisen für seine Untreue suchte.

»Als Nächstes gehen wir Schlittschuh laufen«, riss Alasdair sie aus ihren fürchterlich schwarzen Fantasien, sodass sie mit dem Fuß hängen blieb und nur deshalb nicht der Länge nach hinschlug, weil die große Hand ihres Schotten schnell und stark genug war, um dies rechtzeitig zu verhindern. Ihr Magen machte einen Satz. Himmel, ausgerechnet Schlittschuh laufen!, stöhnte sie innerlich auf. Ist das gerade an dir vorbeigegangen?, wollte sie ihn fragen. Doch kein einziges Wort kam über ihre schlagartig trockenen Lippen.

Seine Augen verengten sich fragend. »Gibt es da

irgendwelche Probleme?«

»Hältst du das für vernünftig? Ich meine ... Na ja, du weißt doch, dass ich ein ziemlicher Tollpatsch bin und gerade eben ...«, stellte sie ihm eine Gegenfrage.

»Dafür hast du doch mich dabei. Ich mache deine Tollpatschigkeit wieder wett«, versicherte Alasdair ihr zwinkernd.

Ha, ha. Manchmal scheint ein Komiker an dir verloren gegangen zu sein!

Sorglos und zielsicher bahnte Alasdair sich einen Weg durch die vielen Menschen, wobei er sie einfach mit sich zog. Lou hingegen kam sich vor, als schrumpfe sie bei jedem weiteren Schritt, je näher sie dem St. Andrews Square kamen. Ihr Schotte wurde nicht müde ihr zu erklären, warum diese Eisbahn besser war, wie die, die sich bei der Princess Street befand. Vielleicht hätte sie anmerken sollen, dass sie es malerischer fände, wenn sie sich unterhalb des Castle den Hals brechen würde. Andererseits wäre das Durchkommen für den Krankenwagen am St. Andrews Square leichter, für den unglaublichen Glücksfall, dass sie nur mit Knochenbrüchen davon käme. Mittlerweile war der Knoten in ihren Gedärmen kaum mehr auszuhalten und auch die Bratwurst schien ein Eigenleben entwickelt zu haben. Ob sie Alasdair sagen sollte, dass sie Angst vor Eisflächen hatte, weil sie fast keinen Gleichgewichtssinn besaß? Sicherlich würde er sie nicht auslachen. Er war ja kein Fiesling, wie Alexander. Der St. Andrews Square kam in Sicht und mit ihm eine Eisfläche, die zu ihrem Leidwesen nicht so gut besucht war, wie die an der Princess Street. Verflixt!

»Hab ich es nicht gesagt!«, frohlockte ihr Schotte, um dann im nächsten Moment unvermittelt und stocksteif stehen zu bleiben. »Cac!«, entwich es ihm und sie sah sich beklommen nach allen Seiten um.

»Ist was? Wo ist sie?«

»Öhm, wer?«

»Ich dachte Felicitas ... egal. Was ist dann?« Lou versuchte an Alasdair vorbei zu sehen, doch er versperrte ihr immer wieder aufs Neue die Sicht. Nur auf was? Er benahm sich so eigenartig, dass sie selbst ihr Unwohlsein völlig vergaß. »Wenn es nicht deine Ex ist, was ist es dann? Gehe ich recht in der Annahme, dass, was auch immer es ist, sich hinter deinem Rücken befindet?« Ärgerlich verschränkte sie die Arme vor der Brust.

»Nein. Öhm, ich meine ja. Daingead. Ich ... Ich muss dir etwas sagen, mo cridhe. Ich weiß nur nicht wie ...«, stotterte er hilflos.

»Munro!«, knurrte sie und versuchte mit aller Gewalt den Pfeil der Eifersucht zu ignorieren, der sich ganz langsam, Stück für Stück in ihr Herz bohrte. Wartete in der Gruppe von Menschen hinter dem Mann ihrer Träume, womöglich ein Seitensprung, von dem sie nichts wusste oder ein anderes, uneheliches Kind? Entpuppte sich ihr Traum von einem Neuanfang jetzt als Albtraum? Hatte die Liebe sie wirklich so blind werden lassen, dass sie sich so getäuscht hatte? Schlagartig fiel ihr ein, dass sie ihn nie nach solchen Dingen gefragt hatte. Zwischenzeitlich konnte sie das nervöse Pochen ihres Herzschlags bis in den Hals spüren. Lieber Gott, lass meine Ängste nicht wahr werden!, betete sie stumm.

Alasdair war sichtlich aufgewühlt. Unablässig fuhr sich der große Mann mit den Händen durch die Haare, trat von einem Bein auf das andere. »Es ist so. Also Cormack und ich ... also wir haben etwas gemacht, das ... es waren nur Bilder, nicht dass du denkst ...«

Ohne dass Alasdair es kommen sah, stieß sie ihn mit

Gewalt zur Seite, sodass sie ein freies Sichtfeld auf das hatte, was sich hinter ihm befand. Doch da befand sich nichts, da die Menschengruppe sich bereits weiter bewegt hatte. Nichts, sah man von einem großen Plakat einmal ab. Ihre Augen folgten wie in Zeitlupe den derben Arbeiterstiefeln, die lässig offenstanden, über die haarigen, muskulösen Waden den Oberschenkel, mit der kleinen aber doch gut erkennbaren Narbe, entlang. Einen Moment fixierten ihre Augen die große Hand, welche die Tartanstoffbahnen des Kilts, dessen Farben ihr nur allzu bekannt waren, so gerafft hielt, dass die komplette Pobacke entblößt war. Den gut gebauten, ebenfalls nackten Oberkörper oder die seitliche Aufnahme des kantigen Gesichts, welches stur auf ein Castle in der Ferne blickte, von dem sie sich einbildete, es wäre die Ruine von Ardvreck Castle, hätte sie nicht mehr benötigt. Sie konnte seinen stoßweise kommenden Atem an ihrem Hals spüren. Er sagte kein Wort. Da hatte sie sich die schlimmsten Dinge ausgemalt, Todesängste ausgestanden, letztlich sogar von Alasdair und Felicitas in einem Bett geträumt und jetzt so etwas? Das war also des Rätsels Lösung. Erotische Werbefotos?

Dem erleichterten Keuchen der Scham, die sie überkam, folgte ein Lachanfall, der sich gewaschen hatte. Unter Alasdairs entsetztem Blick und seinem leichenblassen Teint krümmte sie sich vor Lachen. Träne um Träne rann über ihre Wangen, so befreit fühlte sie sich.

»Ich schätze, das habe ich verdient, oder? Meinst du, du könntest dich trotzdem wieder einkriegen, Lass?«, versuchte er leicht pikiert zu ihr durchzudringen, was bei ihrem Lachen nicht gerade einfach war, wie sie zugeben musste.

Nachdem Alasdair ihr einen heißen Apfelwein und sich selbst einen alkoholfreien Punsch besorgt hatte, blieben sie den Blick auf die Eisbahn gerichtet stehen.

»Ich wollte es dir längst beichten«, fing ihr Schotte an zu erzählen. Sie ließ ihn gewähren, ohne ihn zu unterbrechen. Obwohl es nicht gerade in ihrer Natur lag, den Mund zu halten und zuzuhören. Er ließ nichts von dem abenteuerlichen Fotoshooting aus, weder das Äffchen noch der Ventilator blieben ungenannt. Lou war sich ziemlich sicher, nie mehr in ihrem ganzen Leben etwas Essen zu können, da sie sich derart das Wangeninnere wund biss, um ja nicht erneut zu lachen. Stumm lauschte sie seinen Worten und folgte mit den Augen dabei den guten und weniger guten Schlittschuhläufern auf dem unheilvoll glänzenden Eis. Dem Ende seiner Beschreibung schloss sich eine Pause an, in der keiner von ihnen etwas sagte. Stattdessen starrte jeder vor sich hin. Für Lou fühlte es sich an, wie ein bodenloser, grauer Graben, der sich zwischen ihnen aufgetan hatte. Das seitliche Profil des Schotten zeugte von tiefer Anspannung. Seine Zähne mahlten aufeinander. »Schwer wieder vertrauen zu können, nicht?« Unsicher überbrückte ihre Hand die Distanz zwischen ihnen, schob sich in die Gesäßtasche seiner Jeans, wo sie auf seiner wohlgerundeten Pobacke, nur getrennt durch den Stoff der Jeans liegen blieb. Er ließ sie gewähren.

»Aye. Schätze, wird noch ein ziemliches Stück Arbeit werden, Lass.«

Ihre Hand griff neckend fester zu. »Ich habe nichts gegen die Fotos einzuwenden, aber anfassen darf nur ich!«, stellte sie fest.

Die Erleichterung stand fast wie mit Großbuchstaben in sein markantes Gesicht geschrieben und übertrug sich auf sie. Lou brauchte keine Einladung um den Reißverschluss seiner Winterjacke zu öffnen und in die wärmende, lindernde Umarmung, die auf sie wartete, zu schlüpfen. Ohne zu zögern, schloss Alasdair den Reißverschluss hinter ihrem Rücken.

»Ich gebe zu, es hat gewisse Vorzüge, dass du so ein dünnes Reh bist«, witzelte er, die Wange zärtlich an ihre Haare geschmiegt.

»Hat es das?«

»Aye. Hat es, zumindest passt du mit unter meine Jacke. Du bist nämlich der reinste Eiszapfen, Lass.«

»Ich? Also mir fällt bei diesem Wort just gerade eben etwas völlig anderes ein«, erwiderte sie frech.

Alleine für diese Antwort wäre er ihr am liebsten jetzt und hier an die Wäsche gegangen. Wenn es nicht so fürchterlich kalt gewesen wäre, wäre er versucht gewesen, sie einfach in eine der abgelegenen Closes- oder Hinterhöfe zu entführen, um sie auf der Stelle kurz und leidenschaftlich zu nehmen. Da dies jedoch nicht möglich war, musste er seinen Körper samt seinen unkeuschen Gedanken schnellstens abkühlen.

Obwohl Lous Abneigung gegen das Schlittschuhlaufen nicht zu übersehen war, schob er sie mit seinem Körper näher an die glänzende Eisfläche heran.

»Du hast natürlich gemerkt, wie es um mich und mein bestes Stück steht. Nicht war, Schönheit?« A Dhia. Allein, die vor Scham geröteten Wangen, waren Antwort genug und sorgten bereits erneut dafür, dass sein Herz zu rasen begann.

Lou sagte nichts, sah ihn nur mit diesen wundervollen großen Rehaugen an.

»Du hast also Angst vor ein bisschen Eis?«, erläuterte er sich selbst ihren Blick, ohne jedoch ein Geständnis zu erwarten. »Na dann lass dich mal vom Eis-Doc ...«, er zeigte dabei auf sich » ... kurieren!«

Er öffnete seine Jacke und Lou schien sich missmutig ihrem Schicksal zu fügen. Die Eisfläche am St. Andrews

Square wurde nicht von solchen Menschenmassen in Anspruch genommen, da die meisten, vor allem Touristen, die Eislaufbahn vor der malerischen Kulisse des imposanten Burgbergs, auf welchem das Edinburgh Castle thronte, trotz der langen Wartezeiten, vorzogen. Somit hatte er, schneller als Lou das Weite suchen konnte, passende Schlittschuhe besorgt und den Eintritt bezahlt. Einträchtig saßen sie auf der Bank, ein jeder mit den Schnüren der Schlittschuhe kämpfend.

»Du musst dir keine Sorgen machen, mo cridhe. Ich werde dich zu keiner Zeit loslassen. Sieh dir die Kleinkinder an, die diese Eislaufdummies vor sich herschieben. Genau das Gleiche werde ich für dich sein.«

Sie lachte kurz sarkastisch auf. »Wenigstens gibt es in Edinburgh ein Krankenhaus, Eis-Doc. Ich für meinen Fall werde mich nämlich nicht mehr von deinem groben Tierarzt-Freund verarzten lassen«, hielt sie ihm zuckersüß entgegen.

Alasdair stellte bald fest, dass er ihren Worten ruhig Glauben hätte schenken dürfen. Lou machte wirklich eine miserable Figur auf dem Eis. Wie sehr er sich auch abmühte ihr die Angst zu nehmen, sie war völlig blockiert. Obwohl er sie festhielt, fiel sie mehrere Male rückwärts auf den Hintern. Was ihm mehr auszumachen schien als ihr selbst. Gebrochene Knochen oder ein geprelltes Steißbein wären bei Lous Figur nicht weiter verwunderlich. Schließlich gab er auf. Zu seinem Glück, neigte seine Bonnie Lass nicht dazu, nachtragend zu sein.

»Ich habe die blauen Flecken, warum machst du dann so ein finsteres Gesicht, Al?«

Weil der Nachmittag mit dir viel zu schnell vorbei gegangen ist und ich die Zweisamkeit mit dir so genieße!, lag ihm auf der Zunge, doch er wagte es nicht, dies auszusprechen. Ebenso wenig wie er zugeben konnte, dass zuhause ein Stall voller Arbeit auf ihn wartete. Indes besorgte er ihr gebrannte Mandeln. Zeitgleich gab Lou die Schlittschuhe zurück, die sie dem gut aussehenden Mann am Tresen hinüberreichte. Der Kerl, Marke braun gebrannter Surferboy, verwickelte Lou in einen Small Talk und Alasdair fragte sich eifersüchtig, mit was er sie zum Lächeln brachte. Ob wohl alle deutschen Frauen so ein offenes, ehrliches und humorvolles Wesen besaßen, wie seine zukünftige Frau? Er liebte die Grübchen, die sich dabei auf ihren Wangen bildeten, ebenso wie die vereinzelten Sommersprossen auf ihrer Nase, die sie partout nicht leiden konnte, die aber wenn sie lachte, aussahen, als würden sie tanzen. Wenn sie dann auch noch so lässig auf ihn zu schlenderte, mit wiegenden Hüften ... Cac. Wir brauchen ein Hotelzimmer!, stöhnten seine Gedanken leidenschaftlich auf.

»Alles okay mit dir, Al?«, argwöhnte sie, wobei sie sich an seinem Arm unterhakte.

»Aye«, antwortete er einsilbig, während er im Stillen Gott für die lange Jacke dankte, aber gleichfalls für die männliche Anatomie verfluchte. Frauen zumindest sah man nicht sofort an, wie groß ihr Verlangen war. Gleichberechtigung - von wegen. Im Bus, der sie zurück zum Jeep brachte, gab es keine Sitzplätze mehr und er war regelrecht überfüllt. Stumm zählte er Schafe, um im Anschluss den morgigen Tagesablauf durchzugehen. Er tat alles, um sich von dem Umstand abzulenken, dass sich nicht einmal mehr ein Blatt Papier zwischen ihm und Lou platzieren ließ. Provozierend sah ihn dieses verflixte deutsche Frauenzimmer auch noch mit ihren waidwunden karamellbraunen Augen unschuldig an. »Irgendwelche Probleme, Ladd?«, hauchte sie auf Zehenspitzen in sein Ohr, verlor dabei jedoch das Gleichgewicht, da der Bus abbremsen musste. Erneut rieben ihre Unterleiber sich aufreizend aneinander. Seine Hand fand ihre Pobacke, legte sich auf diese, verhinderte, dass Lou Abstand halten konnte. Er beugte sich zu ihrem Ohr vor und flüsterte zurück: »Mistress Unschuld spielen mit dem Feuer!«

Ein leichtes Erschaudern ging durch ihren Körper, das seinen eigenen Körper noch mehr erregte, als er es sowieso schon war. Statt ihm eine Antwort zu geben, biss sie sich nachdenklich in die Unterlippe. O ja. Ohne Zweifel wusste seine Bonnie Lass ganz genau, wie man dieses Spiel spielte. Gefühlte 100 Stunden später hielt der Bus endlich in der Nähe der Tiefgarage, in welcher der Jeep stand. Im Eiltempo stiegen sie aus. An der dunklen Ecke eines neumodischen Bürokomplexes blieb er stehen, presste Lou ungeduldig mit seinem Körper gegen die weiß verputzte Hauswand. Sein leidenschaftlicher Kuss unterband den leisen Protest, den Lou einwenden wollte. Genussvoll erkundeten ihre Zungen den jeweils anderen. Unerträglich neckend. Liebkosend. Mehr fordernd. Lous Finger fuhren begehrend durch seine Haare. Ihr Unterleib gab dem seinen kreisend Antwort.

Sie hielten nur inne, um zum Jeep zu kommen. Die Tiefgarage war voll belegt. Dennoch waren sie die einzigen Besucher, wie ihnen das klackernd erwachte Neonlicht offenbarte. Seinen zitternden Fingern zum Trotz gelang es ihm, den Jeep aufzuschließen. Einige Sekunden vergingen, in denen sie, jeder anständig und schüchtern, auf ihren Sitzen verharrten. Bis das gelöschte Licht sie in der Anonymität ihres Autos die Öffentlichkeit und alles andere um sie herum, vergessen ließ. Gleichzeitig drehten sie sich zueinander, nestelten knutschend an Reißverschlüssen und Blusenknöpfen.

»Und ich dachte für so etwas, sind wir zu alt!«, wisperte Lou unter wohligem Stöhnen.

»Höchstens zu groß, mo cridhe. Erinnere mich daran, dass wir für die Zukunft ein Auto mit mehr Platz zu kaufen«, erwiderte er und hob seine Bonnie Lass auf seinen inzwischen nackten Schoß, wo er ihr einige nette Töne und ziemlich unanständige Worte entlockte. Später als sein Herz endlich wieder gleichmäßig pochte, nahm er endlich allen Mut zusammen. Hinter den hoch angelaufenen Fensterscheiben laut betend, zog er den kleinen grünen Samtbeutel aus der Hosentasche. Der Versuch ruhig zu atmen, misslang ihm. Alasdair hielt die Luft an, als seine zitternden Finger Lous Hand umschlossen. Sachte ließ er den eigens angefertigten Verlobungsring von Hamilton & Young, unter ihren weit aufgerissenen Augen, auf ihre Handfläche gleiten.

»O mein Gott ...«, entgegnete sie mit brechender Stimme.

Er brauchte die Tränen der Rührung nicht sehen, um zu wissen, dass sie da waren. »Er gefällt dir also?«

Sie schluckte trocken, wischte sich eine Träne aus dem Augenwinkel. »Er ist ... Himmel, er sieht aus wie Claires Ring aus der Filmserie.«

»Aye. Ich dachte, es würde dir vielleicht besser gefallen, wie diese nachgemachten anderen Ringe. Tut es doch oder?«, hakte er nach, in der Hoffnung, dass sie seine bebende Stimme überhörte.

»Perfekt. Er ist einfach perfekt, Al!«

Jetzt war er es, der sich bewegt räuspern musste. Konzentriert schob er ihr den silbernen Ring über ihren feingliedrigen Finger, um diesen im Anschluss an seine Lippen zu führen und zart zu küssen. »Ich nehme an, das ist ein Ja, oder?«

»Ich würde sagen, du darfst mich jetzt -zumindest offiziell - als deine Verlobte ausgeben. Alles andere ... Nun, das werden wir dann ja sehen.«

»Hat dir schon einmal jemand gesagt, dass du einen fürchterlichen Dickkopf hast, mo cridhe? Granit ist Butter gegen dich.«

»Ich habe nie behauptet, dass ich einfach bin«, hielt sie dagegen und brachte ihn zu einem erleichterten Lachen.

»Nein. In der Tat. Das hast du nicht, Lass. Ich fürchte nur, an meinem Sturkopf wirst auch du dir die Hörner abstoßen. Auf jeden Fall werde ich dich nicht mehr gehen lassen. Das steht fest!«

5 Schöne Bescherung

Noch Tage später verfügte Lou über mehrere Blutergüsse, von denen wiederum einige bereits in einem unschönen gelbgrünen Farbton übergegangen waren. Ein Glück, dass sie niemandem erklären musste, wie sie zum Beispiel zu einem kreisrunden Hämatom gekommen war oder wie sich ein nahezu gerader schmaler Streifen eines Blutergusses auf ihrem Rücken hatte bilden können. Lediglich Alasdair wusste nur zu genau, dass zum einen die Gangschaltung und zum anderen das Lenkrad die Ursachen ihrer geschundenen Haut waren. Selbstverständlich gingen weder ihr Oberschenkel noch ihr Rücken wirklich jemanden etwas an.

Die Tage vergingen wie im Flug, was unter anderem daran lag, dass es immer genügend zu tun gab. Wo und wann immer sie konnte, versuchte Lou, Alasdair und seinen Eltern tatkräftig zur Hand zu gehen. Oftmals half sie Al in der Backstube oder stand im Café hinter der Verkaufstheke. Die wenigen Einwohner von Kildermorie hatten ihr bereits alle einen Besuch abgestattet, um sie in Augenschein zunehmen. Zumindest kamen auffallend viele Einwohner lediglich wegen eines einzigen Brötchens in die Bäckerei, zufälligerweise immer dann, wenn sie hinter der Verkaufstheke stand.

Trotz allem fanden sie immer wieder etwas Zeit für Gemeinsamkeiten und Ausflüge, die Alasdair als seine kleinen Inseln im Alltags-Meer zu bezeichnen wusste. Hin und wieder fand Lou sogar Zeit, um zu malen. Schottland tat ihrer Kreativität mehr als gut. Die Ideen sprudelten wie eine Quelle aus ihr heraus. Einzig das Fehlen ihrer Söhne trübte ihr Glück ein kleines bisschen, wenngleich sie ihre

Entscheidung noch keinen einzigen Tag bereut hatte. Längst hatten sie ihre Weihnachtseinkäufe für ihre deutsche Familie in Inverness erledigt. Die für ihre neue schottische Familie fehlten jedoch. Alasdair hatte sich nämlich in den Kopf gesetzt, typisch deutsche Geschenke einzukaufen, und zwar vor Ort. Lou graute davor, in Deutschland, quasi auf den letzten Drücker, die Geschenke besorgen zu müssen. Doch ihr Schotte war nicht von dem großen Vorteil des World Wide Web zu überzeugen gewesen. Augenscheinlich ein echtes Männerproblem. Dass es dann bereits der 23. Dezember war, zählte dabei genauso wenig.

Der Flug nach Deutschland ging ziemlich früh, genauer gesagt bereits um 7.00 Uhr. Seit 5.00 Uhr war Lou auf den Beinen und glich einem nervlichen Wrack. In der Nacht hatte sie kaum Schlaf gefunden, so aufgeregt war sie. Endlich würde sie ihre Söhne und Freunde wieder in die Arme schließen können. Etwas, bei dem sie unbändige Freude empfand. Leider gesellte sich zu dieser Freude auch nackte Angst. Noch immer nagte der von ihr ausgelöste Bombenalarm am Edinburgher Flughafen an ihrem sowieso angeknacksten Ego. Außerdem fühlte sie sich einer Konfrontation mit Alexander, der scheinheilig Weihnachten gegen sie nutzte, mitnichten gewachsen. Einzig und allein Alasdair an ihrer Seite, ließ sie nicht in Panik verfallen.

Auf dem Flughafen von Edinburgh setzte sie keinen Moment die Sonnenbrille ab, ganz darauf bedacht, nicht wiedererkannt zu werden. Unter den amüsierten Blicken ihres Verlobten umrundeten sie jeden Sicherheitsbeamten, der in ihre Sicht kam, mehr als großzügig. Bei der Sicherheitskontrolle fand sie sich breitbeinig, die Hände über dem Kopf, als würde sie bedroht, im Körperscanner wieder.

»Du meine Güte. Ich dachte schon, das Ding würde

explodieren vor lauter piepsen«, merkte Alasdair an, dessen Kommentare sie säuerlich zu ignorieren wusste.

»Sei froh, dass wir den Koffer aufgegeben haben. Ich bin überzeugt, dass wir ihn sonst hätten ausräumen dürfen.« Tröstend schloss er sie in die Arme. Die Passkontrolle stellte sie erneut vor eine Herausforderung. Der Beamte am Schalter sah sie so von oben herab an, dass ihr schlagartig heiß und gleichzeitig kalt wurde. Lieber Gott, bitte lass ihn mich nicht erkannt haben!, kreischten ihre Gedanken alarmiert. Es gelang ihr erst wieder ruhig zu atmen, als sie die letzte Hürde hinter sich gebracht hatte. Alasdair zog sie in seine sichere Umarmung. »Alles in Ordnung, Lou?«

»Warum fragst du?«, entgegnete sie mit einer Stimme, die sie der Lüge überführte und dafür sorgte, dass ihr Schotte sofort stehen blieb. »Weil du ziemlich grün im Gesicht bist. Langsam aber sicher mache ich mir doch Sorgen um deine Gesundheit, Lou!«

Gezwungen versuchte sie sich an einem besänftigenden Lächeln.

»Nicht wirklich überzeugend«, kommentierte ihr Schotte und schob sie fürsorglich auf eine der Bänke für Wartende.

Deutschland zur selben Zeit.

Sehr geehrte Mrs. Munro,
ich danke ihnen sehr für Ihre aufschlussreiche E-Mail. Tatsächlich stellt sich mir die Frage, wieso eine Dame Ihres Formates, ein derart liederliches Individuum wie diesen Alasdair Munro, zurückhaben möchte? Andererseits möchte ich meine Frau Louise ja ebenfalls zurück, wenngleich ich jedoch betonen möchte, dass ich ihr Verhalten keinesfalls gut heißen kann!

Alexander hielt ärgerlich inne, die Augen auf die ausgedruckten Fotos gerichtet. Unglaublich wie verändert, gar glücklich, Louise auf diesen Schnappschüssen wirkte. Das Foto, auf welchem der Schotte Louise huckepack trug, verursachte ihm sogar Schmerzen. Es verletzte ihn so sehr in seinem Stolz, dass er gequält aufstöhnte. Das Liebespaar, das die beiden auf dem Foto bildeten, sah deutlich jünger aus, als es eigentlich war. Erschreckenderweise erinnerte ihn ihr teeniehaftes Benehmen an seine eigenen Anfänge mit Louise. Sie hatte so eine beherzte Art an sich gehabt und ein Lachen, dem es gelungen war, jeden anzustecken. Seltsam. Irgendwann in ihrer Ehe war ihr eben dieses Lachen abhandengekommen.

Seine Finger fuhren sanft die Konturen seiner Ehefrau nach. Plötzlich wurde ihm bewusst, was er da tat.

»Ein elendes Flittchen ist aus dir geworden, Louise. Musstest du mich ausgerechnet mit diesem hergelaufenen, Röckchen tragenden Bauern betrügen? Ich werde dafür sorgen, dass du nichts mehr zu lachen hast. Du wirst mir noch dankbar sein!«, knurrte er, während seine Finger sich um das Bildnis seiner Frau schlossen, es zerknüllten und dem Feuer im Kamin zum Fraß vorwarfen. Gedankenverloren drehte er den Tumbler, mit dem sündhaft teuren amerikanischen Bourbon in den Händen, nippte daran. Selbst den Whisky hatte sie ihm verdorben. In seinem unbändigen Zorn auf den Schotten, hatte er in geistiger Umnachtung all seinen guten schottischen Single Malt entsorgt. Ihm wurde regelrecht Übel, wenn er daran dachte, wie viele Euro er sozusagen an die Wand geknallt hatte. Alles nur einer untreuen Ehefrau wegen, die einer ausgewachsenen Midlife-Crisis verfallen war. Vielleicht sollte er sie einfach zwangseinweisen lassen? Zumindest für eine gewisse Zeit. Das würde vielleicht ihr Spatzenhirn zum

Denken animieren. Natürlich wäre sie dann nicht mehr frei für ihn zugänglich. Nein. Das war keine gute Idee. Er könnte aber auch einfach den Schotten vor ihrer Nase totfahren lassen oder am Weihnachtstisch vergiften. Allein ihr vor Kummer entsetztes Gesicht wäre etwas, an dem er sich ergötzen könnte. Im Anschluss würde er sie einfach in den Keller sperren, ohne Licht. Wie lange sie das wohl aushalten würde? Ein diabolisches Lächeln legte sich um seine Mundwinkel. Andererseits würde er sicherlich nicht wegen eines dahergelaufenen Bauern ins Gefängnis gehen. Es schien ihm wie der positive Wink des Schicksals, dass Felicitas Munro sich mit ihm in Verbindung gesetzt hatte.

»Endlich mal ein Weihnachtsgeschenk, das von Nutzen ist«, murmelte er, während er darüber nachdachte, was er Munros Exfrau schreiben sollte. Konzentriert tippte er weiter: Was schlagen sie vor, Mrs. Munro? Geld spielt dabei keine Rolle. Ich erwarte sehnsüchtig Ihre Antwort. Mit freundlichem Gruß, Ihr Leidensgenosse, Alexander Schulzinger.

Lou hatte den ganzen Flug in sich gekehrt, an Alasdair gekuschelt, verbracht, der wiederum erschöpft tief und fest eingeschlafen war. Beneidenswert, wie man sich so entspannen konnte. Bei seinem immensen Arbeitspensum und dem wenigen Schlaf, den er in den letzten Tagen abbekommen hatte, aber auch nicht weiter verwunderlich. Liebevoll betrachtete sie seine Gesichtszüge, beobachtete das immer wiederkehrende Engelslächeln, welches sich für Sekunden um seine Mundwinkel zeigte. Er hatte sich nicht mehr rasieren können, was ihn ziemlich verwegen aussehen ließ.

Mühsam zwang Lou sich zur Ruhe. Es musste doch zu schaffen sein, einfach nur an einen Schritt nach dem anderen zu denken? Dabei freute sie sich darauf, all ihre Lieben wiederzusehen. Bevor es jedoch soweit war, stand aber leider noch ein Einkaufsbummel in überfüllten Geschäften an. Außerdem gab es ein ziemlich großes Manko am trauten Treffen mit ihren Lieben. Es würde an Heiligenabend im Hause Schulzinger stattfinden. Alleine der Gedanke daran, dass sie an einem Tisch mit ihrem Noch - Ehemann samt seiner fürchterlichen Mutter und womöglich Konstanze sitzen sollte, genügte, um ihr den Magen umzudrehen. Die Hölle selbst erschien ihr dagegen fast kuschelig. Ihre Noch - Familie erwartete von ihr, dass sie gute Miene zu diesem makaberen Spiel machen würde. Da es letztendlich um das Glück und den Seelenfrieden ihrer Kinder ging, würde sie es schon irgendwie durchstehen müssen. Dabei konnte sich Lou bereits bestens vorstellen, wie Alexander mit seinem Reichtum protzen würde. Der teuerste Champagner würde in Strömen fließen. Vermutlich würde zu diesem Anlass mindestens ein Fünfgang-Menü, vom besten Caterer bestellt werden. Vor ihrem inneren Auge sah sie bereits all die Dinge auf dem Tisch stehen, die sie nicht mochte. Austern, gefüllte Langusten, Wachteleier, Froschschenkel ...

Ohne Alasdair zu wecken, flüchtete sie auf die Bordtoilette. Dort rang sie einige Zeit mit sich selbst und dankte Gott dafür, dass es keinen Maiglöckchenduft gab. Sie übergab sich jedoch nicht schon wieder, sondern ließ kaltes Wasser über ihre Pulsadern laufen. Selbst ins Gesicht spritzte sie sich händeweise das kühle Nass. Wenigstens hatte sie auf das Schminken verzichtet, was ihr nun zugutekam. Wehmütig dachte sie beim Betrachten ihres bleichen Gesichtes mit den roten Wangen an Heiligabend in ihrer Familie, als ihre Eltern noch lebten. Es gab immer Kartoffelsalat mit Saitenwürstchen und die Weihnachtsbäume waren jedes Jahr aufs Neue ein besonderes Erlebnis. Die einen krumm, die anderen fast kahl. Manche hatten noch nicht mal eine Tannenspitze besessen. Einmal hatte ihr Vater sogar einen Weihnachtsbaum im Wald gefällt, sozusagen unter der Nase des Försters gestohlen. Über eine Stunde hatten sie den blöden Baum quer durch den Wald zum Auto schleppen müssen, um dort festzustellen, dass er nicht in den VW-Käfer hinpasste. An Ort und Stelle hatten sie ihn um über die Hälfte kürzen müssen. Selbst heute noch konnte sie sich an die Angst vor dem Förster erinnern, die sie alle empfunden hatten. Himmel, ihre Mutter hatte dem Vater voller Zorn den Teppichklopfer auf den Kopf geschlagen, um sich im Anschluss mit ihren Teenagern und einer Flasche Eierlikör zu betrinken.

Energisch wischte sie sich eine einzelne Träne aus den Augenwinkeln. Ihre Eltern fehlten ihr so sehr. Das Licht des Spiegels reflektierte sich im Silber des schlichten Rings an ihrem Finger. Alasdair hatte einiges seiner Gage als Fotomodel in diesen Ring investiert.

Mein Herz gehört dir, war in Gälisch eingraviert. Dabei hatte schon der Ring selbst sie fast zum Weinen gebracht. Er sah tatsächlich so aus wie der Ehering in der Fernsehserie Outlander, in welcher Jamie seiner Claire einen solchen Ring, aus dem Endstück des Schlüssels zu Lallybroch, hatte schmieden lassen. Als großer Fan der Bücher von Diana Gabaldon liebte sie die Serie genauso. Alasdair war eher von dem Hype um die Bücher und die Serie genervt. Umso mehr freute sie sich über seine schöne Geste, die ihr vor Augen führte, wie sehr er sie liebte. Glücklich betrachtete sie das Schmuckstück, dreht es hin und her, bevor sie sich zurück zu ihrem Platz begab. Der restliche Flug verlief ereignislos, was man zum Glück auch von der Passkontrolle sagen konnte. Nachdem sie ihr bereits Kreise drehendes Gepäck abgeholt hatten, liefen sie im Anschluss dem winkenden Tobias in die Arme. »Na das klappt ja besser als erwartet. Hallo Schwesterherz. Hallo - Alasdair, nehme ich an?«

Völlig unerschrocken gaben sich die beiden fremden Männer die Hand, betrachteten sich interessiert.

»Schön, dich auch mal in natura kennenzulernen und nicht nur vom Hörensagen«, scherzte ihr Bruder und zwinkerte ihr dabei vielsagend zu.

»Die Freude ist ganz meinerseits. Ich hoffe doch, dass ich bei Lous Erzählungen einigermaßen gut abgeschnitten habe!«, konterte ihr Schotte sichtlich vergnügt. Ihr viel ein Stein vom Herzen. Verheimlicht hatte sie Alasdair zwar Tobias Homosexualität nie, sie hatte es aber auch nie breitgetreten. Insgeheim war sie bereits die schlimmsten Reaktionsmöglichkeiten durchgegangen. Wenn sie den beiden jetzt so bei ihrer Unterhaltung zusah, war all ihre Sorge unbegründet gewesen. Befreit schlenderten sie zu Tobias Auto. Bevor sie einstieg, hielt ihr Bruder sie auf, nahm mit einem Pfiff ihre Hand in die Seine. »O Lala. Was sehen meine Augen denn da? Ist es das, was ich denke?«

Unter seinem verzückten Blick war das Rot auf ihren Wangen bereits Antwort genug.

»Schwesterherz, das hätte ich dir gar nicht zugetraut. Also gerade überraschst du mich immer wieder aufs Neue. Du und dein Schotte lasst wohl nichts anbrennen!«

»Wehe du sagst ein Wort zu irgendjemandem!«, erwiderte sie ertappt. Versuchte dann jedoch ihren Worten die Schärfe zunehmen. »Entschuldige, bitte, Tobi. Es ist nur alles noch so neu. Außerdem bin ich immer noch mit Alexander liiert. Wir möchten es erst nach der Scheidung bekannt geben. Das verstehst du doch, oder?«

»Keine Angst. Von mir erfährt der Kotzbrocken ganz sicher nichts.«

Erleichtert stieg sie zu ihrem Schotten in das Auto, der bereits auf der Rückbank Platz genommen hatte. Ihr erster Halt war das kleine Einfamilienhaus ihrer Freunde, Debbie und Christoph. Erneut hatten diese ihnen ihr winziges Gästezimmer zur Verfügung gestellt, damit sie sich ein Hotel sparen konnten. Obwohl der Tag nur aus Terminen bestand, die sie zu absolvieren hatten, schien es ihrem Bruder Freude zu machen, ihren Fahrer zu mimen. Selbst den Schlüssel für Debbie und Christophs Haus hatte er besorgt, da die beiden arbeiteten. Neuerdings gab es in Debbies Kindergarten nämlich keine Ferien mehr und so musste die Arme sogar am Heiligenabend arbeiten, während Christoph bei einem wichtigen Mandanten weilte. Tobias wurde nicht müde die Sehenswürdigkeiten in Stuttgart anzupreisen. In der Hauptstadt schlenderten sie über den Weihnachtsmarkt, tranken Glühwein und besorgten dann dort auch ihre letzten Geschenke. Alasdair erstand zwei Spätzlepressen. Eine stellte das Geschenk für Marge dar, wohingegen er die andere für sich selbst vorgesehen hatte. »Dann kann ich dir ein bisschen Deutschland nach Schottland holen«, erklärte er begeistert. Der Grund, warum sie in Stuttgart einkauften und nicht in Reutlingen lag ebenso am Geschäftsessen mit ihrer Galeristin, als auch an der größeren Auswahl der Geschäfte. Alicia, ihre Galeristin, hatte in Stuttgart einige Termine, wodurch ein Treffen in der Hauptstadt ihnen beiden gelegen gekommen war. Amüsiert sah Lou ihrem Schotten zu, wie er genüsslich seinen deftigen Zwiebel-Rostbraten mit Spätzle vertilgte. Sie selbst hatte sich einen großen Salatteller mit einem Putensteak gegönnt, da sie alleine vom Anblick der vielen Zwiebeln bereits Magenschmerzen bekam.

»Scheinen sich ja prächtig zu verstehen, dein Schotte und Tobias«, merkte Alicia an und nippte an ihrem Wasser. Ihre Galeristin hatte recht, die beiden Männer, die unterschiedlicher eigentlich nicht sein konnten, kamen tatsächlich bestens miteinander aus. Das hatte sie zwar im Stillen gehofft, war sich aber dennoch nicht wirklich sicher gewesen. Alasdair und sie waren in gewisser Weise noch immer in der Kennenlernphase. Unbändiger Stolz wallte in ihrem Inneren empor, wenn sie den beiden zusah. Tobi redete mal wieder ohne Punkt und Komma, wobei er wild gestikulierend die Hände in der Luft hatte. Alasdair hingegen lauschte ihm sichtlich amüsiert, während er sich das Essen schmecken ließ und nur mit wenigen Kommentaren an der Unterhaltung teilnahm.

Was für ein Glücksfall, dass Tobi sich für sie beide, allem voran für Alasdair, Zeit genommen hatte. Ohne ihren Bruder hätte sie das ziemlich große Tagespensum niemals geschafft. Alicia hatte einen neuen Vernissagetermin in Reutlingen für sie aufgetan. Worüber sich Lou riesig freute. Schließlich konnten sie jeden Euro gut brauchen. Den sonnigen, regenfreien Nachmittag -in Deutschland lag tatsächlich mal wieder in den wenigsten Regionen Schnee- verbrachte sie damit, ihrem Schotten die Tierwelt der Wilhelma vorzuführen. Begeistert schlenderten sie in dem ausnahmsweise menschenleeren zoologischen Garten von Gehege zu Gehege. Wehmütig blieb sie am umzäunten Teich zu den Tigern stehen.

»Stell dir vor, an der Stelle wäre Richie, mein Erstgeborener, im Alter von zwei Jahren fast in den Teich gefallen.«

»Das hätte schlimm ausgehen können«, antwortete Alasdair den Blick auf den Tiger gerichtet, der eine Baumwurzel in jenen Teich manövrierte.

»Allerdings. Der kleine Wirbelwind hatte sich aus Alexanders Armen gewunden, in denen er sich der besseren Sicht wegen befand. Alexander war so sauer, dass wir sofort den Zoo verlassen haben.«

»Aye. Ich fürchte, das kann ich völlig verstehen. Ausgerechnet das Tigergehege.«

Händchen haltend liefen sie den Berg zum Affenhaus empor.

»Ah. Esel gibt es auch.«

Lou hielt die Hand ihres Schotten zurück, zeigte auf das Warnschild. »Untersteh dich, Al. Da steht; Vorsicht bissig.«

»So etwas Ähnliches dachte ich mir schon. Sind ganz schöne Biester. Vor gut einem Jahr hatte Grace eine, für Mädchen scheinbar übliche, Pferdephase. Da wir in Kildermorie aber keine Pferde haben, hat sie sich vorgestellt, sie könnte die beiden alten Esel von Brian Menzie zähmen. Jeden Tag hat sie meine besten Karotten stibitzt, um sie an die Tiere zu verfüttern. Nach einer gewissen Zeit hat sie die Geduld verlassen. Sie ist in die Koppel gestiegen, mein mutiger kleiner Teufel. Natürlich kam es, wie es kommen musste. Der Esel hat sie ordentlich gebissen, woraufhin sie das Gatter geöffnet hat und weinend davon lief. Aye. Die Biester sind über Mrs. Buchanans Ziergarten hergefallen. Keine einzige Blume haben sie der guten Frau übrig gelassen. Das war ein Ärger. Am schlimmsten hat es jedoch Brian selbst getroffen. Seine Frau hatte angenommen - aus guten Gründen würde ich behaupten - dass er mal wieder zu tief ins Glas gesehen und dabei das Gatter nicht richtig verschlossen hat.«

»Himmel, der arme Mann.«

»Aye. Mit der guten Betty ist nicht gut Kirschen essen! Hat ihm das Wellholz übergezogen«, erzählte Alasdair unter Lachen.

»Ich glaube, Richie hätte ein Vater wie du gutgetan. Er konnte es Alexander nie recht machen. Von Kindesbeinen an wurde er auf sein Erbe, die elende Firma, getrimmt. Ich hatte innerhalb kürzester Zeit meine Eltern verloren, war so voller Trauer und Zorn auf Gott und die ganze Welt«, wurde Lou wieder ernst, die Augen auf den Braunbären gerichtet, der den pelzigen Rücken an einem Baumstamm rieb. Er sagte nichts, sondern stellte sich direkt hinter ihren Rücken, die Hände rechts und links neben den ihren am Geländer. Wie von selbst sank ihr Kopf gegen sein Brustbein, wo er in der kleinen Kuhle liegen blieb, die durch die Jacke nicht zu fühlen war, von der sie aber wusste, dass ihr Kopf seltsamerweise genau passend für jenen Platz war. Leicht wie ein Windhauch spürte sie seine Lippen an ihrem Scheitel.

»Ich wünschte, ich hätte für dich da sein dürfen, mo cridhe!«, flüsterte er sanft. »Vielleicht wären wird dann aber nicht die gewesen, die wir heute sind. Letztendlich haben wir alle unsere Narben. Und auch wenn diese heilen, gar verblassen, sind sie doch für alle Zeit da. Unter dem Strich sind es genau diese Narben, die uns zu dem Menschen machen, der wir sind. Alles auf dieser Welt hat seine eigene Zeit, Lou. Ich bin zwar nicht streng gläubig, aber ich kenne die Bibel. Prediger3: Alles hat seine Zeit und ein jegliches Vornehmen unter dem Himmel seine Stunde. Ich bin mir sicher, du kennst diese Verse auch. Da heißt es unter anderem: Lieben hat seine Zeit und Hassen hat seine Zeit ... Jetzt ist unsere Zeit zu lieben.«

Sie drehte sich in seinen Armen um, versank einmal mehr in seinen Augen. »Manchmal kann ich kaum glauben, was für schöne Worte und Verse aus einem solchen Macho wie dir herauskommen«, witzelte sie, um die Rührung zu überspielen, die sie bei seinen Worten empfunden hatte.

»Ich ein Macho? Niemals, Lass!«, antwortete er gespielt entrüstet und ließ erst von ihr ab, als sie ihn ausgiebig zur Entschuldigung küsste.

»Schon besser. Du machst noch einen Softie aus mir«, ließ

er sie wissen, als sie ihren Weg fortsetzten. Dieser Mann war definitiv in Flirtlaune, weshalb sie mehr als froh war, dass sich diese nur auf sie selbst bezog. Immer wieder bemerkte sie Frauen, die sich nach seiner großen, aufrechten Gestalt umdrehten. Alasdair sah einfach selbst in stinknormalen Jeans, herkömmlicher schwarzer Lederjacke, derben Stiefeln und dem Kaschmirschal in seinem Clan Tartan zu männlich und verboten sexy aus. Als könne er ihre Gedanken lesen, zog er sie an der hinteren Tasche ihrer Jeans zurück. »Ich mag deine unzüchtigen Gedanken, mo cridhe. Man kann sie dir an der Nasenspitze ansehen«, flüsterte er ihr rau zu.

Nicht nur ihr Herz geriet dabei ins Stolpern. Verflucht! Mehr als amüsiert hielt er sie fest, bis sie wieder sicheren Stand hatte. Es war der strenge Geruch des Mähnenwolfs, der sie aus diesem peinlichen Moment errettete. In all den Jahren hatte sie die Tiere dieser Gattung lediglich ein einziges Mal zu Gesicht bekommen. Jetzt lief jenes Exemplar, als wäre es auf einer Modeschau, flanierend vor ihrem interessierten Schotten auf und ab. Das war doch nicht zu fassen! Auf dem Weg zum Ausgang kamen sie gerade rechtzeitig zur Seelöwen Fütterung an.

»Philipp, kannte immer alle Namen der Seelöwen auswendig. Mercedes und Evi gibt es sogar immer noch«, erklärte sie Alasdair und applaudierte den possierlichen Tieren. »Wir müssen unbedingt in den Edinburgher Zoo gehen. Wir haben einen Pinguin-Felsen und es gibt Pandabären. Grace würde es in eurem Zoo auch gefallen. Eine so große Artenvielfalt haben wir bei uns nicht.«

Den Abschluss ihres Besuchs bildete das Aquarium. Popcorn essend verbrachten sie viel Zeit, erst bei dem Kraken und zu guter Letzt bei dem Zitteraal. Viel zu schnell war der Nachmittag in trauter Zweisamkeit vergangen. Tobias, den sie unmittelbar nach dem Aquariumbesuch, genauer gesagt beim Betrachten des leeren Seerosenteiches, angerufen hatten, wartete bereits auf sie.

»Sie hatten ein Taxi bestellt?«, witzelte er, während sie seinen Freund Roman begrüßten und auf der Rückbank Platz nahmen. Roman war das krasse Gegenteil ihres Bruders. Nie bekam er die Zähne auseinander um sich zu unterhalten. So flippig und bunt Tobi alles mochte, so bieder und grau liebte es Roman.

Oft genug hatte sie Tobias gefragt, was er an diesem Mann so toll fand. Die einzige Antwort, die sie je darauf bekommen hatte, war: ‚Ich kann einfach nicht alleine sein.' Gefolgt von einem: ‚Du kannst das nicht verstehen!'

Immerhin hatten sie ein grüßendes Nicken bekommen. Was für jemanden, der immer eine Leidensmine zur Schau trug, ziemlich viel war. Am heutigen Tag hing wohl zusätzlich der Haussegen schief. Kaum waren sie losgefahren, nahm eine nicht gerade jugendfreie Diskussion ihren Lauf.

»Wenn du mir nicht ehrlich sagen kannst, auf was du im Bett stehst, wie soll ich dich dann zufriedenstellen?«

»Tobi, nicht vor deiner Schwester!«, protestierte Roman.

»Meine Schwester ist nicht so verklemmt wie du, Schatz. Die kann das ab«, antwortete ihr Bruder süffisant.

Will ich das wirklich hören?, kreischten indes Lous Gedanken lautlos. Sie bekam bereits heiße Ohren, von den Worten, die sie gezwungen war mit anzuhören. Ihr Schotte verstand zwar nur Bruchteile, spürte aber instinktiv, dass etwas nicht in Ordnung war.

»Du fickst wie ein Mädchen«, war dann aber doch mehr, als sie bereit war zu ertragen.

»Stop! Weder ich noch Alasdair wollen wirklich wissen, wer von euch oben oder unten liegt. Könnt ihr das nicht später erörtern, bitte?«

»Wirst du jetzt prüde, Schwesterchen?«, konterte ihr Bruder gereizt, wohingegen von Roman natürlich nicht ein Sterbenswörtchen erklang. Was für ein Schnarchzapfen war das bloß? Wenn der jetzt noch anfing, zu weinen, würde sie postwendend mit Alasdair aussteigen und ein richtiges Taxi nehmen.

»Du hast doch sicher auch ein Sexleben, jetzt, nachdem du den Clooney Verschnitt los bist«, entgegnete Tobias mürrisch.

»Klar. Aber du und Mr. Stillleben sind garantiert die Letzten, denen ich unser Liebesleben auf die Nase binden würde!«

»Schade eigentlich.«

»Träum weiter, Mr. Lover Lover!«

Schließlich gab Tobias auf, wandte sich stattdessen an Alasdair und verwickelte diesen mehr als geschickt in ein Gespräch über die Tierwelt und die Stuttgarter Gegend. Sie selbst atmete erleichtert auf, brachte sich jedoch nicht in das Gespräch ein, sondern hing ihren eigenen verworrenen Gedanken nach. Was wohl am morgigen Tag auf sie zukommen würde? Was sollte sie tun, wenn Richard immer noch uneinsichtig war, wenn er sich nach wie vor weigerte, mit ihr zu reden? Hinter vor Erschöpfung geschlossenen Lidern sah sie bildlich vor sich, wie ihre Noch-Schwiegermutter sich in einen Drachen verwandelte, die Soße in ihr Dekolleté spie und laut plärrend darüber herzog, was für eine lausige Mutter und Schwiegertochter sie doch gewesen war. Alexander, ihren Prachtsohn, hatte sie ja noch nie verdient. Allein ihr war es ja auch zu verdanken, dass Hermann, Alexanders Vater viel zu früh ins Gras gebissen hatte. Daran waren nicht etwa der viele Alkoholkonsum, die zu jungen Frauen oder gar die vielen Zigarren schuld. Nein. Hermann war am Schock über seine unzulängliche

Schwiegertochter gestorben. Im Bett seiner minderjährigen Geliebten. Warum zum Henker hatte sie sich nur zu diesem Familienabend breitschlagen lassen. Das Ganze würde in einem Eklat enden. Sie spürte das. Andererseits war sie die Mutter der zukünftigen Erben der Schulzinger - Dynastie. Lou liebte ihre Jungs mit all ihren Fehlern. Also würde sie zumindest nicht kampflos untergehen. Außerdem war Alasdair an ihrer Seite. Wenn sie sich nicht täuschte, hatte er sogar ihr zu Liebe seinen Kilt eingepackt.

Als ob er ihren unschuldigen Seitenblick bemerkt hätte, drehte er ihr das Gesicht zu und schenkte ihr ein Lächeln, das ihren Körper sofort entflammte. Nein. Dieser Mann würde sich nicht von all dem Luxus einschüchtern lassen. Na warte Beatrixe, wir werden dir ganz schön einheizen!

»Alles okay, mo gearmailteach?«, hauchte er, während seine Finger imaginäre Kreise auf ihren Oberschenkel zeichneten, eine Berührung, die augenblicklich fast unerträgliche Hitze direkt in ihren Unterleib schießen ließ. »Hm«, räusperte sie sich bejahend.

Debbie und Christoph warteten bereits auf sie, empfingen sie freudestrahlend in ihrem kleinen Zuhause.

»Du ahnst ja nicht, wie sehr ich dich vermisst habe, Lou«, raunte ihr ihre Freundin im Vertrauen zu. Entschuldigend mit den Achseln zuckend, überließ sie Alasdair Christophs englischem Kauderwelsch. Sie fand sich in der winzigen Küche wieder, wo sie ihrer Freundin zur Hand ging und dem brandneuen Klatsch lauschte.

»Stell dir vor, zwischen Konstanze und Alexander herrscht Dauerkrise«, offenbarte Debbie ihr.

»Ich bin mir ehrlich gesagt nicht sicher, ob ich das wissen will!«

»Warum nicht? Verschafft es dir nicht insgeheim ein bisschen Genugtuung?«

Tat es das? Eigentlich hätte es das doch tun müssen, doch sie verspürte eher Mitleid. »Nein. So seltsam sich das vielleicht anhört, aber mir tun die beiden eher leid«, antwortete sie zögerlich. Außerdem hätte eine harmonische Beziehung Alexander abgelenkt und – zugegeben- ihr eigenes schlechtes Gewissen, das sie nach wie vor mit sich herumschleppte, gemildert. Angst schlich sich in ihr Herz. Der Mann, den sie einst geheiratet und geliebt hatte, existierte nicht mehr. Langsam aber sicher musste sie sich eingestehen, dass sie diesen Alexander nicht kannte. Deutlicher als es ihr lieb war, hatte sich seine Drohung tief in ihr Innerstes gefressen: »Ich mache dir und deinem Röckchen tragenden Schotten das Leben zur Hölle. Die Scheidung kannst du vergessen!«

Ihr war, als hörte sie seine Worte immer und immer wieder. Jede Nuance seiner Stimme, der Speichel auf ihrer Wange, selbst der genaue Wortlaut, hatte sich eingeprägt.

»Alles okay mit dir, Liebes?«

Entschuldigend nickte sie.

»Ich wollte dir nicht den Abend verderben, Lou. Ich dachte nur, du solltest es wissen, wenn ihr beide euch morgen in die Höhle des Löwen begebt«, erläuterte Debbie. Da sie just den Sauerbraten aus dem Ofen holte, entging ihr wenigstens Lous besorgtes Seufzen.

»Hm. Das duftet ja lecker!«

»Na hoffentlich schmeckt es dann auch so. War Christophs Idee. Er meinte zur Feier des Tages und weil er es angemessen findet, wo ihr doch zukünftig so selten da seid. Es gibt sogar einen, von Christoph selbst gemachten riesigen Serviettenknödel. Frag mich nicht, wie er den gemacht hat. Selbst nach all den Jahren überrascht er mich noch immer.«

»Ich bin mir sicher, dass es schmeckt. Schön, dass wir von

allen Seiten so gemästet werden.«

»Was bei deinen Kochkünsten definitiv besser ist!«

Gespielt erbost gab Lou ihrer besten Freundin einen Klaps. »Ich muss dir noch eine besonders tolle Neuigkeit überbringen«, erwiderte Debbie, die auf Lou plötzlich ziemlich nervös wirkte. Nanu, was war denn hier los? Debbie war eigentlich immer die Schlagfertigere und Lustigere von ihnen beiden gewesen.

»Also es ist so ... Chris und ich ... also ...«, druckste sie herum.

»Ich schätze, du hast keinen umgebracht, und wie ich dich kenne, scheidet auch ein Banküberfall aus. So schlimm kann es folglich nicht sein«, versuchte sie Debbie Mut zu machen.

»Es hat doch noch geklappt. Stell dir vor Lou, endlich hat es funktioniert. Wir, also ich, bin schwanger! Was sagst du jetzt?« Freudestrahlend fiel ihr Debbie um den Hals.

»Wahnsinn! Himmel, ich freue mich so für euch. Wann ist es denn soweit und im wievielten Monat bist du?«

»In der siebzehnten Woche.«

Lou konnte schon gar nicht mehr sagen, wie lange ihre beiden Freunde versuchten, Nachwuchs zu zeugen. Es waren etliche Jahre. Allem Anschein nach würde das kommende Jahr ein ereignisreiches neues Jahr werden.

»Wow. Dass du solange dichthalten konntest!«

»Hör auf so zu grinsen, Louise Schulzinger!« erhob Debbie gespielt mahnend den Zeigefinger. »Noch nie ist mir etwas so schwergefallen, Liebes. Aber du hattest selbst so einen Stall an Problemen. Da wollte ich dir nicht auch noch Sorgen bereiten. Erinnere dich, wie sehr du bei jedem Abgang mit mir gelitten hast.«

Gerührt schloss Lou ihre Freundin in die Arme. »Dafür sind Freundinnen da, schon vergessen?«

»Wie könnte ich. Du weißt hoffentlich, wie stolz ich auf

dich bin, was deinen Schotten und deine Ehe anbelangt?«
»Jupp, weiß ich, Mrs. Honigkuchenpferd.«

Beladen mit Braten, Serviettenknödeln und Co, trafen sie wieder auf die Männer, die beide sichtlich erleichtert über ihre Rückkehr schienen.

»So wie du aussiehst, hat es mein Plaudertäschle verraten, oder?«, stellte Christoph mit einem Augenzwinkern, dem Lou nichts zu entgegnen hatte, fest. Alasdair gratulierte ebenfalls herzlich, nachdem sie ihn über die fröhliche Kunde aufgeklärt hatte.

»Scheint gerade fast ein bisschen ansteckend zu sein«, merkte er an. »Zuerst Emily, dann eine Lehrerin von Grace und jetzt Debbie.«

Zustimmend nickte sie. Was für ein Glück, dass ihre Söhne aus diesem Alter draußen waren. Windeln wechseln, Nächte um die Ohren schlagen und Babygebrüll. Nein, darauf konnte sie getrost verzichten.

»Noch ein Gläschen Wein? Debbie darf ja nicht mehr!«, witzelte Christoph und prostete ihnen allen zu. Nachdem sie zu dritt ganze drei Flaschen Wein vernichtet hatten, fielen ihr Schotte und sie, kaum, dass ihre Körper das Bett berührt hatten, in Tiefschlaf.

Der Morgen des Heiligenabends fing ernüchternd an. Lou litt an Kopfschmerzen und fand es etwas befremdlich, dass Alasdair unbedingt mit ihr zu ihrem Frauenarzttermin gehen wollte. Schließlich war es eine völlig normale Routineuntersuchung, wenngleich sie schon etwas länger, genauer gesagt sechs Jahre, nicht mehr bei ihrem Frauenarzt vorstellig gewesen war. Aber da sie nie Beschwerden gehabt hatte und die Hormonspirale gut vertrug, würde es da sicherlich keine Probleme geben. Unmittelbar vor dem

Eingang zur Praxis gelang es ihr jedoch, Alasdair die Weinhandlung um die Ecke schmackhaft zu machen, mit dem Vorwand, er müsste noch einen besonderen, ausgefallenen Wein besorgen. Ganz ohne Mitbringsel wollte sie bei Alexander nicht erscheinen, wenngleich sie sich mit Händen und Füßen geweigert hatte, ihm einen schottischen Whisky mitzubringen. Nicht weil sie ihrem zukünftigen Exmann keinen Whisky gegönnt hätte. Sondern aus Sorge, einmal mehr ins Fadenkreuz der Flughafen Security zu geraten. Bei ihrem Glück war ja anscheinend alles möglich.

»Ja, die Frau Schulzinger. Wir dachten schon, sie wären nicht mehr mit unserer Praxis zufrieden«, begrüßte sie die Sprechstundenhilfe freundlich. Nachdem ihr Blutdruck kontrolliert worden war und - welch Wunder! - weder für zu niedrig noch für zu hoch befunden wurde, durfte sie noch eine Urinprobe abgeben, um im direkten Anschluss im Wartezimmer zu landen. Als einzige, nicht Schwangere setzte sie sich zwischen die werdenden Mütter, die sich augenscheinlich alle in einem anderen Schwangerschaftsstadium befanden. Obwohl Heiligabend war und sie angenommen hatte, dass jeder normale Mensch eher beim Bäcker oder Metzger anzutreffen war, konnte sich die Frauenarztpraxis Schächtle, nicht über mangelnde Kundschaft beklagen. Die Zeit wollte nicht vergehen. Missmutig griff Lou nach einer guten halben Stunde doch zur Eltern-Zeitschrift, blätterte lustlos darin herum. Immer wieder erwachte der Lautsprecher quäkend an der Wand. Mit jeder watschelnden Schwangeren, die aufgerufen wurde, ließ der Nachschub nicht lange auf sich warten. Die reinste Massenwanderung. In einem kleinen Fernseher wurden die Vorteile einer geburtsvorbereitenden Akupunktur angepriesen. Allein das bloße Hinsehen genügte, um Lous eigenen kleinen Zeh schmerzen zu lassen, als ob man ihr soeben eine der Akupunkturnadeln in diesen gesetzt hätte. Wie konnte man nur so etwas Schreckliches auf sich nehmen? Dunkel erinnerte sie sich an das viele Treppensteigen vor Richards Geburt. Es hatte damals ewig gedauert, bis ihre Wehen überhaupt gekommen waren und zum Schluss ging alles rasant schnell. Heute konnte sie nicht mehr sagen, ob es schmerzvoll gewesen war. Philipps Geburt war ihr mehr im Kopf geblieben. Vermutlich, weil sie der reinste Albtraum gewesen war. Mitten in der Nacht war sie in einem See aus Blut aufgewacht, schließlich per Krankenwagen im Krankenhaus gelandet und noch vor dem Kreißsaal hatte sie bereits Philipps Kopf zwischen den Beinen festgehalten, aus Sorge, dass er herausfiel. Mörderschmerzen hatte sie damals nur beim Zusammennähen ihres Damms gehabt. Diese fünf Stiche würde sie ihr ganzes Leben nicht vergessen. Dabei war Philipp nie ein Dickkopf gewesen, das traf eher auf Richard zu.

Sie war so in ihre Erinnerungen vertieft, dass sie zusammenzuckte, als ihr Schotte das Wartezimmer betrat. Seine erleichterte Miene, als er sie erblickte, sprach ebenso Bände, wie die Gesichter der werdenden Mütter, die ihn unverhohlen anstarrten. Mangels eines Sitzplatzes erhob sie sich und schob Alasdair beherzt auf ihren eigenen Stuhl. Demonstrativ ließ sie sich anschließend auf seinen Beinen nieder, wobei sie jede einzelne Frau mit einem das -ist – meiner - Blick, musterte.

»Dein Auftrag ist ausgeführt, Lass. Ich habe einen wirklich teuren Tropfen erstanden, obwohl ich das für einen Wein wirklich für maßlos übertrieben halte«, erklärte er, wobei er mit dem Kinn sichtlich zufrieden zum Rucksack, den er zum Einkaufen mitgenommen hatte, deutete.

»Hast du prima gemacht, mein Großer«, lobte sie, wofür

er sie ausgiebig küsste. Zugegeben dieser Kuss unterstrich zwar, dass dieser Mann zu ihr gehörte, seltsamerweise war es ihr hier jedoch gerade etwas peinlich. Beobachtet wie eine seltene Tierart, kam sie sich vor. Es fehlten nur noch Kommentare wie: ‚Sieh dir nur die alte Schachtel an. Hat sich einen deutlich Jüngeren geangelt!' Oder: ‚Was für ein Glück, dass die Frau keinen Minderjährigen in ihr Bett geholt hat!'

Wenigstens lagen hier keine Klatsch- und Tratschpresse Illustrierten herum. Nicht auszudenken, wenn sie womöglich auch noch erkannt wurde. Sie sah schon bildlich die fetten Schlagzeilen vor sich: Exfrau des Firmenmoguls Schulzinger von Highlander geschwängert! Der kalte Schauer, der ihren Rücken hinab rann, ließ sie zittern und ihren Schotten sofort die muskulösen Arme fester um sie legen. Müde sank sie gegen seinen Brustkorb, die Augen ablenkend auf die ausgeprägten Adern seiner Hände gerichtet. Hoffentlich wurde sie Alasdair nicht langsam zu schwer, überlegte sie. Schließlich war sie kein Leichtgewicht. Vielleicht wollte er ihr dergleichen ja nicht sagen. Sie wappnete sich bereits, um aufzustehen, als endlich der Lautsprecher quäkend zum Leben erwachte und einen Namen ausspie, der sich mit sehr viel Fantasie entfernt nach ‚Schulzinger' anhörte. Nachdem keiner der wartenden Damen sich angesprochen zu fühlen schien, verstand sie dies als Bestätigung und erhob sich.

Bevor Alasdair es ihr gleichtun konnte, drückte sie seine Hand und hauchte einen zarten Kuss auf seine unrasierte Wange.

»Bin gleich wieder da, Al. Warte bitte hier auf mich.« Zielstrebig verließ sie das Wartezimmer, um das Sprechzimmer von Doktor Schächtle aufzusuchen, der bereits auf sie wartete.

»Ja sodele, die Frau Schulzinger. Des isch abr schee, dass

sie au mol wiedr zu mir end Praxis fenda dän«, wurde sie im breitesten Schwäbisch begrüßt. Doktor H.P. Schächtle, waren in der langen Zeit, die sie nicht mehr hier gewesen war, die letzten Haare abhandengekommen, dafür hatte er jetzt einen glatt polierten Kahlkopf erhalten, der einer Bowlingkugel wahrlich Konkurrenz machen konnte. Wie eh und je setzte er sein liebenswertes Jungen - Grinsen auf, während er sie über ihre Patientenkarte musterte.

»Ich hatte einfach keine Beschwerden. Die Hormon Spirale war so gut verträglich und na ja ...« Was für eine lahme Verteidigung, schoss es ihr durch den Kopf.

Den Kopf mal rechts und mal links legend, als folge er einer nur für ihn hörbaren Melodie, murmelte er Unverständliches vor sich hin. Vielleicht sang er sogar. Doch egal wie sehr sie die Ohren spitzte, es gelang Lou nicht, irgendetwas zu verstehen.

»Sie wießad abr scho, dass des weg dr Krebsvorsorge ond ihrm Alder fei ned so guad isch, wenn mr so oregelmäßig kommd. Na dann gucka mr ons mol des gloine Scheißerle a«, sagte er jäh. Wie gut das sie Doktor Schächtles seltsamen Humor bereits seit ihrer Jugend gewohnt war. Sie folgte ihm durch die Nebentür ins Behandlungszimmer, wo sie sich hinter dem Vorhang in der Ecke, der große Ähnlichkeit mit einem Duschvorhang nebst Dusche selbst hatte, aller Kleidung entledigte, die sie untenherum trug. Auf Strümpfen begab sie sich zum Untersuchungsstuhl, nahm Platz.

»En ihrm Alder nomole afanga. Reschpeckt! Abr so a Nochzügler isch au was Neds, gell. Vielleichd gäbs jo a Mädle?«

Verständnislos hörte sie ihrem Frauenarzt zu. Was meinte er um Himmelswillen? Ein Mädchen, wieso ein Mädchen? Als der Groschen fiel, lachte sie laut auf. »Netter Versuch, Doktor Schächtle«, erwiderte sie lachend. »Ich bin ganz sicher nicht schwanger!«

Auf seinem Hocker rollte er zwischen ihre gespreizten Beine. »Abr ihr Urinteschd sagt do fäi ganz was andrs.«

Der Doktor hatte seine runde Nickelbrille auf der Nasenspitze sitzen, die sonst an einer Schnur um seinen Hals hing. Sein Blick erinnerte sie an Peter Lustig von der Kindersendung Löwenzahn. Wenn er mir jetzt erklärt wie man Kinder zeugt, laufe ich schreiend aus der Praxis, stöhnte sie in Gedanken auf. In Wirklichkeit blieb sie aber ganz still, die Füßen in den Halterungen, sitzen. »Ihre Witze waren schon mal besser, Doktor Schächtle!«, erwiderte sie bissig.

»Also Frau Schulzinger, i kann ihna versichara, dass i bei sowas koine Witzla mach. Sie hän so viel Schwangerschaftshormone em Becherle khäd, des dät glatt fir drei Kenderla reicha!«, erklärte er mit todernstem Gesicht.

»Vermutlich wurde mein Becherle verwechselt oder verunreinigt. Das ganze Wartezimmer ist ja voll von schwangeren Frauen!«, konterte sie siegessicher. Blöderweise las sie just in diesem Moment auf ihrem Plastikbecher, selbst vom Stuhl aus gut sichtbar, klar und deutlich ihren Nachnamen. ‚Schulzinger' stand da in wackeligen Lettern geschrieben.

»Also erschd a mol, den mr die Spirale rausmacha. Zom Glück liagd die weid gnuag onda. Dann seha mr des per Ultraschal glei.«

Wenn er das meinte? Schwanger. Das war doch total lächerlich. Die Hormonspirale ist eine der sichersten Verhütungsmittel, hörte sie Doktor Schächtle in ihrer Erinnerung erklären. Nun, sie hatte sich genauso ein teures Teil einsetzen lassen, was ganz und gar nicht angenehm gewesen war. Somit war sie definitiv auf der sicheren Seite. Dem lieben Doktor würde sie gleich die Hölle heiß machen.

Die Zähne fest zusammen gebissen, folgte sie seinen Anweisungen und rutschte mit dem Po etwas weiter auf dem Stuhl vor. Doktor Schächtle schlüpfte mit einem schnalzenden Geräusch, welches ihr durch Mark und Bein ging, in seine Latexhandschuhe. »Schee locker lassa, Frau Schulzinger«, wies er sie an, wobei er bereits das kalte Metall des Spreizers einführte. Trotz der Sanftheit, die der Doktor bei all seinem Tun an den Tag legte, tat es höllisch weh.

»Des god leider ned andersch. Die Spirale isch nei gwachsa. Des ko passira, wenn mr ned relemäßig dor noch gugga lassa dud«, erklärte er.

Weder die folgenden Witze, noch die Fragen, die sie ziemlich knapp beantwortete, halfen gegen die Schmerzen. Als der Doktor die Spirale mit einem triumphierenden: »Do ischs!«, rausmanövriert hatte, war sie den Tränen nahe.

»S Schlemmschde isch gschafft, Frau Schulzinger«, versuchte Doktor Schächtle sie zu trösten. Vorsichtig tastend murmelte er vor sich hin und setzte die Untersuchung fort. Das kalte Gel auf ihrer Bauchdecke riss sie aus der verbissenen Konzentration, die sie angewandt hatte, um ruhig zu bleiben.

»Ha. I hab recht khäd ond dr Urinteschd au. I gradulier ena recht herzlich, Frau Schulzinger. Sie sen schwanger.«

Stumm vor Entsetzten folgte sie seinem ausgestreckten Zeigefinger, der auf dem Bildschirm den winzigen Embryo umkreiste.

»Aber ... Wie kann das sein? Das ... geht gar nicht ...«, stotterte sie.

»Hän sie koin Geschlechtsverkehr khäd?«

»Nein ... äh ... doch ... aber ...«

Doktor Schächtle legte ihr beruhigend seine behandschuhten Hände auf ihre Oberschenkel. »Frau Schulzinger, Sie hän doch zwoi Buba of d Weld brocht. Ena muss i doch ned erklära wo ond wie d Kenderla herkommad, odr?«

Lou wurde schlecht. »Aber ... aber die Hormonspirale«, protestierte sie lahm, wobei ihr das jungenhafte Grinsen in Doktor Schächtles Gesicht mittlerweile vorkam wie das fiese Grinsen von Chucky der Mörderpuppe. Das laute Räuspern, gefolgt vom Augenrollen des Doktors, machte diese Vorstellung keineswegs besser.

»Also i han ihna schon damals erklärd, dass so eine Hormonspirale regelmäßig überprüfd werda muss. Im höchschda Fall hält die ned ganz fünf Jahre. Sie, Frau Schulzinger, warad aber schon über sechs Jahre zu keiner Untersuchung mehr da!«, erklärte er im Lehrton, versuchte dabei sogar Hochdeutsch zu reden, als ob sie ihn sonst nicht verstehen würde. Da sie selbst unfähig war, die Füße aus den Halterungen des Untersuchungsstuhls zunehmen, half der Doktor ihr dabei. Geduldig, wie für ein Kleinkind, machte er ihr klar, was Sache war. Erneut zeigte er ihr auf dem Bildschirm den winzigen Embryo, dessen Herzschlag nicht nur zu sehen, sondern, nach Betätigen eines Schalters, sogar deutlich zu hören war. Laut der Größe des Embryos und dem vorhandenen Herzschlag, war sie allem Anschein nach bereits Ende der Siebten, Anfang der achten Woche schwanger. »Himmelherrgottsackzement!«, stieß sie frustriert aus.

»Ach wa. Sie machad des scho, Frau Schulzinger. Heut zu Dag isch des scho normal des gsonde Fraua mid vierzig no Babys kriega. Ond wie mr sieht, isch ja älles en beschdr Ordnong.«

Alles in Ordnung? Hatte Doktor Schächtle wirklich gesagt: alles in Ordnung? Auf zittrigen Beinen verschwand sie hinter dem Vorhang, wo sie kraftlos auf den Stuhl sank. Nichts war in Ordnung. Gar nichts. Hinter ihren geschlossenen Lidern nahm die Besenkammer auf der Vernissage Gestalt an. Alasdair, der sie mit seinen Stößen zu einem solch gigantischen Höhepunkt getrieben hatte, dass er ihr den Mund hatte zuhalten müssen. »Elender Mist! In der Besenkammer, wie Boris Becker«, murmelte sie schockiert, um sich dann in den Handrücken zu beißen, damit sie nicht hysterisch zu schreien begann. All ihre Befürchtungen wurden nun zur nackten Wahrheit. Nur mit Mühe gelang es ihr, sich anzuziehen. Wie um alles in der Welt sollte sie das Alasdair beibringen? Waren Schwangere ab vierzig Jahren nicht so oder so schon Risikoschwangerschaften? Was war mit vierzigjährigen Schwangeren, deren Partner womöglich defektes Erbgut beisteuerten? Zu allem Übel schien sie ihre Befürchtungen auch noch gut lesbar im Gesicht zur Schau zutragen. Warum sonst legte Doktor Schächtle ihr auch noch die Möglichkeit einer Abtreibung dar? Als ob das überhaupt eine Option für sie wäre. Dass, was sie in sich trug, war ein lebendiges, winziges Baby. Welches sie nie und nimmer wegmachen lassen konnte. Ganz zu schweigen davon, dass sie sich noch im kritischen Quartal der Schwangerschaft befand. Oh Himmel. Sie hatte Whisky ebenso wie anderen hochprozentigen Alkohol getrunken. Eigentlich hatte sie lauter Dinge getan, die für die Entwicklung eines Embryos schädlich waren. Ob die Röntgenstrahlen im Körperscanner wohl auch schädlich waren?

Den Ratschlägen ihres Frauenarztes folgte sie nur mit halbem Ohr, viel zu verwirrt waren ihre Gedanken. Die Prospekte, die er ihr mitgab, steckte sie in ihrer Handtasche ganz nach unten. Noch fühlte sie sich nicht gewachsen, ihrem Schotten zu sagen, dass er Vater wurde. Blieb zu hoffen, dass sie nicht so aussah, wie sie sich fühlte. Nach der Blutabnahme wartete sie mit Herzrasen am Tresen bei der

Sprechstundenhelferin auf ihren Mutterpass.

»Frau Schulzinger, was für schöne Nachrichten. Da wird sich ihr Mann aber freuen über einen Nachzügler in der Schulzinger - Dynastie«, flötet die Sprechstundenhelferin freudig und so laut, dass sich Lou besorgt nach allen Seiten umblickte.

»Wer's glaubt. Alexander rastet höchstens aus!«, sagte sie mehr zu sich als zu jemandem Bestimmten.

»Wie meinten Sie?«, wollte die Sprechstundenhilfe wissen.

»Ich lebe von meinem Mann getrennt«

»Oh. Entschuldigen Sie bitte, Frau Schulzinger. Ich gebe Ihnen gleich einen Folgetermin«, antwortete die Sprechstundenhilfe peinlich berührt.

»Nicht nötig. Höchstens, ich kann Doktor Schächtle nach Schottland einfliegen«, rutschte es ihr voll Ironie heraus. Im selben Moment kam sie sich plötzlich beobachtet vor. Tatsächlich bemerkte sie aus den Augenwinkeln Alasdairs große Gestalt, die freudestrahlend auf sie zu kam.

»Scheiße!«, entfuhr es ihr.

Die Sprechstundenhilfe starrte sie missbilligend an, während Lou ihr den Mutterpass aus den Händen riss und hektisch in die Handtasche stopfte.

»Ach, ist das der werdende ...?«

»Nur ein einziges Wort und Sie werden Ihres Lebens nicht mehr froh. Verstanden?«, unterbrach sie die Frau, welche sie aus weit aufgerissenen Augen ansah, als wäre sie die Ausgeburt des Teufels. Fast gleichzeitig drehte sie sich zu ihrem Schotten um, dessen Blick beunruhigt zwischen ihr und der nun sehr bleichen, blonden Sprechstundenhilfe hin und her wechselte. Mist, Alasdair hatte Lunte gerochen. Übertrieben gut gelaunt hängte sie sich, nachdem er zu ihr aufgeschlossen hatte, bei ihm ein, um ihn so besser ihn Richtung Ausgang bugsieren zu können.

»Stimmt etwas nicht, Lou?«

»Nein. Alles Okay«, flötete sie. Das war streng genommen nicht einmal eine Lüge. Trotzdem blieb ihr Schotte stehen, nahm ihr Kinn in die Hand, und zwang sie somit, ihm in die Augen zu sehen. »Du bist irgendwie seltsam. Was hat so lange gedauert? Hat dich dein Frauenarzt unter Drogen gesetzt?« Misstrauisch musterte er sie. Lieber Gott, wenn er sie noch lange so ansah, würde er ihr garantiert alles im Gesicht ablesen.

»Es geht mir gut. Ich bin nur erleichtert. Frauenarztbesuche gehören nicht unbedingt zu den ersten Plätzen meiner Ärzte-Rangliste.« Herrje. Sie würde sich noch um Kopf und Kragen reden.

»Du hast allen Ernstes eine Rangliste für Ärzte?«

»Warum nicht?« Und außerdem bin ich schwanger, weil du Mister superpotent mich ausgerechnet in einer Besenkammer poppen musstest, obwohl das schon bei Boris Becker schief ging!, vervollständigte sie den Satz in Gedanken. Was sollte sie nur tun? Selbstverständlich musste sie es Alasdair sagen. Es war ja auch sein Kind. Aber das musste doch nicht gleich jetzt, hier, zwischen Tür und Angel der Frauenarztpraxis sein, oder?

Der Heiligabend entpuppte sich erneut als Tag, den man getrost aus ihrem Terminkalender streichen konnte. Warum sollte sich das auch plötzlich ändern? Weil sie einen neuen Mann hatte? Oder vielleicht weil sie so glücklich war, wie seit Jahren nicht mehr? Nein. Ihr ganzes Leben lang war sie ständig dabei, in irgendwelchen Fettnäpfchen unterzugehen. Wie sehr sie sich auch abstrampelte, früher oder später machte das Schicksal ihr wieder einen Strich durch die Rechnung. Wenn es jetzt schon so anfing, wie sollte dieser Tag dann enden? Entschlossen hielt sie die Tränen der Verzweiflung zurück, die ihr bereits in den Augen brannten.

Wenn sie jetzt auch noch anfing, zu weinen wie ein Schlosshund, würde ihr Schotte sofort wissen, was los war. Alasdair Munro war schließlich nicht dumm.

Die Erschütterung der Nachricht saß so tief, dass der weitere Tag an ihr vorüberging, ohne dass sie es wirklich bemerkt hätte. Es hatte sie alle Kraft gekostet, zu der sie noch imstande war, nicht ihrer besten Freundin um den Hals zu fallen und sich bei ihr auszuheulen. Sie glich einem nervlichen Wrack. Debbie und Christoph vermuteten Alexander und den besinnlichen Heiligenabend in ihrem ehemaligen Zuhause als Grund ihres Benehmens. Woher hätten sie auch den wahren Umstand erahnen sollen. Bei ihrem Schotten hingegen war es etwas anders. Alasdair lass ihr jeglichen Wunsch von den Augen ab, wich nicht von ihrer Seite. Ihm war klar, dass etwas ganz und gar nicht stimmte. Man musste ihm zugutehalten, dass er sie nicht drängte.

Trotz des Rechtsverkehrs in Deutschland ließ sie Alasdair Christophs geborgtes Auto fahren. Lou brachte es sogar fertig, gelassen, regelrecht entspannt neben ihrem Schotten im Auto zu sitzen. Weder verstimmte sie sein rasanter Fahrstil, noch ermahnte sie ihn immer schön rechts zu fahren.

»Es wird schon nicht so schlimm werden, mo cridhe«, versuchte Alasdair sie aufzumuntern, strich dabei sanft über ihren Oberschenkel. Stur blickte sie zu den Lichtern in der Ferne und zählte Weihnachtsbäume.

»Lou, du machst mir langsam aber sicher Angst. Du bist viel zu wortkarg und in dich gekehrt! Habe ich irgendetwas getan oder gesagt?«

»Nein. Nein, hast du nicht, Al. Es ist nur die Aufregung.

Ich fürchte mich davor, dass dieser elende Möchtegern - Familienabend und dieses erschwindelte Heile – Welt - Drama ganz fürchterlich in die Hose geht. Verstehst du?«, versuchte sie sich herauszureden.

»Aye. Wie könnte ich das nicht verstehen. Warum hast du denn nicht einfach abgesagt, Lass?«

»Ich konnte nicht ... weil ... ach ...« Sie konnte, die aufgestauten Tränen nicht mehr länger zurückhalten. Hemmungslos schluchzend weinte sie.

»Schsch, alles gut, mo cridhe. Lou, hör auf zu weinen. Ich bin doch bei dir. Du hättest einfach absagen sollen. Deine Jungs sind alt genug um das zu verstehen.« Tröstend umschlang seine freie Hand die ihre.

»Nein ...«, presste sie hervor. »Nein. Sie sind nicht alt genug. Für mich ... für mich werden sie immer meine Babys sein!«

»Entschuldige. Du hast natürlich Recht, Lou. Du bist einfach eine wundervolle Mutter.« Alasdair führte ihre Hand an seine Lippen, küsste ihre kalten Finger warm. »A Dhia. Wie Eis. Soll ich kurz anhalten?«

Das hatte ihr gerade noch gefehlt. Wenn er jetzt den Wagen stoppte, würde sie ihm alles brühwarm erzählen. In Anbetracht des Abends, der vor ihnen lag, fühlte sie sich dem aber keineswegs gewachsen. »Nein, lass mal. Mir geht es schon wieder besser. Solange du nicht von meiner Seite weichst, kriege ich das schon hin«, sagte sie zu ihm, machte sich jedoch damit selber Mut.

Viel zu schnell gelangten sie an ihr Ziel. Die Villa Schulzinger, in der sich in der unteren Etage, das Büro ihres Exmannes befand, war hell erleuchtet. In der Garageneinfahrt parkte gut sichtbar sein feuerroter Lamborghini. Was für ein Angeber!

»Wow. Ganz schön exquisit«, äußerte sich Alasdair mit

dem Blick auf das Auto.

»Du darfst dir sicher sein, dass es heute Abend das teuerste Essen deines ganzen Lebens geben wird. Alexander ist ziemlich dekadent. Er wird uns den ganzen Abend spüren lassen, wie armselig wir in seinen Augen sind!«, erklärte sie und versuchte dabei im Rückspiegel ihr zerstörtes Make-up einigermaßen präsentabel zu retten.

»Ich kann es ihm nicht verübeln. Immerhin habe ich ihn seinen größten Schatz gekostet. Dich, mo cridhe!«

»Ich bin nur sein Spielzeug gewesen, Al. Sein Spielzeug und die Mutter seiner Kinder. Wir sind beide nur hier, damit Alexander demonstrieren kann, dass man ihm nicht einfach etwas wegnehmen kann«, widersprach sie ihrem Schotten, unterschlug ihm jedoch das Wort ‚ungestraft'. Tief in ihrem Inneren wusste Lou, dass sie und Alasdair einen hohen Preis für ihre Liebe würden zahlen müssen, auch wenn sie noch immer hoffte, dass sie sich irrte. Ihre schweißnassen Hände strichen den Rock des Cocktailkleids glatt.

Ihr Schotte hatte ein besonders festliches Hemd zu seinem Kilt gewählt, der durch passende Strümpfe, Tropfenfänger im Clan Tartan und die typischen, geschnürten Festtagsschuhe komplettiert wurde. »Öhm. Ist der nicht scharf?«, merkte sie den Zeigerfinger auf den Sgian Dhu gerichtet an.

»Keine Sorge, Lass. Ich schneide mich schon nicht!«, war nicht die Antwort, die sie sich erhofft hatte. Immerhin kannte sie Alexanders provokante Art nur zu gut. Resolut wischte sie das Kopfkino mit den blutigen Handgreiflichkeiten, in denen jener Sgian Dhu eine tragende Rolle spielte, aus ihrem Kopf.

»Warum kann es nicht schon Morgen sein!«, knurrte sie genervt, wobei sie sich wiederholt fragte, womit sie einen Mann wie Alasdair überhaupt verdient hatte. Warm schloss sich seine Hand um die ihre. Blinkende Sternlichter wiesen den Weg zur Haustür, aus der, obwohl geschlossen, der Klang von Streichern zu hören war. Wie zu allen festlichen Anlässen im Hause Schulzinger öffnete ihnen Alfons, der Butler die Haustür. »Frau Schulzinger, ich bin erfreut, Sie zu sehen. Herr Munro, nehme ich an. Ich bitte die Herrschaften, einzutreten.«

»Alfons, schön Sie zu sehen. Geht es ihnen gut?« Der Butler nahm ihnen die Jacken ab, verneigte sich tief.

»Wenn ich die gnädige Frau Schulzinger sehe, immer.«

Es schwang so viel Wärme in Alfons Worten mit, dass sie gut erahnen konnte, was im Hause Schulzinger vor sich ging. Lou konnte es unausgesprochen in seiner Mimik lesen. Alexander an sich war schon fürchterlich antiquiert. Alexander und seine Mutter Beatrixe zusammen jedoch waren nicht zu toppen. Kaum zu ertragen. Vermutlich wäre es für den armen Alfons besser, er trüge Rollschuhe. Personal hatte bei dieser Familie nichts zu lachen.

Selbstverständlich kam die Musik nicht aus der Konserve. Alexander hatte, wie bereits befürchtet, keine Kosten und Mühen gescheut. Neben dem über zwei Meter großen, mit Schmuck überladenen Tannenbaum, an dem Swarovski Kristalle mit limitierten Hutschenreuther - Weihnachtskugeln um die Wette strahlten, stand ein Streichertrio, das Weihnachtslieder zum Besten gab. Beatrixe thronte, ohne eine Regung zu zeigen, am Ende der Tafel. Lou hätte sich keineswegs gewundert, wenn ihr ehemaliges Schwiegermonster in einem früheren Leben Königin oder eine Tyrannin gewesen wäre. Die Eiskönigin, vielleicht?

Philipp hingegen war das komplette Gegenteil aller Anwesenden. Ohne zu zögern, fiel er ihr um den Hals und riss sie fast zu Boden. »Mama, du glaubst ja nicht, wie froh ich bin, dass du da bist!«, sagte er und flüsterte in ihr Ohr.

»Es ist so schlimm wie eh und je!«

»Ich freue mich auch, euch zu sehen, Flipp.«

Etwas zurückhaltender aber nicht minder erfreut, begrüßte er auch Alasdair. Richard hatte sich ebenfalls erhoben, begrüßet sie verhalten, mit einem Händedruck, der kaum spürbar war. »Mutter.«

Unbeeindruckt schloss sie ihren Ältesten in die Arme, küsste ihn rechts und links auf die Wange. »Richie, du siehst gut aus. Die Liebe scheint dir zu bekommen. Stellst du mir deine Freundin vor?«

Widerwillig schob er ihr die junge Frau entgegen, welche sich in seinem Schlepptau befand. »Regina, meine Mutter, Louise. Mutter meine Freundin Regina Brucknauer.«

Aha, daher wehte der Wind. Sie hatte sich schon über das unscheinbare Mädchen gewundert, das so gar nichts vom Frauentyp Latina hatte, auf die ihr Sohn sonst so stand. Freundlich gab sie der jungen Frau die Hand zur Begrüßung, der dies scheinbar alles ebenso peinlich war, wie ihr selbst. »Regina ist die Tochter von Vaters Geschäftskollegen Herbert Brucknauer von der Brucknauer & Cross Consulting AG.«

Als ob sie das nicht bereits gewusst hätte. Himmel, du bist wahrlich der Sohn deines Vaters, dachte sie. Alasdair bedachte ihr Sohn lediglich mit einem vernichtenden Nicken. Schnell zog er Regina mit sich fort, bevor diese ihrer guten Erziehung nachgeben konnte und Alasdair womöglich noch die Hand gab. Immerhin hatte sie dies anscheinend tun wollen, ihre ausgestreckte Hand sah zumindest so aus.

»Der Apfel fällt nicht weit vom Stamm«, knurrte sie ihrem Schotten hinter vorgehaltener Hand entschuldigend zu. Was hatte sie nur für Kinder in die Welt gesetzt? Der Butler bot ihnen einen Aperitif an, den sie des Alkohols wegen, dankend ablehnte. Alasdair hingegen kippte seinen in einem einzigen Zug hinab und stellte das Glas zurück auf das Tablett.

»Louise. Louise. Schön dich zu sehen, Liebes«, begrüßte sie ihr Exmann mit Wangenküssen, ignorierte ihren Schotten jedoch, als wäre dieser Luft.

»Alexander. Deine Manieren waren schon besser«, rügte sie ihn, mit einem falschen Lächeln.

»Deine Begleitungen auch, Liebling. Seit wann trinkst du keinen Aperitif? Schlägt dir der Abend bereits jetzt schon auf den Magen?«, konterte er süffisant.

Konstanze kam mit lasziv wirkenden Schritten hinzu, hängte sich provozierend an Alexanders Schulter. Himmel, hat sie ihre Lippen erneut aufspritzen lassen? Das, was einmal Lippen gewesen waren, hatte jetzt zumindest mehr Ähnlichkeit mit zwei Mini Saitenwürstchen.

»Louise, was für eine Freude. Dein Schotte nehme ich an«, lispelte Konstanze, ließ dabei ihre Augen begehrlich über Alasdairs Körper wandern. Mühevoll unterdrückte sie den Drang, sich vor ihren Schotten zu werfen, um ihn vor diesen ausziehenden Blicken zu schützen. Bevor sie es verhindern konnte, hielt Alasdair Konstanze rechts und links an der Schulter fest und küsste sie grüßend auf beide Wangen. Dasselbe wiederholte er bei Alexander, erzählte dabei etwas von einem schottischen Brauch, wobei er ihr ungesehen zuzwinkerte. Allein die entsetzte Mimik ihres Exmannes reichte, um sie in ein erhabenes Hochgefühl zu versetzen. Nicht zum ersten Mal wünschte sie sich, Alasdair bereits schon viel früher kennengelernt zu haben.

»Sie wollen einen Bauerntrampel, mo cridhe. Ich werde ihnen einen wundervollen Bauerntrampel vorspielen«, ließ er sie leise wissen. Was hatte der verrückte Kerl nun wieder ausgeheckt? Ehe sie sich versah, eilte er mit großen Schritten und wehendem Kilt auf eine fassungslose Beatrixe zu.

Stocksteif, die mausgrauen Augen unnatürlich weit aufgerissen, trotzte sie Alasdairs Kussattacke. Erstaunlich, dass sie nicht sogar in Ohnmacht gefallen war. Passenderweise untermalten die Streicher die Begrüßungsrunde ihres Schotten mit einen fröhlichen Jingle Bells und übertönten damit das schadenfrohe Gelächter ihres jüngsten Sohnes, der nicht mehr länger an sich halten konnte. Sie selbst mühte sich verzweifelt ab, nicht selbst lauthals und schallend zu lachen. Biss sich sogar die Zunge leicht blutig.

»Göttlich, Mama. Alasdair ist einfach göttlich. Ich wusste, auf dich ist Verlass, Mama. Scheint doch noch ein ganz amüsanter Abend zu werden«, raunte ihr Philipp im Vertrauen zu und ignorierte die missbilligenden Blicke seines Bruders. Galant führte er sie dabei zu ihrem Platz ganz am Ende des Tisches. Statt sich zu ärgern, dass sie so abseits gesetzt worden waren, empfand sie jedoch pure Glückseligkeit.

Keine fünf Minuten später setzte sich ihr Schotte neben sie. »Deine bald Ex-Schwiegermutter macht dem Klischee des Hausdrachens alle Ehre. Hat sie Haare auf den Zähnen?«

»Wenn, dann hast du sie ihr gerade alle einzeln gezogen, Ladd.« Es gelang ihr nicht, sich seinem unschuldigen Augenaufschlag zu wiedersetzen. Zärtlich nahm sie sein Gesicht in ihre Hände, presste die Lippen zu einem festen Kuss auf die seinen.

»Wofür genau war der, und könntest du ihn wiederholen?«

»Weil du bist, wie du bist, Alasdair. Und bei Gelegenheit gibt es einen Nachschlag«, beteuerte sie schmunzelnd.

»Tha gaol agam ort, mo ghràidh!« raunte er mit seinem unwiderstehlichen, tiefen Bariton. Das: ‚Ich liebe dich, Liebling', samt dem gerollten ‚R', sorgte dafür, dass sich ihr Unterleib sehnsüchtig zusammenzog.

Der erste Gang des Weihnachtsmenüs bestand aus Austern, Kaviar und dem bereits vermissten Champagner, von dem Lou nicht wusste, wie sie ihn fortschaffen sollte, ohne dass sie dabei ertappt wurde. Hinter jedem von ihnen nahm eine Bedienung Stellung, um exakt gleichzeitig die silbernen Glocken mit der Vorspeise vor ihnen abzustellen. Allein das war schon filmreif. Wie ihr von vornherein klar gewesen war, ließ Alexander seine fiesen Seitenhiebe nicht aus. Es gab Austern und Kaviar. Beides Speisen, die Lou verabscheute. Ohne sich etwas anmerken zu lassen, schob sie ihr Essen auf Alasdairs Teller hinüber. Sein anerkennendes Brummen bestätigte ihre Annahme, dass er ihren Anteil der Vorspeise gerne mitaß. Da sich kein passender Moment ergab und Alasdair keinen Champagner mochte, ließ sie das Glas unberührt stehen.

»Wie sie live sehen können, Munro, ist meine Frau schwer zufrieden zu stellen! Wie finden sie die Austern und den Kaviar? Sie haben mich eine ganze Stange Geld gekostet«, stichelte Alexander in schlechtem Englisch.

»Och, ich habe da bei meiner Verlobten seltsamerweise keine Probleme, Schulzinger. Und was die Vorspeisen angeht, na ja, nennen wir sie: Fischig!«, konterte Alasdair trocken. Um ein Haar hätte Lou sich an ihrem Stillen Wasser verschluckt. Ihr Schotte ließ sich weder von der plötzlichen Stille - man hätte Gras wachsen hören können - noch von den auf ihn gerichteten stechenden Blicken irritieren. Stattdessen schlürfte er vernehmlich die nächste Auster leer.

»Ihr habt euch echt verlobt? Ehrlich jetzt?«

Keiner außer Philipp schien darüber sonderlich erfreut zu sein.

»Die Scheidung ist noch nicht einmal durch!«, empörte sich Alexander. Treudoof und berechnend, wie sie war, versuchte Konstanze beruhigend auf ihn einzuwirken, tätschelte an ihm herum. Lou hätte ihr sagen können, dass dies vergebene Liebesmühe war. Zumal Alexander nicht gerne an sich herumfummeln ließ und das auch noch vor den Adleraugen seiner Mutter! Schließlich war er ein Schulzinger, genauer gesagt, der Schulzinger, Chef einer ganzen Dynastie. Wen interessierte es schon, dass hinter den Kulissen der Schulzinger Dynastie, noch immer eine Frau, genauer gesagt, Beatrixe Schulzinger die Hosen anhatte.

»Zum Verloben ist keine Scheidung notwendig und letztendlich ist es doch alles nur eine Zeitfrage«, antwortete Alasdair mit eisiger Ruhe, obwohl sie versuchte, ihn mit unauffälligem Kopfschütteln an seiner Aussage zu hindern. Vergebens! Seine Hand senkte sich unter dem Tisch liebkosend auf ihren Oberschenkel. Alles gut, ich hab alles unter Kontrolle!, schien diese Hand sagen zu wollen. Woher hätte er auch ahnen können, dass hier nichts unter Kontrolle war. Ohne es zu ahnen, war ihr Schotte dabei, einem Schwelbrand die Tür zu öffnen, diesen gar mit zusätzlichem Sauerstoff zu füttern. Himmelherrgottsackzement! Ich hätte niemals mit ihm hierher kommen dürfen!, stöhnte Lou innerlich auf. Ob Alasdair immer noch so ruhig wäre, wenn er einmal einem von Alexanders Handlangern begegnet wäre?

»Sie ... Sie daher gelaufener Bauer glauben doch nicht allen Ernstes, dass ich in eine Scheidung einwilligen werde!«

Als wären ihre Gedanken der Auslöser gewesen, ging Alexander zum Angriff über. Lou hielt entsetzt die Luft an, maß den Abstand zur Tür. Wie weit war es noch mal vom Essbereich bis zur Haustür? Es konnte wahrlich nicht schaden, wenn sie darauf vorbereitet wäre, die Flucht ergreifen zu müssen. Mist, ich hätte Ballerinas tragen sollen, statt der High Heels!

»Könnten die Herren jetzt bitte das Thema wechseln.

Heute ist Heiligabend. Wir wollten uns der Jungs zuliebe zusammenreißen.«

Im Nachhinein hätte sie wissen müssen, dass man bei einem Streit mit Alexander nicht vermitteln konnte. In diesem Moment jedoch schien ihr entfallen zu sein, dass sie ihre ganze Ehe lang immer die Verliererin gewesen war.

»Du bist selbst schuld, liebste Louise. Du hast diesen Fatzke mitgebracht«, schleuderte ihr Exmann ihr giftig entgegen und warf seine Stoffserviette, wie einen Federhandschuh auf den Tisch. Alasdair holte bereits Luft für eine Entgegnung, doch sie kam ihm zuvor.

»Dir ist aber schon klar, dass ich nicht zu dir zurückkommen werde, Alexander? Ich habe dich verlassen. Daran kannst du nichts ändern. Selbst wenn Alasdair ein Hartz 4 Empfänger wäre, sogar wenn er ein Fischer oder ein Mechaniker auf einer Ölplattform in Timbuktu wäre, würde es nichts an meiner Entscheidung ändern. Ja, es stimmt. Wir sind verlobt. Wir beide, Alexander, wir hatten eine schöne Zeit zusammen. Jetzt verbinden uns jedoch nur noch zwei wundervolle junge Männer, die es verdient haben, dass ihre Eltern sich benehmen!«

Selbst am anderen Ende der langen, festlich gedeckten Tafel konnte sie das vor Zorn rot gefärbte Gesicht von Alexander sehen. Dagegen wirkte Konstanze neben ihm unnatürlich bleich und schien in sich zusammenzuschrumpfen. Was für eine Frau von Konstanzes Kaliber total untypisch war. Konnte eine so kurze Zeit in Alexanders Schatten, einen Menschen völlig verändern? Unpassenderweise begannen die Streicher nun ausgerechnet Santa Baby zu spielen. In Lous Kopf nahm die sexy Stimme der Ally McBeal Sekretärin Elaine Gestalt an, die den Text des Liedes im Marylin Monroe Outfit hauchte. Nein, ein fürchterlich gutes Mädchen, war ich beileibe nicht, musste sie an der einen gewissen Textstelle denken, da sie den Song, wenn auch lautlos, mitsang.

Bevor Alexander jedoch zu weiteren fiesen Seitenhieben ausholen konnte, wurde bereits der nächste Gang serviert.

»Escargots à la bourguignonne an Algenspitzen Salat«, verkündete einer der Kellner mit lauter Stimme.

»Auch das noch«, murmelte Lou, die Hand mehr um sich selbst zu beruhigen, auf Alasdairs Knie unter dem Tisch, wo sich dessen Finger mit den ihren verschränkten. Seinem fragenden Blick begegnete sie mit einem ironischen Lächeln.

»Mama, ich glaube, ich muss gleich brechen!«, erklärte ihr Jüngster wenig taktvoll.

»Was zum Teufel?« Ihr Schotte drehte das dargereichte Besteck verständnislos in den Händen.

»Es ist zum Festhalten der Schnecken«, versuchte sie zu erklären, ohne dabei über das entsetzte Gesicht ihres Schotten zu lachen. So schnell wurde also aus einem Macho ein Mann mit weichen Seiten. Zum Demonstrieren nahm sie eines der hübsch anzusehenden Schneckenhäuser mit der kleinen Zange, hielt es fest. »Siehst du. Jetzt muss man nur noch mit der winzigen Gabel das Fleisch herausholen. Guten Appetit.«

»Ach ja, mo cridhe. Ich würde dir gerne dabei zu sehen, wie du das Fleisch herauspickst und es isst.«

Der Augenaufschlag mit dem Alasdair ihr das sagte, zeigte ihr, dass er sie durchschaut hatte. Ihrem Schotten konnte sie so schnell nichts vormachen. Dazu kannte er sie bereits zu gut, wusste, wie sie tickte.

»Das werde ich nicht tun«, erwiderte sie so würdevoll wie möglich.

»Ach ja, Mama. Aber Alasdair und ich sollen den Scheiß essen, oder wie?« Philipp schenkte ihr einen empörten Blick. Ihre beiden Männer sahen sie erwartungsvoll an, während der Rest der illusteren Gesellschaft in genießerischem Schweigen verweilte. Nur das Klappern des Bestecks sowie der Zangen war zu vernehmen.

»Ich für meinen Fall werde es zumindest versuchen,« ließ ihr Schotte Philipp wissen und zwinkerte ihr aufmunternd zu. Konzentriert bemühte er sich, eine der Schnecken in die Zange zu spannen. Leider wollte dies ganz und gar nicht gelingen. Zu guter Letzt führte es dazu, dass die Schnecke in einem anmutigen Bogen quer über den Tisch flog, wo erst Beatrixes Ausschnitt sie stoppen konnte.

»Glitschige kleine Scheißerchen!«, entfuhr es Lou, die gleichzeitig Alasdair gegen das Scheinbein trat, um ihn vom Lachen abzuhalten.

»Aye. Ich würde mich wohl gut als männliche Julia Roberts machen«, witzelte dieser zurück. Alle drei wagten sie es nicht, den Blick von ihren Tellern zu nehmen, auf die sie wie ein hypnotisiertes Karnickel starrten.

»Gerade hättest du dir die erste Wahl Besetzung gesichert, Al. Ich wusste gar nicht, dass du mitgesehen hattest«, stimmte sie ihm amüsiert zu.

»Doch habe ich. Zumindest die wichtigen Szenen habe ich alle mitbekommen! Lediglich das Geplänkel dazwischen habe ich verschlafen.«

»Mama, ihr seid der Oberhammer. Voll krass. Ich hätte nie gedacht, dass es so lustig werden würde. Trotzdem habe ich Hunger und frage mich echt, was Papa mit so einem ekeligen Zeug erreichen will? Eine Currywurst mit Pommes, das wäre es gewesen.« Ihr Jüngster seufzte so unglücklich, dass ihn Lou am liebsten tröstend in die Arme geschlossen hätte. Warum konnte Alexander nicht wenigstens am heutigen Abend das Kriegsbeil ruhen lassen? Einmal mehr nagte das schlechte Gewissen an ihrem Herzen. Vielleicht hätte sie auf Weihnachten mit den Kindern verzichten sollen. Denn dann hätte Alexander seinen Söhnen doch sicherlich ein schöneres, magenfreundlicheres Weihnachten beschert.

Tapfer und neugierig hatte Alasdair zumindest die Hälfte seiner Schnecken ohne großes Aufsehen verspeist, der gummiartigen Konsistenz wegen aber auf den Rest dankend verzichtet. Sie hoffte inständig, dass sein kurzes, entschuldigtes Verschwinden nichts mit dem gewöhnungsbedürftigen Essen zu tun hatte. Liebevoll klopfte sie ihrem Sohn auf den Oberschenkel.

»Ich bin mir sicher, dass dein Vater jetzt genug seiner Macht demonstriert hat. Gleich serviert er dein Lieblingsessen.« Philipps Augenrollen übersah sie bewusst.

Nach über zehn Minuten begann sie sich zu fragen, wo Alasdair abgeblieben war, wenngleich seine Abwesenheit, niemanden außer ihr zu stören schien. Das Aufsuchen der Toilette, die sie neuerdings wieder öfter benutzen durfte, erbrachte auch keinen Erfolg. Erst als sie bereits wieder auf ihrem Stuhl saß, auf welchem sie unruhig hin und her rutschte, kam ihr Schotte zurück.

»Wo um alles in der Welt warst du, Alasdair?«, murmelte sie.

»An der frischen Luft. Den Rest wirst du gleich sehen«, antwortete er geheimnisvoll. Keine Minute später wurden ihnen jeweils eine neue Essensglocke aufgetischt. Überrascht besah Lou die Currywurst nebst Pommes frites auf ihrem Teller.

»Boa, wie geil ist das denn? Sind die von Willys um die Ecke?«, erklang es begeistert aus Philipps vollem Mund.

»Ich hatte Angst, dass ihr beiden mir sonst am Tisch umkippt. Außerdem wollte ich das unbedingt auch probieren. Auf dem Weg hierher ist mir dieses kleine Haus aufgefallen und da habe ich zu mir selbst gesagt: Alasdair, schlimmer kann es heute Abend sowieso nicht mehr werden, dann kannst du zumindest gut genährt zugrunde gehen!«

Er gab das so trocken von sich, dass Lou nicht an sich halten konnte und kichernd in ihre Stoffserviette biss, um nicht noch mehr Aufsehen zu erregen. Die Rechnung hatte sie jedoch ohne Alexander gemacht.

»Die gehobene Sternenküche scheint ihnen wohl nicht zu munden, Munro. Andererseits, was soll man auch von einem Bauern erwarten? Aber von dir, Liebling, von dir hätte ich wahrlich mehr erwartet. Du bist doch dieser Küche nicht abgeneigt. Was ist den los mit dir, liebste Louise?« Alexander heuchelte so gekonnt Sorge um sie, dass sie ihm am liebsten eine schallende Ohrfeige verpasst hätte. Leider saß er zu weit von ihr entfernt.

»Ich konnte diesem Essen, wie du sehr gut weißt, noch nie die Begeisterung entgegenbringen, die dir angenehm gewesen wäre, Alexander,« entgegnete sie kalt, wobei sie sich zwang, ihn dabei anzusehen.

»Ich mache mir lediglich Sorgen um deine Wohl, Liebling. Schließlich hast du den teuren Champagner, im Übrigen extra deine Lieblingsmarke, noch nie verpönt. Außer in deinen Schwangerschaften.«

Wenn man genau genug hingehört hätte, sie war sich im Nachhinein mehr als sicher, hätte man die Nadel fallen hören müssen. Es war plötzlich mucksmäuschenstill.

»Du bist doch nicht etwa schwanger?« Alexanders Lachen, welches durch die Stille dröhnte, klang unnatürlich gezwungen in ihren Ohren.

O mein Gott, mach doch bitte, bitte ein Loch auf, in das ich mich sofort verkriechen kann!, stöhnte sie in Gedanken laut auf. Ihr Wunsch wurde nicht erhört. Stattdessen fiel Alasdairs Gabel mit lautstarkem Klirren auf seinen Teller.

»Jetzt wäre der passende Moment um diesen makaberen

Scherz aufzudecken, Louise, Liebling. Meinst du nicht?«, hakte ihr noch Ehemann nach, der als Erster seine Stimme wieder gefunden hatte. Nur zu gerne hätte sie ihm in diesem Fall den Gefallen getan. Sie sehnte sich geradezu danach, einfach lauthals zu schreien: Das habt ihr doch nicht wirklich geglaubt? Zu ihrem Leidwesen sah die Wahrheit jedoch völlig anders aus. Erst am Vormittag hatte sie es schwarz auf weiß zu sehen bekommen. Ein kleines Foto in ihrer Geldbörse konnte es bezeugen.

»Schwanger?«, krächzte es neben ihr nahezu tonlos. »Wir äh bekommen ein ... ein Baby?«

Am anderen Ende des Tisches entstand ein kleiner Tumult.

»Ist Louise tatsächlich schwanger? Von dem schottischen Bauern oder von wem?«, drangen Konstanzes Worte, wie aus weiter Entfernung an ihre Ohren. Doch alles, was für sie zählte, war die Stimme ihres Schotten.

Alasdair hasste sich selbst für den zitterigen Unterton, der in seiner Frage mit schwang. Der ganze Abend war eine einzige Tortur von Seitenhieben gewesen. Dennoch hatte er alles klanglos über sich ergehen lassen, auch wenn er sich liebend gerne nur ein einziges Mal richtig mit diesem aalglatten, arroganten Schnösel Alexander geprügelt hätte. Wenn Lou auch nur die leiseste Ahnung gehabt hätte, wie sehr es ihn reizte, diesem Alexander eins auszuwischen, nun sie wäre mit ziemlicher Wahrscheinlichkeit ohne ihn hier hergekommen.

Am anderen Tischende entstand ein Tumult. Lous Nicken, ihr gehauchtes Ja und dieser Blick. Dieser angstvolle und doch gleichfalls trotzige Blick aus diesen waidwunden karamellbraunen Augen. A Dhia, für diese Frau würde er selbst durch alle Feuer der Hölle gehen, nur um sie zu retten.

Er war sich sicher, noch nie in seinem ganzen Leben etwas Schöneres gesehen zu haben, als diese deutsche Frau an seiner Seite. Das Herz wurde ihm regelrecht eng in der Brust, wenn er sie so betrachtete. Louise war ein Geschenk, ein Geschenk, das ihm zuteilwurde. Trotzdem schnürte ihre Offenbarung ihm fast die Luft zum Atmen ab. Ja. Ja er hatte sich nichts sehnlicher gewünscht als eigene Kinder. Kinder mit seiner a gearmaliteach. Aber er hatte auch Angst. Angst davor, dass dieses Leben, das sie unter dem Herzen trug, das gleiche Schicksal teilen konnte wie Grace. Ihm war nicht bewusst gewesen, dass er ihre Hände in die seinen genommen hatte, bis sie ihm diese entzog und dafür seine wettergegerbten, zitternden Arbeiterhände fest mit ihren Fingern umschloss.

»Es tut mir Leid. Ich hätte es dir viel lieber unter vier Augen gesagt, in einem passenderen Moment«, presste sie leise heraus.

Alasdair musste sie nicht ansehen, um zu wissen, dass sie kurz davor war, in Tränen auszubrechen. Kein Wunder. Du benimmst dich wie ein unsensibler Idiot, rügte er sich in Gedanken ärgerlich. »Mir tut es nicht Leid, mo cridhe. Du weißt ja gar nicht, was für ein schönes Weihnachtsgeschenk du mir machst«, sagte er und hoffte, dass sie die Wahrheit seiner Worte, in seinen Augen sehen konnte.

»Wirklich? Und du bist nicht böse? Ich kann nicht ... ich meine ich könnte es nicht ...«

Er wusste, was sie ihm sagen wollte, auch ohne dass sie es aussprach. Zärtlich küsste er seine Bonnie Lass auf die bebenden Lippen. Hätte Felicitas gewusst, dass Grace gehörlos auf die Welt kommen würde, sie hätte keine Sekunde gezögert und abgetrieben. Lou würde nichts dergleichen tun. Sie würde dieses Baby lieben, komme, was da wolle. Allein dafür liebte er sie nur noch mehr.

Da der Tumult am Tischende nicht abbrechen wollte und Lou sich sichtlich unwohl fühlte, sah er sich gezwungen, etwas dagegen zu unternehmen. Er nahm Lous unberührtes Champagnerglas in die Hand und prostete in Richtung der Gastgeber. »Auf die zukünftige Mrs. Munro, die Mutter meines Babys und die Liebe meines Lebens! Slàinte mhath!«, übertönte er den Lärm. Er verschwendete keinen Gedanken daran, ob sie ihn überhaupt verstanden. Beschwingt stieß er mit Philipp an, der von der Idee eines kleinen Geschwisterchen sehr angetan war.

Richard hingegen war allem Anschein nach keineswegs begeistert. »Bist du nicht etwas zu alt für noch ein Baby, Mutter? Du bist immerhin vierzig Jahre alt. Wenn das Kind in die Schule kommt, bist du quasi fast in Rente. Ist dir nicht klar, dass du Vater und die ganze Familie Schulzinger damit blamierst? Reicht es nicht, dass du mit diesem Röckchen tragenden Mann knutschend in der Klatschpresse abgebildet warst?«

Alasdair konnte zwar den tieferen Sinn der Worte nicht verstehen, aber alleine Lous Gesicht sprach Bände und erklärte ihm genug, um zu wissen, dass diese Worte verletzend waren.

»Da ist es doch ein Glück für die Schulzinger Dynastie, dass ich nach Schottland gezogen bin und nicht vorhabe, zurückzukommen. Vielleicht gelingt es dir ja, deinem Vater klar zu machen, dass eine Scheidung für beide Seiten nur ein Gewinn sein kann. Und lass dir gesagt sein, Sohn. Es gibt Mütter, die bekommen mit fünfzig noch ein gesundes Baby. Außerdem macht Geld alleine nicht glücklich, Richie. Der Tag wird kommen, an dem auch du das erkennen wirst!«

Bevor sich seine Bonnie Lass noch mehr in Rage reden konnte, zog Alasdair sie unter den verdutzten Blicken der Anwesenden vor den majestätischen Tannenbaum. Die

Streicher spielten White Christmas. Er mochte dieses Weihnachtslied sehr gerne und es war langsam genug, um einen Stehblues daraus zu machen. Er konnte augenblicklich spüren, wie Lous Körper sich entspannt an ihn schmiegte, den Kopf erleichtert auf seiner Schulter ablegte. Dass ihr Exmann ihm nicht an den Kragen ging, lag vermutlich an dieser Beatrixe, seiner Mutter, die ständig hinter vorgehaltener Hand über sie beide herzuziehen schien, zumindest schloss er das aus ihren missbilligenden Blicken. Vermutlich hatte er sich mit der Schnecke in ihrem Ausschnitt auch nicht unbedingt beliebter gemacht. Was hatte er nur für wunderbare Eltern. Die Hosen in der Schulzinger Dynastie trug unverkennbar diese Frau. Sanft strich er eine von Lous Haarsträhnen zurück hinter ihre winzigen perfekten Ohren, an denen er noch nie etwas anderes gesehen hatte als die schlichten Perlenstecker, welche sie auch heute trugen. Seine Hände glitten an ihrem Rücken hinab zu ihrer wirklich sehr verlockenden Kehrseite, wo sie liegen blieben.

»Glaub ja nicht, dass ich nicht weiß, was du da tust, Munro«, ermahnte sie ihn gespielt ernst.

»Solange du bei solchen Aussagen schnurrst wie ein Kätzchen, Lass, kann es gar nicht so schlimm sein!«

Obwohl die Streicher eine kurze Pause einlegten, bewegte er sich weiter mit wiegenden Schritten, summte Lou die Melodie von Chris de Burghs - ‚Lady In Red', ins Ohr. »Weißt du, auf was ich mich heute am allermeisten freue?«, flüsterte er.

Lou verneinte stumm, schüttelte kaum merklich ihren hübschen Kopf, sodass erneut einige Haarsträhnen aus ihrer kunstvoll aufgesteckten Frisur entweichen konnten.

»Darauf, jede einzelne Haarnadel aus deinen Haaren zu ziehen, sodass du aussiehst, als hätte der Wind der

Highlands sie dir zerzaust. Dann werde ich dir dieses viel zu aufreizende, rote Cocktailkleid genüsslich vom Leib reißen!«, bekannte er heiser und knabberte dabei neckend an ihrem Ohr. Für einen Moment verzog sie die Lippen zu einem Schmollmund, bevor sie leise kichernd ihr Gesicht in seiner Halsbeuge vergrub. Allein der Ausdruck in ihren funkelnden Augen sorgte dafür, dass er schwer atmete.

»Könnten wir uns auf `ausziehen´ einigen, Ladd? Ich mag dieses Kleid nämlich ausgesprochen gerne. Nur die Schuhe, die bringen mich um!«, wisperte sie in sein Ohr.

A Dhia. Diese Frau lernte dieses Spiel verflucht schnell zu spielen. Ihre feingliedrigen Finger tanzten sein Rückgrad entlang hinab zu seinem Steiß, wo sie sich unschuldig auf seinem Hintern platzierten und ihn gegen ihren Unterleib schoben. Unschuldig.

Dass er nicht lachte. Gerissen und ziemlich durchtrieben traf es wohl besser. Dass er nichts außer Schottlands Zukunft unter dem Kilt trug, machte seine Situation im Moment keinen Deut besser. »Wenn du nicht willst, dass ich mit dir zur Toilette verschwinde oder dich blamiere, Lass, sollten wir uns beide etwas zusammenreißen. Sonst schaffen wir es später nicht einmal ins Auto«, warnte er leise.

»Und das wollen wir nicht?«, erwiderte sie belustigt. Dabei sah sie so verführerisch aus, dass er sich bereits vor seinem inneren Auge ausmalte, wie er Lou schulterte, um die Villa nach einem freien Raum abzusuchen, indem er sie lieben konnte. Nur mühevoll gelang es ihm, sich von diesem reizvollen Kopfkino zu trennen. »Lou, Lou. Ich wusste ja gar nicht, was für ein kleines Biest du sein kannst!«

Es war alles andere als einfach, den nächsten Gang, es gab weiße Trüffel mit Fasan, zu überstehen. So sehr zwischen ihren Gastgebern und ihnen plötzlich eine regelrechte Eiszeit herrschte, so sehr knisterte es zwischen ihm und Lou.

Wenn er sich anstrengte, meinte Al sogar, die Funken fliegen sehen zu können.

Ein mit essbarem Blattgold verziertes Soufflé bildete den letzten Gang des Essens. Die anschließende Bescherung war ein Akt der Peinlichkeiten, nach dessen Schluss er um eine hässliche, gepunktete Krawatte reicher war. Seine Lou war jedoch der Grund, wieso so sie gezwungen waren, überstürzt zu gehen. Alexander hatte ihr feuerrote Reizwäsche in Lack Optik nebst einer Peitsche geschenkt. Was ungefähr so rüber kam, als hätte er ihr mit einem Filzstift ‚Nutte'auf die Stirn geschrieben. Dies führte dazu, dass Lou ihm die Geschenkschachtel mit solchem Schwung auf den Kopf schlug, dass Alexander ins Wanken geriet und nur deshalb nicht umfiel, weil er sich am Tannenbaum festhielt, von dem indes einige Kugeln hinabfielen und auf dem Boden zerbarsten.

Während sich also der arme Gastgeber, der sich natürlich keiner Schuld bewusst war, verarzten ließ, verabschiedeten sie sich von Philipp und einem abwechselnd in Deutsch und Englisch Schuld zuweisenden Richard. Alasdair hatte alle Hände voll zu tun, Lou ins Auto zu schaffen, ohne dass sie ihrer keifenden Schwiegermutter, die Lou als Flittchen und Rabenmutter beschimpfte, an die Gurgel ging.

»Herr im Himmel, was für ein turbulenter Abend«, stieß Alasdair mehr als erleichtert aus, drehte dabei den Schlüssel im Zündschloss. Tuckernd erwachte der Wagen zum Leben. Ganz sicher hätte er es keine Stunde länger in diesem Irrenhaus ausgehalten.

»Warum hast du mich diese alte Ziege nicht erwürgen lassen?« knurrte das feuerrote Etwas - zumindest hatte Lous Gesicht jetzt so ziemlich dieselbe Farbe wie ihr Kleid angenommen - neben ihm ungehalten.

»Gegenfrage, Lass. Warum durfte ich Alexander nicht

verprügeln?«, konterte er trocken.

»Weil ... das ist doch etwas völlig anderes!«

»Ach ja. Inwiefern? Irgendwie werde ich das Gefühl nicht los, dass du dich gerade rausreden willst, mo cridhe. Wenn du mich fragst, ein typisches Frauenproblem!«

»Vergiss es einfach!«, zischte sie.

»Bist du jetzt sauer auf mich?« Er erwartete keine Antwort, da ihr sturer Blick aus dem Fenster ihm Antwort genug war. Gott helfe ihm. Am liebsten hätte er angehalten, Lou auf die warme Motorhaube gelegt, ihr Kleid hochgeschoben und ... Hoffentlich sah man ihm seine Gefühle nicht an. Ihm war auf einmal viel zu heiß. Bevor ihm seine Finger gehorchen wollten, sah er, wie Lou bereits den Regler der Heizung zurückdrehte. Konnte die Hitze nicht doch vielleicht von der Heizung kommen? Womöglich hatte sie einen Defekt?

Unter niedergeschlagenen Lidern musterte Lous jeden Millimeter seines Körpers, der vor Erregung und der daraus resultierenden Wärme fast umkam. Da hatte er also die Antwort. Es war seine Bonnie Lass, die ihm mächtig einheizte. Zum Glück waren die Straßen menschenverlassen. Mehr als einmal überfuhr er den Mittelstreifen. Als ob rechts fahren nicht auch so schon schwer genug wäre, fluchte er in Gedanken. Seine Finger hielten das Lenkrad so verkrampft fest, dass er das Weiß der Knochen durchschimmern sehen konnte.

»Häm, könntest du damit aufhören, Lass?«

»Womit?«, fragte sie interessiert nach.

»Hör auf, dir auf den Lippen herumzuknabbern ...«,

... sonst kann ich heute noch meinen Kilt waschen!, vervollständigte er den Satz in Gedanken. Obwohl Alasdair nicht wagte, sie anzusehen, wusste er, dass sie jetzt dieses zauberhafte Lachen zur Schau trug, das er so an ihr liebte.

»Hat es etwas damit zu tun, dass du keine Unterwäsche

trägst? Oder damit, dass ich auch keine ...«

»Kannst du nicht einfach ruhig sein!«, brüskierte er sich und zählte dabei still, um Ablenkung bemüht alle Whiskysorten auf, die ihm einfielen. Strathisla. Glenturret. Glenlivet. Glenfiddich. Talisker. Fast wäre er an der Garagenauffahrt des kleinen Einfamilienhauses von Debbie und Christoph vorbei gefahren. Das Auto war kaum geparkt, schon stürzte er hinaus und fiel küssend über die überraschte Lou her, die noch nicht einmal richtig aus dem Auto gestiegen war. Lüstern drückte er sie mit seinem Körper gegen das regennasse Blech der Karosserie. Ihre Zungen vereinten sich zu einem leidenschaftlichen Tanz, erkundeten den jeweils anderen. Neckten, liebkosten, feuerten ihre Lust noch mehr an. Sie registrierten weder den Regen noch die Kälte oder ihre durchnässten Kleider. Alles, was zählte waren sie, war ihre Liebe. Seine Hand knetete Lous Brust durch den Stoff der Korsage ihres Kleides. Sie wölbte ihm ihren Leib entgegen, stöhnte wohlig in seinen Mund. Mit kreisenden Bewegungen reizte ihr Unterleib den seinen, bis zur Unerträglichkeit. Ein jäh aufgerissenes Fenster am Nachbarhaus ließ ihre Bewegungen einfrieren. Geistesgegenwärtig verschloss er Lous Lippen mit der Hand.

»Greiz Herrgotts Goddes Donnderwäddr! Du hôsch des doch au ghörd, Karle. Odr?«

»Lissl, jetzt mach doch des Fenschdr widdr zua!«

»Ha noi. Nochher bronzd ons widdr oiner ans Häusle!«

»A wa, Schbätzle. Des sen bloß rollige Igl odr Kaddza!«

Das Licht einer Taschenlampe huschte durch die Dunkelheit, blieb nur ein paar Zentimeter weit von ihnen entfernt stehen, um dann zu verschwinden. Ein lauter Knall zeugte vom Schließen des Fensters.

»Daingead. Das war knapp«, raunte Alasdair und hob Lou in seine Arme, die immer noch nach Luft ringend lachte.

Kaum hatten sie die Haustür auf- und wieder hinter sich zugeschlossen, zog er seine Bonnie Lass zurück in seine Arme. Bereits auf dem Weg zu ihrem Zimmer verlor Alasdair Schuhe, Strümpfe und sein Hemd. Lou verlor jede einzelne Haarnadel, samt den High Heels und die Korsage des Kleides verdeckte ihre Brüste nicht länger. Im Zimmer angekommen presste er sie bäuchlings gegen die Wand, nahm die Haut ihres Rückens, die er mit Hilfe des Reisverschlusses freilegte, küssend in Besitz. Das fahle Mondlicht ließ diese golden schimmern, als wäre es pure Seide. Welch ein köstlicher Anblick, er konnte sich kaum an ihr sattsehen. Lediglich die halterlosen Strümpfe waren ihr noch geblieben und verliehen ihr etwas Verruchtes. Jeden Millimeter ihres makellosen Körpers würde er berühren müssen, um sich selbst zu beweisen, dass diese wunderschöne Frau, dieses zauberhafte Wesen, zu ihm gehörte. Als lese sie seine Gedanken, hauchte sie heiser vor Lust. »Nimm mich, Al. Komm zu mir!«

Doch den Gefallen würde er ihr nicht tun, obwohl es ihn wahrlich alle Beherrschung kostete, zu der er fähig war.

»Nein!«, knurrte er rau. »Nein. Louise. Du warst ein fürchterlich ungehorsames Mädchen, mo gearmailteach!«, ließ er sie wissen, wobei er sie zu sich umdrehte und auf seine Hüften hob. Ihr dunkler Blick schien ihn mit Haut und Haaren zu verschlingen. Wie gebannt verfolgte er ihre Zunge, die lasziv über das hübscheste Paar Lippen strich, das ihm je zu Gesicht gekommen war. Eines war sicher, Lou wusste ganz genau, wie sie ihn dazu brachte, dass sein Verstand ihm in die Lenden schoss. Ihr Mund öffnete sich zu einem Seufzen, offenbarte perfekte weiße Zähne und die kleine Zahnlücke, die ihn an ein kleines Mädchen denken ließ, bevor diese Zähne sich in ihre rosigen Lippen gruben. Sie verschränkte ihre Beine nach Halt suchend, hinter seinem Po. Was ihm erlaubte, mit einer Hand in ihre Haare zu greifen und den Kopf so nach hinten zu ziehen, dass er sie neckend in die Halsbeuge beißen konnte. Ihre Finger glitten zärtlich durch seine Haare. Vorsichtig tastete er sich rückwärts, bis er das kühle Holz des Bettes an seinen haarigen Waden spürte. Langsam sank er aufs Bett. Verstärkte den Zug an Lous Haaren, bis sich ihm ihre Brüste darboten. Sie wimmerte leise, als sich sein Mund um ihre erregte Spitze legte. Ein Geräusch, das ihn animierte, der anderen Brust ebensolche Beachtung zu schenken. Seine Bonnie Lass spielte jedoch ebenfalls ihre Trümpfe aus. Kaum sichtbar kreisend, dafür umso besser spürbar, setzte sich ihr Becken in Bewegung. Ihm war, als setze sein Herzschlag aus. Alles, was er wollte, war sich in ihr zu verlieren. Bevor er sich vergaß, schob er Lou von seiner Hüfte, sodass sie auf dem Rücken neben ihm zu liegen kam. Was er jedoch nicht bemerkt hatte, war, dass seine Bonnie Lass bereits unbemerkt seinen Gürtel gelöst hatte und ihn mit sich zog während sie neben ihn sank. Als er sich erhob, fiel ihm der Kilt in anmutigen Stoffbahnen von der Hüfte.

»Chancengleichheit, nennt man das!« erklang es belustigt.

»Vielleicht solltest du den armen Kerl nicht mehr länger warten lassen, Ladd?«

»Aye. Vielleicht sollte ich aber auch meiner zukünftigen Frau ihren Ungehorsam austreiben. Immerhin hast du mich den ganzen Abend schmoren lassen. Mich fast dazu gebracht dich auf einer Toilette zu nehmen, mo cridhe!«

»Einer Toilette? Munro was hast du nur für unzüchtige Gedanken!«

»Ich? Du hattest das rote Kleid an, dass kaum genügend Stoff besitzt, um deinen göttlichen Körper zu bedecken. Außerdem hättest du fast vergessen, mir von dieser ganz unwesentlichen Kleinigkeit zu erzählen, die sich Baby nennt.

Nun für all das wirst du jetzt büßen müssen!«, raunte er auf den Knien zwischen ihren Beinen, welche er jetzt an jeder Seite festhielt und mit einem Ruck, der Lou aufkeuchen ließ, so zu sich zog, dass er ihre Mitte direkt vor sich hatte.

»Oh mein Gott!«

»Na wir wollen mal nicht übertreiben. Fürs Erste würde mir ein ´Meister´ reichen. Zumindest, bis ich endlich dein Ehemann bin«, erwiderte er bestimmt, bevor er sich am Inneren ihrer Oberschenkel entlang züngelte, ihren betörenden Duft in der Nase. Absichtlich setzte er immer wieder die kleinen Stoppeln seines Dreitagebartes ein. Er genoss die Geräusche, die Lou von sich gab oder wie sie seinen Namen stöhnte. Es machte ihn fast verrückt, wie sich ihr Körper in den Decken wand. Beherrscht schob er das eigene Verlangen beiseite, das in ihm pulsierte und fast sein Gemächt zu zerreißen schien. Stattdessen rief er sich erneut Whiskysorten ins Gedächtnis, um sich abzulenken. Glenmorangie. Cardhu. Bowmore. Edradour. Auchentoshan. Aberlour. Sanft fanden seine Fingerspitzen den Weg zu ihrer rosigen Pforte, die sich vor ihm öffnete wie die Knospe einer Rose. Sanft drang seine Zunge immer weiter vor, benetzt von ihrem süßen Nektar. Lous leise Schreie wurden spitzer, ließen ihn wissen, dass er alles richtig machte. Die Kontraktionen der Muskeln kündigten ihren Höhepunkt an und dieses Mal leistete er ihrer Bitte Folge. Warm und feucht hieß sie ihn willkommen, sodass ein einziger Stoß genügte, um tief in sie einzudringen. Ihre langen Beine umschlangen seine Hüften, willig passte sie sich seinem Rhythmus an. Voller Wollust stöhnend bog sich Lous Rücken durch, reckte sie ihm ihre Brüste entgegen. Immer abwechselnd eine ihrer erregten Spitzen zwischen den Lippen, erhöhte er die Tiefe seiner Stöße. Bis er in ihr explodierte und Lou ein weiteres Mal mitnahm.

6 Steine im Weg

Der Abschied aus Deutschland war Lou dieses Mal nicht ganz so schwergefallen. Tatsächlich schien mit Alasdair an ihrer Seite so Vieles einfacher zu sein. Außerdem hatte Philipp ihnen ein sehr überraschendes Weihnachtsgeschenk gemacht. Ihr Jüngster war nämlich einfach über die Weihnachtsferien mit nach Schottland geflogen. Weihnachten in Schottland war der komplette Gegensatz zu den Weihnachtstagen, die Lou in Deutschland mit ihrer Familie erlebt hatte. In Schottland verlief alles in harmonischem Miteinander. Einträchtig wurde der große Truthahn gefüllt, extra Brot und Kuchen gebacken. Philipp wurde ohne Zögern als Mitglied der Familie anerkannt. Ihr Jüngster genoss es sichtlich, vor Grace den großen Bruder raushängen zu lassen. Mit Tränen in den Augen hatte sie an Al gelehnt im Türrahmen zum Kinderzimmer gestanden, fassungslos beobachtend, wie Philipp Grace eine Gutenachtgeschichte vorgelesen hatte. Hatte sie zu Beginn noch gedacht, ihr Sohn würde ziemlich schnell die Nase voll haben vom Landleben und dem lahmen Internet, so stellte sich schnell heraus, dass sie die Rechnung ohne den Wirt gemacht hatte. Philipp blühte in Schottland regelrecht auf. Von dem gelangweilten, mal mehr mal weniger Pubertierenden war nichts mehr übrig geblieben. Tatsächlich lernte er die Gebärdensprache schneller als sie selbst. Vom ersten Tag an waren er und Grace unzertrennlich. Plötzlich stand ihr Langschläfer freiwillig auf, um Alasdair in der Bäckerei zur Hand zu gehen. Trotz ihres Protests brachte Angus dem 17-Jährigen bei, den riesigen Traktor zu fahren. Selbst Marge hatte er längst um den Finger gewickelt.

Beständig fütterte ihn Alasdairs Mutter mit Essen. »Der Junge ist viel zu dünn für sein Alter. Das hat er wohl von dir, Liebes«, waren ihre sich ständig wiederholenden Worte.

Sie selbst nahm nur wenig zu, obwohl sie dank der Schwangerschaft aß wie ein Scheunendrescher. Was Marge auch bei ihr beständig zu unterstützen suchte. Dummerweise übergab sie sich rund um die Uhr. Etwas, was ihr von ihren vorherigen Schwangerschaften noch in Erinnerung geblieben war. Keine Frage, es war mehr als unangenehm. Solange sie jedoch dabei nicht abnahm, machte sie sich darüber keine Gedanken. Obwohl Alasdair und sie sich des Babys wegen nach wie vor viele Sorgen machten, freute sich der Rest der Familie Munro mehr als ausgiebig. Emily, die Frau von Alasdairs bestem Freund Cormack, hatte sie zu ihrem Frauenarzt geschleppt und ihr außerdem ihre Hebamme mit den Worten: »Sie ist ganz in Ordnung, wohnt in unserer Nähe und du bist ja später dran mit der Geburt als ich. Es spricht nichts dagegen, dass wir uns die Dienste der guten Frau teilen!«, ans Herz gelegt.

Marge hatte bereits angefangen, Mützchen und Söckchen zu stricken, deren Wolle wegen Lou eigens nach Inverness gefahren war. Schließlich würde ihr Baby diese tragen, also müsste sie auch die Wollsorte aussuchen. Dabei spielte es keine Rolle, dass das Geschlecht des Ungeborenen unbekannt war. Was, wenn es nach ihr ginge, auch bis zur Geburt so bleiben würde.

Alasdairs Wünsche waren da ganz anderer Natur. Er wollte, dass die Scheidung endlich durch war, damit er sie zum Altar führen konnte. Ihrem Schotten war egal, was für ein Geschlecht das Baby hatte. Ihm war nur wichtig, dass es gesund war, dass es den Namen Munro trug und dass sie selbst die Geburt gut überstand. Alles in allem herrschte eine Stimmung voller Vorfreude, nur nicht bei ihr. Albträume wechselten sich mit Verlassensängsten ab. Die Ferien neigten sich dem Ende zu, was zu einem unwilligen Philipp führte, der sich weigerte, zurück nach Deutschland zu fliegen.

»Ich möchte aber bei dir bleiben, Mama. Warum kann ich nicht hierbleiben? Mir gefällt die Arbeit in der Bäckerei. Ich will nicht in die Scheiß Schulzinger Firma. Mir liegt es nicht, ständig in Anzug und Schlips rumlaufen zu müssen. Bitte Mama!«

»Die Scheiß Firma hat uns ein schönes Leben beschert. Ich finde, du könntest etwas mehr Dankbarkeit zeigen, Flipp!« Nur zu gut erinnerte sie sich an das Gespräch, welches ihr näher gegangen war, als sie bereit war zuzugeben. Philipp hatte definitiv mehr Kreativität von ihr geerbt, als es für einen Sohn der Schulzinger Dynastie von Vorteil war. Konnte sie es wagen, Alexanders Pläne für Philipp zu torpedieren? Kam das nicht einem Todesurteil gleich?

Lou brauchte sich beileibe nicht zu wundern, wieso sie in letzter Zeit so unruhig, teilweise sogar überhaupt nicht schlafen konnte. Der Junge würde in der Firma seines Vaters kläglich eingehen. Das durfte sie nicht zulassen. Unruhig drehte sie den Verlobungsring an ihrem Finger und starrte in die fallenden Schneeflocken. Alasdair war mit den beiden Kindern alleine zur Schafweide unterwegs, um ihr zu ermöglichen, in Ruhe zu zeichnen. Konzentriert grub sie die Zähne in den Bleistift, sinnierte über das Bild vor ihr. Es wollte nicht so gelingen, wie es ihr vorschwebte. Wie auch? In ihrem Kopf herrschte das reinste Gedankenchaos und das Sorgenkarussell drehte sich immer schneller und schneller. Lou konnte sich des Gefühls nicht erwehren, dass es die Ruhe vor dem Sturm war. Keiner wusste, wozu Alexander fähig war. Kein Mensch hatte je mit erlebt, wie er mit seinen

Konkurrenten oder seinen Widersachern umging. Niemand außer ihr.

Glasgow zur selben Zeit

Nervös mit dem Fuß wippend, betrachtete Felicitas das Kommen und Gehen der Gäste von der Lobby aus. Das Blythswood Square Hotel, war eines der teuersten Hotels in Glasgow. Dementsprechend sahen auch die Gäste aus, welche an ihren vor Bewunderung glänzenden Augen vorbei flanierten. Hier gaben sich nur die Reichen und Vermögenden die Klinke in die Hand. Die Nachricht des Deutschen, Alexander Schulzinger, per E-Mail, in welcher er um ein sofortiges Gespräch unter vier Augen bat, hatte sie eiskalt erwischt. Nicht nur weil es sich mehr als dringend angehört hatte, war sie dem nachgekommen. Tatsächlich war sie neugierig auf den Mann, den dieses Flittchen verlassen hatte, um sich ausgerechnet ihren Alasdair zu krallen. Geschmack und das nötige Kleingeld schien dieser Schulzinger zumindest zu haben. Wie sonst hätte er sich in diesem Hotel einmieten können. Ganz zu schweigen davon, dass er im Firmenjet angereist war. Ob er wohl über eine eigene Boardcrew verfügte, oder hatte Alexander Schulzinger einen Flugschein?

Zum wiederholten Mal checkte sie den Sitz ihrer Schminke im kleinen Taschenspiegel, zog die knallroten Lippen nach. Vielleicht hätte sie nicht so früh herkommen sollen. Aber wie so oft war ihr Wissensdrang zügellos gewesen. Eine schwere Duftwolke aus Parfüm rauschte an ihr vorbei, gefolgt von einer Frau in einem teueren Pelzmantel. Du liebe Güte war das etwa ein Polarfuchs? So unauffällig wie irgendwie möglich sah sie der Dame und ihrem wundervollen Pelzmantel nach. Ob Louise Schulzinger je so einen Mantel besessen hatte? Sicherlich nicht, sonst hätte sie ihren Ehemann ja kaum verlassen, oder? Was würde sie nicht alles für so ein Kleidungsstück geben.

Im nächsten Augenblick traute sie kaum ihren eigenen Augen. George Clooney betrat das Foyer des Hotels und sah sich suchend um. Zu dumm, das Alexander Schulzinger das nicht miterleben konnte. Wo blieb dieser Mann nur? Plötzlich und vollkommen unerwartet kam George Clooney auf sie zu. Das Herz wollte ihr fast in der Brust stehen bleiben.

»Felicitas Munro?«, fragte eine angenehme Stimme, in gestochenem Oxford Englisch. Es gelang ihr lediglich ein Nicken, so überwältigt war sie vom Aussehen dieses Mannes.

»Bitte entschuldigen Sie vielmals. Schulzinger, mein Name. Alexander Schulzinger. Ich habe Sie anhand eines Fotos zu einem der Theaterstücke erkannt, in denen Sie mitspielten. Ich muss sagen, die Fotos werden Ihrer Schönheit nicht gerecht.«

»Ich muss mich bei Ihnen entschuldigen Mr. Schulzinger. Ich hatte wirklich nicht mit einem Mann Ihres Kalibers gerechnet«, rutschte es ihr heraus. Glücklicherweise fühlte sich ihr Gegenüber allem Anschein nach geschmeichelt. Lächelnd bot er ihr seinen Arm an. »Ich mag Ihre Direktheit, Mrs. Munro. Da ich mich in Glasgow nicht auskenne, habe ich mir erlaubt, im Hotel einen Tisch zum Essen reservieren zu lassen. Ich hoffe, das war auch in Ihrem Sinne? Selbstverständlich sind Sie mein Gast.«

Himmel, was für ein Traum von einem Mann. Und Manieren besaß er ebenfalls. Felicitas konnte Ihr Glück kaum fassen. Was um alles in der Welt ging in einer Frau vor, die so einen Mann gegen einen schottischen Bauern eintauschte? Sie staunte immer noch, selbst nachdem sie Alexander Schulzinger galant zu Ihrem Tisch geführt und ihr den Stuhl zurechtgerückt hatte.

Formvollendet. Unter kokettierend klimpernden Lidern konnte sie diesen Prachtkerl gar nicht oft genug ansehen. Sein ganzes Aussehen war als stilvoll zu bezeichnen. Tatsächlich hätte Alexander Schulzinger ihrer Meinung nach, locker den neuen James Bond spielen können. Ihr Small Talk war mehr als angenehm, tatsächlich fühlte sie sich in der Begleitung dieses Mannes mehr als wohl. Champagner, Kaviar, gefolgt von einem delikaten Hummer. Dieser Mann ließ nichts aus, um sie zu beeindrucken, so schien es.

»Es erscheint mir kaum möglich, dass eine so bezaubernde, schöne Frau wie Sie, Felicitas-. Darf ich hoffen, dich zum Du überreden zu können?«

Ergriffen bejahte sie mit einem Nicken.

»Nun, was ich sagen wollte, meine Liebe ist, warum möchtest du diesen fürchterlichen Kerl zurück?«

Ja, warum eigentlich?, fragte sie sich in Gedanken. Weil dieser Scheißkerl mir gehört, mir ganz alleine. Hier geht es um das Prinzip. Wenn ich ihn nicht haben kann, dann kann ihn keine haben!

»Ich gebe zu, es muss einem Mann wie dir, mit solcher Bildung und perfekten Manieren, sicherlich unglaublich erscheinen, dass eine Frau wie ich diesen ungehobelten Klotz zurückhaben möchte. Zu meiner Verteidigung kann ich nur sagen, dass ich ihn unglücklicherweise noch immer liebe, und dass er der Vater meiner Tochter ist, deren Sorgerecht er sich durch eine Verkettung bedauerlicher Umstände hinterhältig erschlichen hat.«

Alexander Schulzinger räusperte sich vernehmlich, griff sanft nach ihrer Hand, um ihr, wie es schien, Trost zu spenden. »Mir scheint, uns eint dasselbe Schicksal, liebste Felicitas. Du glaubst nicht, wie oft ich mich in letzter Zeit gefragt habe, was in Louise vorgeht. Wie oft fragte ich mich, warum ich eine untreue Ehefrau zurück möchte, die sich benommen hat, wie eine ... eine ...«

»Hure?«, half Felicitas ihm interessiert nach.

»Ja. Ja, wie eine dahergelaufene Hure. Wie du siehst, kommt so ein Wort nur sehr schwer über meine Lippen. Ich danke dir. Es gibt keinen einzigen Tag, seit sie fort ist, an dem ich mich nicht frage, warum ihr der ganze Luxus nicht gereicht hat? Tag für Tag arbeite ich mir den Rücken krumm in meiner Firma, um es meinen Lieben an nichts fehlen zu lassen. Und was ist der Dank dafür? Eigentlich hätte ich es schon immer wissen müssen. Louise kam aus ärmlichen Verhältnissen. Ich glaube, diese ganzen Schundromane, die sie liest, ihr furchtbarer Bruder und diese schreckliche Freundin, die sie hat, das alles, verbunden mit einer hormonbedingten Midlife-Crisis, war zu viel für meine arme Frau. Und jetzt, jetzt ...«

Sie konnte sehen, wie ihr Gegenüber mit seinen Gefühlen kämpfte, und ergriff seine Hand. Was für gepflegte maniküre Hände er doch hatte. »Es muss für dich noch schrecklicher sein als für mich. Immerhin sind Alasdair und ich schon lange geschieden. Ich habe ja nie in eine Scheidung eingewilligt, wie du dir denken kannst. Aber ... schon alleine meiner Tochter wegen, du verstehst?«

Müde nickte Alexander Schulzinger verstehend, drückte aufmunternd ihre dargereichte Hand. »Wir müssen jetzt beide sehr tapfer sein und besonnen handeln, liebe Felicitas. Wie ich an Heiligabend erfahren musste, ist ...«

Alexanders Zögern ließ in ihr alle Alarmglocken auf einmal anspringen. Lieber Gott, was hatte dieser fürchterliche schottische Sturkopf jetzt schon wieder angestellt?

»Ich bitte dich, Alexander. Sprich weiter. Ich werde es mit Fassung ertragen!«, versuchte sie ihn zum Reden zu ermutigen.

»Sie ist ... Louise ist ... schwanger! Kannst du dir das vorstellen? Nicht genug, dass sie mich vor den Augen der ganzen Welt betrügt und bloß stellt. Nein. Jetzt bekommt sie auch noch einen BASTARD!«

Felicitas starrte Alexander um Haltung ringend an. Das konnte doch nicht sein, schwanger? Schwanger von ihrem Mann? Sie griff nach ihrem Glas, kippte den teuren Champagner in einem Zug hinab. »Du irrst dich sicherlich! Vielleicht hast du da was falsch verstanden? Nein?«, hakte sie hoffnungsvoll nach und wurde mit einem resignierten Kopfschütteln belohnt.

»Aber sie ...« Felicitas räusperte sich nach Worten ringend. »Sie ist doch viel zu alt für ein Baby. Was denkt sich diese Kuh denn dabei!«

»Nichts, das ist es ja, Felicitas. Meine Frau konnte noch nie richtig denken. Aber jetzt ist ihr, fürchte ich, der letzte Rest Verstand abhandengekommen!«

Sie schluckte trocken, leerte das erneut gefüllte Glas in großen Schlucken. Leider wusste sie nur zu genau, wo Louise Schulzingers Verstand gelandet war. Nur zu gut konnte sie sich daran erinnern, dass eine Frau sich in Alasdairs Bett wahrlich nicht über Untätigkeit beklagen konnte.

»Huh, der Champagner treibt mir ganz schön die Hitze ins Gesicht«, sagte sie und meinte dabei doch etwas gänzlich anderes.

»Ich habe bereits Vorkehrungen getroffen, die uns beiden helfen werden, unsere Partner zurückzubekommen. Du brauchst nichts weiter zu unternehmen, als abzuwarten«, ließ Alexander sie wissen, den Blick etwas zu intensiv auf ihren

Ausschnitt gerichtet.

»Sind wir uns sicher, dass wir unseren jeweiligen untreuen Partner überhaupt zurückhaben wollen?«

»Aber gewiss sind wir das. Stell dir nur vor, was für ein Fiasko mir bevorsteht, wenn die Presse herauskriegen sollte, dass meine Ehefrau den Braten eines anderen in der Röhre hat. Entschuldige die Ausdrucksweise. Diese unsägliche Farce muss beendet werden!«

Sie nickte enthusiastisch, um Alexander nicht zu enttäuschen, wenngleich sie sich längst fragte, warum sie sich mit einem Rehbock zufriedengeben sollte, wenn sie den prächtigen Hirsch haben konnte? Bei diesem Mann hier war jedoch eine große Menge Fingerspitzengefühl gefragt. Etwas, das nicht gerade zu ihren Stärken gehörte.

Alasdair war völlig außer Atem. Er hatte es sich nicht nehmen lassen, Grace und stellenweise sogar Philipp, mit dem alten Holzschlitten zu ziehen, was sich nicht gerade einfach gestaltete, da der Schnee einfach zu tief für den schweren Holzschlitten war. Wenn er bedachte, wie viel Farbe und Fröhlichkeit Louise in sein Leben gebracht hatte, fühlte er sich vom Glück verwöhnt. Er konnte sich nicht erinnern, wann er sein Mädchen zuletzt so lachen gesehen hatte, wie hier und jetzt mit ihrem Stiefbruder. Ihm selbst taten die Mundwinkel weh von dem Dauergrinsen, welches er heute zur Schau trug. Stunden hätte er hier noch damit verbringen können, den beiden beim Schlittenfahren oder den Schneeballschlachten zuzusehen. Stattdessen kontrollierte er die Zäune, füllte Futter aus dem kleinen Schuppen neben dem großzügigen windgeschützten Unterstand auf und mistete diesen im Anschluss aus. Immer wieder trug der Wind das Lachen der Kinder zu ihm hinauf, das sich mit dem freudigen Bäh Bäh der Wollknäule, die um ihn herumsprangen, vermischte.

Als er so ziemlich am Ende seiner Arbeit angekommen war, drang das Motorgeräusch eines größeren Autos an seine Ohren. Es war zwar eher untypisch bei solchen Schneemassen Fremde in dieser Gegend anzutreffen, aber wenn er nicht wusste, zu welch seltsamen Abenteuern Touristen fähig waren, wer dann? Das Schlagen von Autotüren zeugte davon, dass mehrere Menschen das sichere Gefährt verlassen hatten. Unruhe erfasste seine Schafherde.

»Verdammt. Ich war fast fertig«, knurrte er unwillig und setzte sich Richtung Straße in Bewegung. Bereits mehrere Schritte weiter erfasst ihn ein ungutes Gefühl. Drei Männer warteten vor einem großen Jeep einer bekannten Leihwagenfirma, direkt an der Mauer zu seiner Schafkoppel.

»Sind sie Alasdair Munro?«, fragte einer der Männer in schlechtem Englisch.

»Wer will das wissen?«, antwortete er mürrisch, die Männer nicht mehr aus den Augen lassend. Das schlechte Gefühl in seiner Magengegend verstärkte sich zunehmend. Cac, wo sind die Kinder?, rauschte es in seinem Kopf.

Bevor er sich versah, ging alles ganz schnell. Der Mann, der ihn angesprochen hatte, nahm die Mauer, welche sie voneinander trennt, mit einem einzigen Sprung. Gerade noch rechtzeitig gelang es Alasdair, dessen Faust auszuweichen. Der knirschende Schnee hinter seinem Rücken kündigte das Kommen eines weiteren Angreifers an. Was wollten die Kerle von ihm?

»Was soll das? Wer schickt euch?«, versuchte er sie zum Sprechen zu bringen und wich dabei beständig aus. Da er sich auf die beiden Männer, die ihn einkreisten konzentrieren musste, gelang es ihm nicht, den dritten

Angreifer im Auge zu behalten. Was, wie er vermutete, von Anfang an der Plan gewesen war. Unerbittlich zogen sie den Kreis enger um ihn. Obwohl er mit erhobenen Fäusten tänzelte wie ein Boxer, was im hohen Schnee mehr als problematisch war, deckten sie ihn bald mit herben Schlägen und Fußtritten ein. Seine Ohren rauschten, er schmeckte den metallenen Geschmack des Blutes von seiner aufgeplatzten Lippe. Eisern hielt er sich auf den Beinen, bewunderte irrwitzigerweise die Systematik, mit der ihn seine Gegner mit Schlägen eindeckten. Das war kein Spaß mehr. Hier versuchte jemand, ihn ins Grab oder zumindest ins Krankenhaus zu befördern. Bleierne Angst breitete sich in ihm aus. Hoffentlich waren die Kinder weit genug weg.

Sein Wunsch wurde nicht erhört. Im nächsten Moment ließ einer der Angreifer von ihm ab, da Philipp sich auf ihn warf. Der kurze Moment der Überraschung genügte Alasdair, um wenigstens einen der Männer mit einem rechten Haken K.O. zu schlagen. A Dhia, Lou bringt mich um, wenn dem Jungen etwas passiert. Und wo ist mein Mädchen, brüllten seine Gedanken frustriert.

Aus den Augenwinkeln konnte er sehen, wie Philipp einen derartig fiesen Schlag in den Magen abbekam, dass er gekrümmt zu Boden ging. Außer sich vor Sorge öffnete er absichtlich die eigene Deckung und warf den Angreifer des Jungen mit seinem eigenen Körper von diesem weg. Benommen schüttelte sich der fremde Mann, während Alasdair sich die stechende Seite hielt und mit der freien Hand Philipp auf die Beine zog. Eine Sekunde sahen sie sich an und der Junge raunte leise: »Hab sie zu Ma geschickt!«

Gerne hätte Alasdair erleichtert aufgeatmet, doch die Angreifer ließen ihnen keine Zeit dazu, holten bereits wieder zu einem neuen Angriff aus.

Konzentriert biss Lou ins Ende des Bleistifts. Ihre Fingerspitzen verwischten dabei einige der Striche zu weichen Linien. Das Poltern von Schritten auf der Treppe ließ sie innehalten. Sekunden später knallte die Tür ihres Ateliers gegen die Wand. »Sag mal, geht es eigentlich …« Das entsetzte Gesicht von Grace reichte aus, um ihre Stimme mitten in der Rüge verstummen zu lassen. Ein Blick genügte ihr, um zu sehen, dass die Kleine völlig durch den Wind war. Die Augen waren vom Weinen verschwollen, das Gesicht feuerrot und ihr Atem ging keuchend, so als wäre sie längere Zeit gerannt wie der Teufel. Grace Hände tanzten wild in der Luft, begleitet von Tönen, die ihr das Herz in der Brust zerreißen wollten.

»Himmel, beruhige dich doch Kleines!«, flehte sie um Fassung ringend. Etwas sehr Schlimmes musste geschehen sein, um so eine Reaktion bei Grace auszulösen. »Ich kann dich doch so nicht verstehen Grace! GRACE!«

Sie konnte nicht verhindern, dass sie in ihrer Hilflosigkeit selbst immer lauter wurde, obwohl sie wusste, dass ihr das bei dem gehörlosen Kind nichts nützte. Das Mädchen war völlig außer sich. Vor Verzweiflung kurz davor hysterisch zu werden, weil sie Grace einfach nicht dazu brachte, aufzuschreiben, was ihr so zusetzte, ließ Marges Ankunft im Zimmer sie laut aufseufzen. Lieber Gott, lass nicht zu, dass meinen Männern etwas passiert ist, betete sie stumm. Kälte kroch Lous Rückgrad empor. Es gelang ihr nicht, stillzustehen. Die Augen fest auf das Gespräch der tanzenden Hände gerichtet, zog sie ihre Bahnen wie ein Tiger im Käfig. Das Gesicht ihrer zukünftigen Schwiegermutter wurde immer bleicher, nahm ernste Züge an. Noch bevor das Gespräch zum Ende kam, hatte sie bereits ihre dicke Strickjacke vom Haken genommen und angezogen.

»Marge, Marge bitte rede mit mir!«, flehte sie, die eiskalten Finger in den Arm der alten Frau gegraben, ohne sich Gedanken um eventuelle Schmerzen zu machen.

»Ich werde nicht ganz schlau aus dem, was Gracy sagt. Irgendetwas von Männern und das Alasdair blutet und ...«, hob Alasdairs Mutter vorsichtig an.

»Ich hol den Jeep!«, stieß Lou zutiefst schockiert aus, lief bereits zur Tür.

»Wir wissen doch noch gar nicht, was überhaupt passiert ist, Lass. Jetzt warte doch. Lou! Louise, kannst du denn überhaupt mit dem großen Auto fahren?«

Marges Worte verfolgten sie bis zum Jeep, der, wie hätte es anders sein können, völlig zugeschneit war. Wenigstens hatte Angus, oder war es Alasdair gewesen, die Zufahrt zum Hof frei geschippt. Lou war das alles völlig egal. Nichts würde sie daran hindern, sich auf den Weg zu machen. Zweimal fielen ihr die Schlüssel aus den gefühllosen Fingern, bis sie endlich die Fahrertür aufgeschlossen hatte.

»Reiß dich zusammen, Louise!«, knurrte sie sich selbst an. Schließlich hatte keiner etwas davon, wenn sie mit dem Auto an der nächsten Mauer oder am nächsten Baum endete.

»Gnade dir Gott, Alexander. Wenn du deine Finger mit im Spiel hattest, bringe ich dich höchstpersönlich um«, schimpfte sie und zwang ihre zitternden Finger den Schlüssel ins Zündschloss zu stecken. Das jähe Aufreißen der Beifahrertür sorgte jedoch dafür, dass der Schlüssel nicht dort landete, wo er sollte, sondern klappernd in den Fußraum fiel.

»Was verflucht ...«, stieß sie aus und starrte auf den Lauf einer Flinte, die, gefolgt von Alasdairs Vater Angus, den Beifahrersitz einnahm.

»Vielleicht sollte besser ich fahren?«, merkte Angus an, angelte dabei bereits den Schlüssel aus dem Fußraum, den er ihr anklagend vor die Nase hielt.

»Nein. Ich fahre. Oder glaubst du, es wäre ratsam, ausgerechnet mir dieses, dieses ... was soll das sein, Old Shatterhands Bärentöter, ...in die Hand zu geben?«, entgegnete sie, wobei sie sich schwer zusammen nahm, um nicht etwa wie eine Geistesgestörte loszulachen. Himmelherrgottsackzement, Louise. Jetzt hör auf. Du hast keine Zeit, um dich wie eine hysterische Gans zu benehmen!

»Es ist eine Flinte, Lass«, entgegnete ihr Angus. Von seinen argwöhnischen Blicken verfolgt, gelang es ihr endlich, den Schlüssel ins Zündschloss zu stecken. Wider Erwarten sprang der Jeep mit tuckerndem Motor an. Nach ein, zwei peinlichen Sätzen, die das Auto machte, gelang es ihr zum Glück, Kupplung sowie Gas unter Kontrolle zu bekommen und sie setzten sich in Bewegung. Verbissen klammerten sich ihre Finger ans Lenkrad.

»Ich hätte fahren sollen«, grantelte Angus und bedachte sie mit einem Seitenblick, welcher seinen Unmut noch unterstrich. Gut, vermutlich hätte selbst ein Blinder ihren gespielten Mut durchschaut. Sie saß an der Kante des Fahrersitzes, weil sie sonst die Pedale nicht erreichte. Oft genug kam der Jeep auf dem Schnee in Schlingern und an ihren Fingern sah man die bleichen Knochen durch die Haut schimmern, so stark hielt sie das Lenkrad umklammert.

»Warum hast du die Flinte dabei, Angus?«

»Falls eines der Schafe verletzt ist.«

Himmel, diesem Mann muss man auch alles aus der Nase ziehen, kreischten ihre Gedanken genervt. »Du gehst also von einem verletzten Schaf aus?«, bohrte sie zaghaft nach.

»Aye. Von was sonst? Wir sind in den Highlands, Lass. Nicht in einem verfluchten Western!«, antwortete er mit einem schiefen Grinsen, das seinen Worten die Schärfe nahm. Womit sie ihrem zukünftigen Schwiegervater recht geben musste. Vermutlich machte sie sich zu viel Sorgen. Was hätte Alexander schon groß davon, ihrem Schotten etwas anzutun? Außerdem war sie schwanger mit Alasdairs Baby. Dieser Umstand musste ihrem Noch-Ehemann doch die Augen geöffnet haben!

Keine Minute zu früh kam die Schafkoppel in ihr Sichtfeld. Dort wo sie sonst das Fahrrad abstellte, zeugten Reifenspuren von der Anwesenheit eines anderen Autos. Seltsam, wer fuhr denn bei diesen schlechten Wetterbedingungen mit einem Auto in die Einsamkeit hier raus? Langsam ließ sie den Jeep an dieselbe Stelle rollen, kam quer zum Stehen.

»Nimm dir Als Jacke von der Rückbank, Lass.« Erst Angus Hinweis rief ihr ins Gedächtnis, dass sie lediglich ihre Strickjacke angezogen hatte. Vor lauter Aufregung hatte sie noch nicht einmal bemerkt, dass sie fror. Fröstelnd schlüpfte sie in die wächserne Winterjacke, die ihr Schotte immer als Ersatz im Auto lagerte.

»Was zum Teufel ...«, konnte sie Angus fluchen hören, der bereits zur eingeschneiten Mauer gegangen war. Ängstlich schlitterte sie eilig über den zu Eis gewordenen Schnee an seine Seite. Der wortkarge Mann war stehen geblieben. Besah seltsame dunkle Flecken, die sich bei näherem Betrachten als Blut herausstellten.

»Wie kommt Blut auf die Mauer?«, sprach sie ihre Verwunderung laut aus, was Angus mit einem undefinierbaren Blick beantwortete. Im nächsten Moment lud er die Flinte durch. Lous Nackenhaare stellten sich auf, ihre Ohren rauschten. Zitternd bis ins Mark schlang sie die Arme um sich selbst, um sich nicht wie ein Kleinkind an den Arm von Alasdairs Vater zu klammern. Stumm kommandierte dieser sie hinter seinen, vom Alter bereits etwas gekrümmten Rücken. Also ob sie da außer Gefahr wäre! Alasdair, Philipp!, brüllten ihre Gedanken in einer Endlosschleife. Der Schnee hinter der Mauer war zerwühlt. Rote Tropfen sowie größere Flecken durchzogen das einst jungfräuliche Weiß des Schnees. Lou brauchte Angus nicht anzusehen, sie wusste selbst, dass kein Schaf, noch nicht einmal eines im Todeskampf, solche Spuren hinterließ. Wachsam durchquerten sie das verwüstete Schneefeld. Zu jedem Schritt, den sie dabei zurücklegten, musste Lou sich zwingen. Angst schnürte ihr die Luft zum Atmen ab. Jeder Teil ihres Körpers schien plötzlich taub, kaum zu kontrollieren.

Hinter dem Schneefeld fielen ihnen gut sichtbare Spuren ins Auge, die in Richtung des Schafunterstands führten. Andere verliefen wiederum völlig entgegengesetzt.

»Der kann was erleben. Einem alten Mann so einen Schrecken einzujagen!«, schimpfte Angus, zielsicher zum Unterstand stapfend. Lou glaubte längst nicht mehr an einen bösen Scherz. Man konnte Alasdair so einiges nachsagen, aber er würde ihr niemals absichtlich solche Angst einjagen. Sie folgten den Spuren bis ins Dämmerlicht des Unterstands hinein. Im ersten Moment sah Lou überhaupt nichts, erst als sie Alasdairs Stimme wahrnahm und sich ihre Augen an die Lichtverhältnisse gewöhnt hatten, erkannte sie ihren Schotten, neben dem auch ihr Sohn zu sehen war.

»Würde es dir etwas ausmachen mit der Flinte woanders hinzuzielen als auf meine Eier, mo athair!«

»Ich gebe zu, es wäre sicherlich ein Jammer, wenn ich auf das einzig Heile an dir schießen würde, mo mac«, antwortete Angus amüsiert.

Lou hingegen sog entsetzt die Luft zwischen den zusammengebissenen Zähnen ein. Zwar saßen ihre beiden Männer einträchtig auf einem umgedrehten Futtertrog, und ja, beide versuchten sich an einem beruhigenden Lächeln, den zerschlagenen Gesichtern zum Trotz, da beide aber über keinen Millimeter nicht verschwollener, blutverkrusteter oder blauer Haut verfügten, wirkte es eher, als sähe Lou in die Fratzen eines Horrorfilms.

»Was zum Teufel ...«, zischte sie.

»Nicht aufregen, mo cridhe. Es sieht schlimmer aus, als es ist!«, erwiderte ihr Schotte, versuchte sogar sich zu erheben, was allerdings misslang.

»Ihr ... ihr vermaledeite Idioten!«, schimpfte Lou zornig, wurde jedoch von ihrem Sohn unterbrochen.

»Jetzt mach mal halblang, Mama. Du denkst doch nicht etwa, dass wir beide uns gegenseitig verprügelt haben, oder?« Philipp starrte sie anklagend an.

»Habt ihr nicht?«

»Natürlich nicht. Für wen hältst du mich denn, Lass.«

Im Moment für einen Irren mit übersteigertem Heldensyndrom, dachte sie, sagte aber nichts dergleichen.

»Gib uns doch einfach eine Erklärung, wie es zu eurem Zustand gekommen ist?«

Unter sichtlichen Schmerzen erzählte ihnen Alasdair von dem großen Geländewagen, der auf einmal am Rand der Koppel aufgetaucht war. Ein bisschen wie von der Mafia hatten die Männer ausgesehen, die auf sie beide eingeschlagen hatten. Lediglich Alasdairs Namen, mehr hatten sie mit ihm nicht gesprochen. Untereinander hätten sie ein paar wenige Worte in einem seltsamen Dialekt getauscht. Mehr fiel beiden Männern nicht dazu ein. Angus hatte bereits Doc Carneby verständigt.

»Wir müssen die Polizei verständigen, Al.«

»Und was genau soll die herausfinden, Lass? Es war ein Leihwagen. Einer wie hundert andere, die in Schottland gerne genutzt werden. Wir vergessen das alles einfach!«, widersprach ihr Schotte fest.

»Und wenn ... Du bist immerhin verletzt!«

»Lou, mo cridhe. Ich habe ein paar geprellte Rippen, ein Veilchen, und mein Ego hat einen Knacks. Sonst ist alles in Ordnung. Es ist einfach ein dummer Zufall. Dein Ex würde ganz sicher nie sein eigen Fleisch und Blut verletzen!« Wirklich nicht? Philipps Blick war unergründlich. Achselzuckend stieg der schlaksige Junge zu Al in den Jeep, wo jeder der beiden schmerzvoll keuchend auf der Rückbank Platz nahm. Lou wusste nicht, was sie selbst denken sollte. War ihr Bild von Alexander tatsächlich so voreingenommen. So schlecht?

Es hatte wieder zu schneien begonnen. Bald wären die Kampfspuren unter einem Mantel aus unschuldigem Schnee begraben. Seufzend öffnete sie die Fahrertür, stieg ein.

»Was soll das werden? Du willst doch nicht etwa selbst fahren?«

»Alasdair Munro, möchtest du mir etwas sagen?«, hakte sie bissiger als beabsichtigt nach.

»Warum sollte sie nicht fahren. Hierher hat sie es ja auch geschafft!«, mischte sich nun auch Angus ein.

»Kein Wunder, dass der Wagen so seltsam da stand ...«, nuschelte Alasdair vor sich hin.

»Wie bitte?«

»Er hat nichts gesagt, Lass. Fahr uns einfach nach Hause, bevor manchen Insassen das letzte bisschen Verstand abhandenkommt. Aye«, merkte Angus an.

Doc Carneby wartete bereits vor dem Haus auf seine beiden lädierten Patienten. Mit diebischer Freude ging der Tierarzt dabei fröhlich pfeifend ans Werk. Letztlich war außer Blessuren, Alasdairs zwei angeknacksten Rippen und seiner geprellten rechten Hand, nichts weiter passiert. Blieb nur zu hoffen, dass seine Hand bis zum Ende der Ferien wieder einsatzbereit war. So bekam Philipp quasi umsonst ein Bäckerei Praktikum. Sollte der Junge ruhig, sehen, was man alles tun musste, um Geld zu verdienen. Natürlich hatte Lou nichts gegen eine Lehre als Bäcker. Aber immerhin steckte Philipp mitten im Studium und es wiederstrebte ihr schon, ihn dieses abbrechen zu lassen, nur aus einer Laune oder der Liebe zu ihr heraus.

7 Marketing für Outlanderfans

Die nächsten Tage verliefen für alle Mitglieder der Familie Munro und der Familie Schulzinger nicht gerade reibungslos. Alasdairs Handicap verlangte von Philipp ebenso wie von Lou jede Menge Arbeitseinsatz. Erschwerend vor allem durch die gleichzeitigen Renovierungsarbeiten, welche endlich ihren Lauf nahmen. Alasdair war nicht leicht davon zu überzeugen, dass weitaus mehr dazu gehörte ein Bed & Breakfast in der Einsamkeit von Kildermorie am Laufen zu halten, als nur Zimmer zu vermieten. Lou hatte einen Werbeplan aufgestellt, welcher einerseits auf der Einsamkeit, gleichzeitig aber auch auf der Nähe zu den vielen Sehenswürdigkeiten aus Diana Gabaldons Outlander-Serie beruhte.

»Du glaubst doch nicht ernsthaft, dass ich einen Haufen, ‚Jamie ich liebe dich, Hühner' in meinem Bus herumkutschiere?«

»Doch. Davon war ich ausgegangen, Al. Darf ich dich vielleicht daran erinnern, dass ich auch so ein Huhn bin!«

»Bist du ganz sicher nicht. Schließlich müsste ich das ja wohl wissen!«

Wie er so da stand, die Haare wild verstrubbelt, die Hände ärgerlich in die Hüften gestemmt, hatte er schon ziemliche Ähnlichkeit mit einem gefährlichen Romanhelden, zumindest so, wie sie ihn sich vorstellte.

»Munro, du bist so ein elender Sturkopf. Diese Frauen und Männer ...«

»Welche Männer? Die Weiber kommen alleine, horten sich dann zu einem Rudel zusammen und versuchen einen guten schottischen Mann ins Bett zu kriegen!«, unterbrach Alasdair sie empört.

»Wenn dem so ist, wüsste ich im Pub bereits eine Handvoll Laddies die bereitwillig mitmachen würden und du kennst sie auch!«, konterte sie trocken.

»Lass uns doch gleich eine Paaragentur aufmachen. Mit dem Motto: Wir liefern Ihnen heiratswillige Schotten!«

»Gar keine schlechte Idee. Mit Speeddating im Café ...«

»Louise! Du nimmst mich nicht für voll.«

Was für ein Glück, dass Alasdair nicht bewusst war, dass er - je ärgerlicher er wurde - umso anziehender aussah. Lou biss sich bereits die Lippe wund, beim Anblick des sich hilflos Haare raufenden Schotten. Räuspernd versuchte sie, ihre plötzlich aufwallende Sehnsucht zu zügeln. Eins war sicher, Alasdair war zwar kein hübscher Jamie, zu ihrem Leidwesen war er aber mehr als sexy und männlich. Ganz sicher würde sie ihn beschützen müssen! Das durfte sie ihm allerdings keineswegs auf die Nase binden, sonst würde er nie in ihre Werbestrategie einwilligen. Was dann beinahe zwangsläufig zum Scheitern der Bäckerei, des Cafés und ihres Bed & Breakfast führen würde. Ein sarkastisches Kichern entwich ihr und wurde augenblicklich mit einem finsteren Blick belohnt. Verflucht. Dieser Mann merkte auch alles. Inzwischen waren die blauen Flecken zu unansehnlichen Grüntönen geworden und die Schwellungen waren bereits zurückgegangen.

»Natürlich nehme ich dich ernst. Denkst du, ich würde so viel Zeit in etwas investieren, an das ich nicht glaube?«, fragte sie die Hand lockend nach ihm ausstreckend.

»Nein, aber ...«

Lou erwischte ihn am Hosengürtel, zog ihn näher zu sich her. »Aber?«

Er zuckte mit den Schultern.

»Diese Frauen und – okay - wenige Männer, sie vereint alle

die Liebe zu Schottland, zu dem Land deiner Vorväter, Al. Vielleicht haben sie eine kindische und übertrieben romantische Vorstellung von Schottland. Aber wäre es da nicht gerade eine Herausforderung, ihnen dein Wissen und die unromantische, blutige Geschichte dieses Landes zu erklären! Du machst die Ausflüge doch gerne. Alasdair, du brennst doch für deinen Job als Fremdenführer. Oder nicht?«

»Aye. Das tue ich«, gab er zu.

»Warum willst du dann nicht gerade damit Geld verdienen? Ich liebe deine Erzählungen und deine Sicht der Dinge. Ich sage ja nicht, dass du jede überlaufene Touristenattraktion anfahren sollst. Aber du könntest deine Tour etwas erweitern und einige dieser Outlander Sehenswürdigkeiten mit einbauen«, flötete sie und versuchte ihn mit ihrer Begeisterung anzustecken.

»Wenn es sein muss«, brummte er unwillig, ließ aber zu, dass sie sich mit klimpernden Wimpern an ihn schmiegte.

»Darf ich dir meine überaus fleißige, zukünftige Schwiegertochter mal entführen, Alasdair. Ach und kümmere dich bitte solange um das Café.« Marge war unbemerkt ins Zimmer gekommen, und wenn Lou ehrlich war, freute sie sich, der Diskussion mit Alasdair entkommen zu können. Amüsiert lachend schob Marge sie vor sich her.

»Aber mo mathair«, rief ihr Schotte ihnen hinterher.

»Das wirst du doch wohl hinbekommen. Immerhin bist du nicht schwer verletzt!«, machte sich seine Mutter, lauthals frotzelnd über ihren Sohn lustig. Lou wurde in den Anbau bugsiert, in dem sie noch nie zuvor gewesen war. Dies war das Reich von Alasdairs Eltern, Marge und Angus Munro. Verwundert stellte sie fest, dass die Räumlichkeiten ziemlich modern waren, zumindest im direkten Vergleich zum alten Teil des Hauses. Marge musste ihr Blick aufgefallen sein.

»Bevor Al, die Bed & Breakfast Zimmer renovieren wollte, hat er auf diesen Anbau gedrängt. Angus hatte damals einen bösen Bandscheibenvorfall und wir wussten nicht, ob wir ihn jemals wieder in eines der oberen Stockwerke kriegen würden. Also wurde hier alles altersgerecht gebaut. Leider kam dann die Krankheit der Schafherde dazwischen. Den Rest hat dir Al erzählt, oder?«, erklärte sie mit einem wehmütigen Klang in der Stimme, zielstrebig auf einen der entferntesten Räume zugehend.

»Aye. Das hat er. Es muss schwer für euch alle gewesen sein, Marge«, sagte Lou und blieb überrascht im Türrahmen stehen. Das Schlafzimmer wurde von einem großen dunklen Bett mit Baldachin dominiert. Es war ähnlich wie das Bett aus dem Cottage, das sie so sehr bewunderte. Auch dieses wartete mit kunstvoll geschnitzten und gedrechselt Elementen auf.

»Angus hat es uns zur Hochzeit gemacht.« Marges Hände strichen liebevoll über einen der Bettpfosten. Der Stolz, welcher in ihrer Stimme mitschwang, war nicht zu überhören.

Werde ich Alasdair auch noch so lieben, wenn wir so lange verheiratet sind?

»Es ist wunderschön«, hauchte sie bewundernd.

»Aye. Das ist es. Angus arbeitet bereits an einem neuen Projekt«, ließ sie Lou schmunzelnd wissen, der Blick, den sie dabei ihrem Bauch zuwarf, war so eindeutig, dass Lou die Babywiege bereits bildlich vor sich sehen konnte. Sie holte gerade Luft um etwas dazu zu sagen, doch die ältere Frau kam ihr zuvor.

»Selbstverständlich weißt du von nichts, Lou. In meinem Alter kann man auf Streitereien mit dem eigenen Mann verzichten. Merke dir eins, Lass. Munro Männer haben den Sturkopf eines wilden Schafbocks.«

»Das habe ich bereits festgestellt«, antwortete sie gelassen und konnte sich ein Grinsen nicht verkneifen. Marge nahm zwinkernd ihre beiden Hände in die ihren, drückte diese beherzt. Alasdairs Mutter hatte die Hände einer schwer arbeitenden Frau. Sie konnte die vielen Schwielen der trockenen Haut spüren.

»Ich möchte dir sagen, dass ich mich sehr für dich, meinen Sohn und natürlich Grace freue. Alasdair braucht eine Frau wie dich. Eine, die aus demselben Holz ist wie er. Felicitas hingegen wird immer ein dummes naives Mädchen bleiben.« Marge zog sie mit sich, zu einem Kleiderschrank, der das Ebenbild des Kleiderschrankes war, der im Schlafzimmer des Cottage stand. Nur das dieser hier drei Mal so groß war. Alasdairs Mutter öffnete den Schrank, schien fast in dessen Tiefe zu verschwinden. Als sie sich wieder zu Lou umdrehte, hielt sie eine leicht verblichene Kleiderhülle in den Händen.

»Ich hoffe, du wunderst dich nicht, Liebes. Das ist mein Hochzeitskleid. Ich habe es all die Jahre aufgehoben, weil ich dachte, dass ich eines Tages vielleicht eine Schwiegertochter bekomme, die es zu schätzen weiß. Ich bin alt und da darf man zumindest etwas lächerlich sein, finde ich. Natürlich ist mir völlig klar, dass du zwei Köpfe größer bist als ich, liebe Lou. Außerdem weiß ich, dass du vermutlich noch etwas an Umfang zulegen wirst. Aber ich dachte, nun ja, vielleicht kann man etwas davon in ein neues Kleid einnähen lassen? Was sagst du?«

Marges Blick alleine genügte bereits völlig. Sie hatte die strahlend blauen Augen ihres Sohnes, nur das ihre um viele Lachfältchen reicher waren. Lou bildete sich ein, bis tief in die Seele dieser Frau zu blicken. Nein, sie würde Marge diesen Wunsch nicht abschlagen können. Lieber Gott, bitte. Bitte lass dieses Kleid nicht potthässlich sein! Ich flehe dich an lieber Gott, sorge dafür, dass ich jemanden finde, der es für mich passend machen kann, dachte sie und hoffte, dass ihre zukünftige Schwiegermutter ihr das freudige Lächeln abnahm, zu dem sie sich zwang. Mit vor Schrecken geweiteten Augen sah sie zu, wie Marge ihren zitternden Fingern zum Trotz den Reißverschluss der Hülle hinab zog und das Brautkleid entblößte. Dabei maß ihr Blick immer wieder die rundliche Gestalt der zwei Köpfe kleineren Schottin.

Du könntest ein Brautkleid in Miniformat daraus machen. Sicher kannst du von dem Stoff, der um ihren Busen mehr war, im Vergleich zu deinen Erbsen, locker ein Stück am Saum verlängern, witzelten ihre Gedanken sarkastisch. Tatsächlich war das Kleid zauberhaft anzusehen. Marge musste in jungen Jahren eine weniger füllige Figur besessen haben.

Himmel, blüht mir das jetzt etwa auch, als Frau eines Bäckermeisters?

Zu ihrem Leidwesen war es allerdings wirklich um etliches zu kurz, dafür aber umso weiter, was die Breite anging.

Ha, womöglich passt zumindest einiges vom Babybauch hinein! Warum sah sie sich hinter geschlossenen Lidern in ein Mieder á la Claire geschnürt?

»Als ob man da einen Babybauch rein bekäme«, murmelte sie.

»Was meintest du, Liebes?« Marge sah sie argwöhnisch an.

»Oh. Ich sagte, es ist ganz wundervoll. Ich bin mir sicher, es lässt sich etwas daraus machen.«

Wie Marge jetzt über beide roten Bäckchen freudig lachte, musste sie unweigerlich an Mrs. FitzGibbons denken. Louise. Du solltest eindeutig weniger Outlander ansehen und lesen! Es scheint dir nicht zu bekommen! Du fängst schon an, Menschen in deiner Umgebung mit diesen fiktiven Figuren zu vergleichen, rügte sie sich im Stillen, wohlwissend, dass sich nichts dergleichen würde bewerkstelligen lassen, da sie bereits zu süchtig nach allem war, was mit der Serie oder den Büchern zu tun hatte.

Letztendlich nahm sie das Brautkleid, wie einen besonderen Schatz entgegen und versprach Marge alles zu tun, um es aus seinem Dornröschenschlaf zu holen.

Am späten Abend kam sie sich vor, als hätte sie einen besonders schweren Kampf ausgefochten. Immerhin hatte sie erreicht, dass Alasdairs in ein Claire- und ein Jamie-Zimmer eingewilligt hatte. Wenn auch unter dem Vorbehalt, dass die anderen beiden Gästezimmer keinen solchen Outlander Touch erhalten würden. Müde strampelte sie die Schuhe, gefolgt von den Strümpfen, von ihren Füßen. Die eine Hand umklammerte eine Tasse heißen Kakao, während die andere zärtlich über ihren bereits leicht gerundeten Bauch strich. Die Augen hatte sie auf das Brautkleid gerichtet, welches sie an ein Regal gehängt hatte. Die weiße Spitze war wirklich ausgesprochen hübsch.

»Ich kann mir nicht helfen, Baby. Du musst ein ganz schöner Brocken werden, wenn ich bereits jetzt so auseinander gehe. Kannst du mir sagen, wie ich dann jemals in dieses winzige Etwas passen soll?«, sagte sie zu ihrem Bauch. »Was du wohl bist? Männlein oder Weiblein?«, überlegte sie laut weiter, stellte sich dabei vor, wie ihr Schotte und sie bei der Namensfindung streiten würden. Irgendetwas sagte ihr, das Alasdair von Namen wie: Jamie, Claire, Roger oder Brianna, überhaupt nicht begeistert sein würde.

»Ist doch ganz egal, Lass. Hauptsache gesund«, ließ ihr Schotte sie ertappt zusammenzucken. Sein Blick war schwer zu deuten, galt jedoch unverkennbar dem Brautkleid. »Also ich will dir wirklich nicht zu nahe treten, mo cridhe. Aber für welches deiner entzückenden langen Beine war den dieses

Kleid gedacht?«

»Ich dachte, das würde ich dich entscheiden lassen«, konterte sie amüsiert, um dann ernst zu werden. »Man darf die Wünsche älterer Menschen nicht einfach außer Acht lassen. Ich dachte, vielleicht kann man es in ein passendes Kleid verwandeln mit mehr Stoff und ... na ja, sagen wir einfach mehr von allem!«

»Aye, Lou. Ich liebe meine Mutter auch. Aber ich möchte nicht, dass meine Frau, die meine Mutter um einiges überragt, sich gezwungen fühlt im Zwergen - Negligé zu heiraten.«

»Aua, jetzt habe ich den Kakao verschüttet, weil du mich zum Lachen bringst, Munro! Wie siehst du überhaupt aus?«, schimpfte Lou, ihren Schotten von Kopf bis Fuß betrachtend.

Alasdair sah heiß aus. Verdammt heiß! Tatsächlich trug er nur seinen Kilt. Passende Strümpfe ragten aus seinen aufgeschnürten, derben Stiefeln heraus. Sein muskulöser Oberkörper mit der leicht behaarten Brust war bis auf ein paar alte Hosenträger, in die er lässig die Finger eingehakt hatte, nackt. Wenn er die Muskeln l spielen ließ, hatte es den Anschein, als bewegten sich die schwarzen Tattoos auf der gebräunten Haut verführerisch und äußerst sexy.

»Da du so oder so gleich nichts mehr anhaben wirst, Lass, verspreche ich dir deine verbrannte Haut liebevoll kühl zu pusten«, hauchte er in einem so rauen Timbre, dass sie kurz vor der Schnappatmung stand.

»Oh, ich ... ich wusste ja gar nicht, dass du Hosenträger trägst ...«, rutschte es ihr eingeschüchtert heraus.

Alasdair konterte mit einem breiten Grinsen, das ihr durch und durch ging. »Ich habe gehört, dass Gerard Butler Dreharbeiten in Schottland hat. Da habe ich beschlossen vorzusorgen, aye. Nicht, dass mir meine zukünftige Braut abhandenkommt. Eigentlich trage ich ja keine Hosenträger, aber für meine Bonnie Lass mache ich eine Ausnahme. Ich habe allerdings beschlossen, die Szene mit dem Auge auszulassen. Ist ja nicht wirklich sexy, M'eudail.«

Lous Augen wurden mit jedem, seiner Worte immer größer. O mein Gott!, kreischten ihre Gedanken anzüglich, im Wissen, was auf sie zu kam. Sie wusste ganz genau, auf was Alasdair anspielte. Den Striptease in PS: I Love you, den ihr Lieblingsschauspieler Gerard Butler hinlegte. Alasdair würde doch nicht wirklich?

Da ihre Finger bereits jetzt vor freudiger Erregung zitterten, stellte sie die heiße Tasse schnell auf dem Couchtisch ab. »Was ist mit Grace und wo ist Flipp?«, druckste sie, mit einem Gesicht das sich fürchterlich heiß anfühlte, herum, erntete jedoch nur ein Abwinken ihres Mister Charming. Bevor sie sich weitere Gedanken machen konnte, legte Alasdair bereits los. Perfekt summend, dieser Mann konnte wahrlich gut singen und summen, ahmte er die Musik von 9 1/2 Wochen mit Kim Basinger und Mickey Rourke nach. Lasziv ließ ihr Schotte dabei die Hüften kreisen, sodass sich Gänsehaut wie ein Lauffeuer auf ihrem Körper ausbreitete. Sinnlich nahm er breitbeinig den Türrahmen zwischen sich, glitt an ihm auf und ab. Dabei ließ er sie nie aus den Augen, betrachtete sie voller Begierde. Das eine Bein schob sich an der Wand empor, sodass der Kilt immer höher rutschte und die angespannten Muskeln des Oberschenkels preisgab. Lou war wie hypnotisiert, sie konnte gar nicht wegschauen. Es wäre gelogen zu behaupten, dass das, was sie hier zu sehen bekam, sie nicht antörnte. Alasdairs Gesichtszüge sprachen Bände. Sie hatte das Gefühl seine Hände lustvoll überall auf ihrem Leib zu fühlen. Sinnlich spielten seine Finger an der eigenen Brust. Lou war, als würde er die gleichen Streicheleinheiten ihren

Brüsten zukommen lassen, erregt bis aufs äußerste nahm sie wahr, dass sich mit seinen Spitzen auch die ihren voller Sehnsucht aufstellten.

Himmel, welche Geheimnisse versteckt der Kerl sonst noch vor mir?, schoss es ihr durch den Kopf. In ihren Ohren rauschte es, trocken versuchte sie, das Stöhnen hinab zu schlucken, das in ihr emporwallte. Sie wollte ihn anschreien. Ihm sagen, er solle damit aufhören und sie jetzt sofort nehmen. Doch kein einziges klares Wort kam ihr über die Lippen. Alasdair Munro beherrschte dieses Spiel aus dem FF. Ebenso wie er es genoss. Lou sah es an seinem erhobenen Mundwinkel, sie spürte es mit jeder Faser ihres Seins. Unruhig krallte sie die Fingernägel in die Couch, um nicht auf dem eigenen Körper auf Wanderschaft zu gehen, presste fest die Beine zusammen. Das alles nützte nichts gegen das heftige Verlangen nach diesem Mann. Lässig schlenderte er auf sie zu, ließ sachte die Hosenträger auf seinen Brustkorb schnalzen, um diese im Anschluss von den Schultern zu schieben, sodass sie lose an ihm herab baumelten.

»Oh, ich sehe genau, dass dir gefällt, was du siehst, Lass«, raunte er heiser.

Es gelang ihr immer noch nicht, etwas zu erwidern. Stattdessen entrang sich ihrer Kehle ein wimmerndes Stöhnen, das Alasdairs mit wissend in die Höhe geschobenen Augenbrauen quittierte. Die ganze Luft knisterte vor Spannung.

»Keine Sorge, mo cridhe. Ein guter Kilt hält auch ohne Hosenträger oder Gürtel«, beruhigte Mister Sexy, provozierend die Daumen in den Bund seines Kilts einhakend.

»Sei ein braves Mädchen, Louise. Aye. Hör auf, die Zähne in die Lippen zu graben und das mit den Fingernägeln lässt du auch schöne sein, Lass!«, wies er sie an, was sie ertappt mit den Augen rollend ließ. Verflucht, diesem Mann konnte sie einfach nichts vormachen!

»Das habe ich ganz genau gesehen, Missy. Wenn du das nochmal machst, sehe ich mich gezwungen, einen Pfannenwender zu holen, wie in diesem lustigen deutschen Buch, von dieser Emily, aus dem du mir vorgelesen hast!«, knurrte er warnend, brachte sie damit hörbar zum Keuchen. Wenn er so weiter machte, würde sie kommen, ohne überhaupt berührt worden zu sein!

Erneut begannen seine Hüften sich kreisend zu seinem Summen zu bewegen, dabei schien es ihr, als würden seine großen Hände dieser Melodie auf seinem Körper folgen. Lou sehnte sich danach, eine jener Hände zu sein. Es glich einer Folter untätig dazusitzen, ohne diesen Körper berühren, liebkosen zu dürfen. Gekonnt zog er an den Hosenträgern, was dafür sorgte, dass sich der Kilt bedenklich über seine Hüftknochen hinab bewegte. Im nächsten Moment waren es jedoch die Schuhe, die er sich von den Füßen streifte und diese in eine Ecke schleuderte. Die Strümpfe folgten. Schließlich drehte er ihr mit einem Ruck, den Rücken zu, wackelte aufreizend mit dem knackigen Po, der nun Stück für Stück zum Vorschein kam. Noch nie in ihrem ganzen Leben hatte ein Mann so eine Show für sie abgezogen, gegen Alasdair konnte Gerard einpacken. Lou stand lichterloh in Flammen. Als Alasdair blankzog, atmete sie in einem seufzenden Stöhnen aus.

»Ich glaube, ich kann von solchen, wirklich glaubhaften Komplimenten nicht genug bekommen, mo cridhe. Gibst du diese, mit Kakao verkleckerte Bluse freiwillig her, oder muss ich sie mir holen kommen?«, kommentierte er, die Augen dunkel vor Lust.

Ihre zitternden Finger kämpften gegen die Knöpfe ihrer

Bluse an, wissend, dass er sie dabei beobachtete. Zum Glück hatte sie auf einen BH verzichtet, nie und nimmer hätte sie in ihrem Zustand den Verschluss öffnen können. Schließlich blieben nur noch zwei Knöpfe übrig. Jäh hielt sie in ihrem Tun inne. Klimperte kokettierend mit den Wimpern. Zu ihrer Verteidigung blieb zu sagen, dass sie nicht mit seiner Schnelligkeit gerechnet hatte. Genauso wenig, wie sie sich zur Wehr setzte. Wenn sie es recht bedachte, konnte sie froh sein, dass sie nur zwei Knöpfe neu annähen musste. Alasdair hatte sich auf sie gestürzt wie ein Verhungernder. Sie hatte kaum bemerkt, dass er ihr die Bluse vom bebenden Leib gerissen hatte, alles, was sie fühlte, waren seine neckenden Küsse auf ihrer glühenden Haut.

Glasgow, einige Wochen später.

Langsam aber sicher fing Felicitas an, sich an Annehmlichkeiten, wie Gast im Blythswood Square Hotel zu sein, zu gewöhnen. Unter niedergeschlagenen Lidern betrachtete sie Alexander Schulzinger, als wäre er ihre Beute und nicht ihr Geschäftspartner. Sie kam einfach nicht über sein gut aussehendes Äußeres hinweg. Wie konnte so ein Mann einem farblosen Etwas, wie dieser Louise so hinterher trauern? Wusste er nicht, wie er auf Frauen wirkte? Herrje, sie würde alles dafür geben, die Frau eines solchen Mannes zu sein. Langsam fing ihr dieses Spiel an, zu missfallen. Warum wollte sie Alasdair noch gleich zurück? Gut, seine Qualitäten im Bett waren nicht zu missachten, aber das war doch nicht alles, oder?

»Das bringt alles nichts, Felicitas. Wir müssen uns etwas Besseres einfallen lassen«, riss Alexander sie aus ihren

Überlegungen. Womit er leider recht hatte. Nichts, was sie in Angriff genommen hatten, um das junge Glück von Alasdair und diesem Flittchen zu unterbinden, hatte Früchte getragen.

»An was dachtest du, liebster Alex?«, bemühte sie sich so zu tun, als wäre sie ganz seiner Meinung.

»Keine Schläger mehr. Wenn ich nur daran denke, was meinem Jungen alles hätte passieren können«, spielte er auf die angezettelte Schlägerei an, die in einem familiären Fiasko geendet hatte. Tatsächlich hatte Alexanders Balg während eines ihrer häufigen Treffen via Smartphone angerufen, seinem Vater unterstellt, etwas mit dieser Schlägerei zu tun zu haben. Alexander war außer sich gewesen, hatte ihr alles übersetzt. Warum waren Väter nur so verrückt mit ihren Kindern? Ihre Anfechtung des Sorgerechtes für Grace war ebenfalls chancenlos im Sand verlaufen. Vielleicht hatte sie sich auch nicht genügend Mühe gegeben. Die ungeschönte Wahrheit war, dass Louise Schulzinger völlig richtig gelegen hatte, mit ihrer Unterstellung, Grace nur für Werbezwecke zu missbrauchen. Das Mädchen wäre eine Goldgrube gewesen, um ihr Image aufzupolieren. Dieses vermaledeite deutsche Flittchen!

Heimlich beobachtete sie Alexander, der unruhig an seiner Rolex spielte. Wieso zum Teufel, sollte sie sich mit einem Balg um ihr Image begnügen, wenn sie einen echten Millionär haben konnte, dessen Aussehen bereits reichte, um ihrer Libido mächtig einzuheizen.

»Was ist mit diesen Handwerkern? Sind sie bestechlich? Wenn wir sie dazu bringen, die B&B Zimmer zu sabotieren. Oder ein Brand in der Bäckerei ...«, überlegte der Deutsche laut.

»Alexander, ich bin entsetzt«, erwiderte sie. Dabei nahm ihr anbetendes Lächeln, ihren gespielt ernsten Worten, die

Schärfe. »Ich habe dir doch erklärt, dass die Handwerker alle loyal sind. Die Munros sind in den Highlands bekannt. Man schätzt und achtet sich. Du weißt doch, dass die Highlands dünn besiedelt, sind. Ein Brand hingegen ...«

»Vergiss den Brand. Ich weiß nie, ob Flipp nicht einfach mal kurz übers Wochenende dort ist. Außerdem könnte deiner Tochter oder meiner Louise etwas passieren. Nein. Das war ein unüberlegter Vorschlag von mir.« Hochmütig winkte er einem Kellner, bestellte neue Getränke.

Sie schenkte ihm ihr schönstes Lächeln, nippte an ihrem Champagnerglas. Oh, sie konnte einfach nicht genug bekommen von diesem leckeren Prickelwasser. Belustigt verfolgte sie seinen Blick, der genießerisch an ihrem wippenden Bein entlang nach oben glitt, wo der Minirock unzüchtig in die Höhe gerutscht war und bereits die sündige Spitze ihrer Strapse offenbarte. Männer waren so schrecklich leicht zu beeinflussen.

»Was ist mit seinen Schafen?«

»Nun, streng genommen sind es die Schafe seines Vaters Angus. Aber auf was willst du hinaus?«

»Hatte er nicht vor Jahren Probleme mit der Maul- und Klauenseuche?«

»Du kannst schlecht seine Herde anstecken. Wie willst du das bewerkstelligen?« Interessiert lehnte sich Felicitas provokant zu ihm nach vorne, wohl wissend, dass er nun freie Sicht bis zu ihrem Bauchnabel besaß.

»Och es genügt schon, ihm den Kadaver eines infizierten Schafes aufs Land zu platzieren, und zwar so, dass er von anderen gefunden wird«, erklärte er ihr, gleichzeitig zerstreut den Krawattenknoten lockernd. Amüsiert beobachtete Felicitas die Röte, die ihm immer höher ins Gesicht stieg, je weiter ihr bestrumpfter Fuß unter dem Tisch an seinem Bein nach oben wanderte. Alexander räusperte sich laut.

»Ich … hm … habe ein Zimmer, hier. Du hättest nicht zufällig Interesse, es dir anzusehen?«

»Lieber Alexander, ich hege keinerlei Interesse für dein Zimmer. Ich möchte viel lieber wissen, ob die Härte deines Schwanzes, sich mit meiner Vorstellung deckt!«, raunte sie ordinär und stolzierte mit wiegenden Hüften, als liefe sie auf einem Catwalk, vor ihm zum Aufzug.

8 Alle guten Dinge sind drei

Die Tage vergingen wie im Flug. Alasdair konnte sein Glück oft kaum fassen. Langsam aber beständig lernte Lou die Gebärdensprache und stieg damit nicht nur in den Augen seiner Tochter beträchtlich im Ansehen. Die Dorfbewohner mochten ihre hilfsbereite Art. Neuerdings führte das kleine Dorfgeschäft sogar Allgäuerkäse, wenn auch zu ziemlich exklusiven Preisen. Ausnahmsweise lief alles in seinem Leben perfekt. Es gab keine seltsamen Zwischenfälle mehr. Selbst die Scheidung schien voranzuschreiten. Obwohl Lou aß wie ein Vögelchen und noch immer zu sämtlichen Tages- und Nachtzeiten die Toilettenschüssel umarmte, war ihr Bauch beachtlich gewachsen. Alasdair wagte sogar zu hoffen, dass sie noch vor der Geburt des Babys heiraten konnten.

Es wurde Frühling in Kildermorie. Er war mehr als froh, dass Philipp über ein langes Wochenende gekommen war. Angus plagte sein kaputter Rücken und das, wo an diesem Wochenende die Schafschur anstand. Ein zweites Paar kräftiger Hände - und die besaß der Junge - kam ihm wie gerufen. Zweimal im Jahr trieben die hiesigen Schafbauern ihre Herden zusammen nach Kildermorie, um sie dort auf dem Dorfplatz gemeinschaftlich zu scheren. Man konnte dies getrost als eine Art Frühlingsfest sehen, da danach Ale und Whisky in Strömen flossen. Alasdair hatte seine Schafe bereits im frühen Herbst geschoren, da die Blackface Sheeps den Winter über im Freien blieben. Diese Schafart war eine alte Rasse, die ziemlich weit verbreitet war. Sie war recht krankheitsresistent. Um sie gegen die Witterung zu schützen, wurde bei der Herbstschur nicht das ganze Fell geschoren.

Lou hatte ebenfalls genug zu tun. Da die Renovierungen des Bed & Breakfast abgeschlossen waren, erwarteten sie bereits die ersten Gäste. Selbst das Café erstrahlte dabei in neuem Glanz, da auch dort einiges erneuert worden war. Der Fußboden hatte neue Holzdielen erhalten. Die frisch gekalkten Wände zierten einige von Lous Landschaftsbildern und auf den Tischen lagen verschiedene Tartantischdecken. Alles in allem war eine noch heimeligere Atmosphäre entstanden als die, die zuvor schon geherrscht hatte.

Seine Bonnie Lass war ein Werbeass, das musste er ihr lassen. Fröhlich pfeifend ignorierte er den Regen, der am heutigen Tag wieder einmal der Sinnflut Konkurrenz hätte machen können und schlüpfte in seine Gummistiefel. Philipp wartete bereits mit den Boardercollies Sugar und Izzy im Jeep auf ihn.

»Bereit für ein bisschen Spaß, Junge?«, begrüßte er Philipp, der mit in die Luft gerecktem Daumen antwortete. Das schrille Klingeln seines Handys ließ ihn während der Fahrt zur unteren Weide zusammenzucken. Ihm schwante nichts Gutes. Philipp nahm den Anruf für ihn entgegen, verstand jedoch das Scots von Hughie Lewis nicht. Er war gezwungen am Straßenrand anzuhalten und das Handy entgegen zu nehmen.

»Jetzt beruhige dich erst mal, Hughie«, versuchte er, den Redefluss des Mittfünfzigers zu bremsen, der sich am anderen Ende des Handys fast überschlug. »Was soll das heißen, Hughie? Maul- und Klauenseuche, bei einem meiner Schafe?« Alasdairs konnte das dumpfe Pochen seines Herzschlags in den Ohren hören, so sehr alarmierte ihn die Nachricht.

»Wo zum Teufel? Was soll das heißen auf deinem Grund und Boden. Hast du Doc Carneby angerufen? Ich bin unterwegs.« Innerlich brüllend wie ein verwundeter Stier, musste sich Alasdair erst für einen Augenblick am Jeep festhalten, um sich zu sammeln.

So grausam kannst du nicht sein, Gott! Nicht jetzt. Nicht wo ich zum ersten Mal wieder den Boden unter meinen Füßen spüre, fluchten seine Gedanken lautlos. Seine Augen begegneten denen des Jungen. Stoisch verbarg er das Zittern, das ihn bis tief ins Mark zum Beben brachte.

»Alles okay, Al?«

»Würdest du mir glauben, wenn ich ja sage?«, antwortete er, den Zündschlüssel drehend.

»Ehrlich gesagt, nein.« Weder er noch der Junge redeten den weiteren Weg über ein Wort. Erinnerungen wallten in ihm empor. Erinnerungen an verendete Tierkadaver, die seinen Ruin bedeutet hatten. Würde sich das alles jetzt wiederholen? Was, wenn sein Tier tatsächlich auf Hugies Weide verendet war? Mussten die Schafe seines Nachbarn dann auch beseitigt werden?

Endlich kam die beschriebene Stelle in Sicht und er hielt den Jeep an. »Du musst nicht mit ...«, versuchte er, den Jungen zum Zurückbleiben im Auto zu überreden.

»Doch. Ist schon in Ordnung.«

Hughie ebenso wie Doc Carneby, standen diskutierend um den Kadaver eines Schafs herum. Tonlos nickte er den beiden zu.

»Es ist Maul - und Klauenseuche, so viel steht fest«, informierte ihn der Doc und klopfte ihm aufmunternd auf die Schulter.

»Aye. Ich habs dem Doc schon gesagt, Al. Ich nutz die Weide hier schon ewig nich. Findest du's nich komisch, nur ein einziges und dazu altes Schaf hier zu finden. Zum Teufel, es is alleine!« Hughie Lewis unterstrich seine genuschelten Worte mit hektischen Gesten.

Das war in der Tat seltsam. Junge Schafe verliefen sich

ständig, wohingegen ältere Schafe eigentlich eher in der Nähe ihrer Herde blieben.

»Verdammt. Sieh's dir nur mal an. Es is auch nicht trächtig!«

»Hattet ihr die Schafe im Herbst nicht nur vorgeschoren? Dieses hier hat kaum Fell. Das war im Winter nie und nimmer draußen.«

Der Doc hatte recht. Das Schaf hatte viel zu wenig Fell um einen Winter im Freien und in den Highlands zu überleben.

Philipp war interessiert neben dem Kadaver in die Knie gegangen. Angeekelt rieben seine spitzen Finger über die Farbe auf dem Fell des Tieres. »Also ich kenne mich ja da nicht aus, Al. Aber müsste die Farbe denn nicht wasserfest sein?«, bekundete der Junge verwundert und reckte den farbverschmierten Finger in die Höhe.

»Da beißt mich doch der wilde Affe. Munro, da will dir einer Eins auswischen!«, knurrte Hughie.

Alasdair war schockiert. Wer tat so etwas?

»Zum Glück für uns alle hatte der oder die keinen blassen Schimmer von Schafen. Das hätte für uns alle übel ausgehen können. Da das Schaf mit keinem anderen in Kontakt war und Hughie diese Weide nicht benutzt, entsorge ich das Tier fachgerecht. Hughie, du flammst die Weide gründlich ab. Wir alle halten Stillschweigen über diese Sache. Sollte euch aber irgendetwas an euren Tieren auffallen, werdet ihr mich unverzüglich darüber unterrichten! Ich hoffe, wir haben uns verstanden, Laddies?«

Alle stimmten stumm nickend zu.

»Glaubst du, dass ...? Na du weißt schon, wer, etwas hiermit zu tun hat?«, durchbrach Philipps gefasste Stimme die eisige Stille, welche im Jeep herrschte.

Sein »Nein!« kam selbst in seinen eigenen Ohren viel zu schnell. Stur starrte er aus der Windschutzscheibe, betete, dass der Junge seine Lüge nicht bemerkte. Als ob der Herr im Himmel ein Einsehen mit ihm hätte, klarte der Himmel auf. Am oberen Teil seiner Schafkoppel ließ er die Hunde frei. Bewundernd sah Lous Sohn ihm dabei zu, wie er mit der Pfeife, die er um den Hals trug und Pfiffen auf den Fingern Kommandos an die Hunde weitergab. Ohne zu murren, öffnete der Junge Gatter oder trug vereinzelt neugeborene Lämmer zu ihren Müttern zurück. Nicht mehr lange und es würde vor neugeborenen Lämmern nur so wimmeln. Seine Schafrasse benötigte dabei keine Hilfe. Es kam selten vor, dass ein Lamm verstoßen wurde. Komplizierte Geburten gab es ebenfalls kaum. Zu Fuß folgten sie dem Pulk der Schafe bis zum Dorfplatz. Dieser war rundherum mit Zäunen präpariert worden, die in mehrere Abteilungen abgetrennt worden waren. Dabei wurden die Schafe in eine Gasse zum Scheren getrieben. Dort wurden sie sofort neu markiert und dann in einzelne Gassen weitergetrieben. Dies sorgte dafür, dass jedes Schaf wieder zu seinem Besitzer zurückkam. Den ganzen Tag lang arbeiteten die Männer des Dorfes Hand in Hand. Am frühen Abend trafen sich alle an einem großen Lagerfeuer. Bei Ale, Whisky und frischem Brot aus der Bäckerei trank man auf ein geburtenreiches Jahr und schloss den Tag gemeinsam ab.

Es fiel Alasdair mehr als schwer, sich seine Gedanken nicht anmerken zu lassen. Einige der musikalischen Dorfbewohner hatten ein spontanes Ceilidh einberufen. Es wurde auf dem Dorfplatz gesungen und getanzt. Selbst er hatte es sich nicht nehmen lassen, seine Bonnie Lass im Kreis zu drehen, bis ihr schwindelig geworden war. Das Herz wurde ihm schwer, wenn er Lou so unbeschwert mit ihrem jüngsten Sohn tanzen sah. Weder er noch Philipp hatten ein weiteres Wort über den morgendlichen Vorfall verloren. Tatsächlich hatte er auch nicht vor, Lou damit zu belasten. Sie hatte ihm erzählt, dass sich ihr Anwalt gemeldet hatte. Scheinbar war dieser sehr zuversichtlich, was Lous Scheidung anbelangte. Tat er Alexander Schulzinger unrecht mit seiner Vermutung? Wer, wenn nicht er, war für all diese seltsamen Ereignisse, die sich zu häufen schienen, verantwortlich?

Grace riss ihn aus seinen trüben Überlegungen, zog ihn zu Lou und Philipp. Zu viert bildeten sie einen Kreis, drehten sich hin und her. Immer so, dass Grace mithalten konnte. Alasdair konnte nicht sagen, wer hier mehr strahlte. Grace, Philipp oder seine Lou. Die Nacht verbrachten sie eng aneinander geschmiegt, als besäße er das kleinste Bett der Welt.

»Wie sind unsere ersten Gäste?«, versuchte Alasdair sich von seinen Überlegungen abzulenken, die in einer Endlosschleife durch sein Hirn geisterten.

»Och, nett. Die einen sind zwei Freundinnen aus Hamburg. Das andere ist ein Paar aus den USA, die auf der Durchreise sind«, erzählte Lou, steckte dabei ihre eisigkalten Zehen zwischen seine Waden.

»A Dhia. Hattest du die in der Gefriertruhe?«

»Nein. Aber ich bin eine Frau. Wir frieren immer«, erwiderte seine Bonnie Lass leicht pikiert.

»Ich rate einfach mal. Vermutlich bist du wieder die halbe Zeit nur mit deinen gestrickten Strümpfen an den Füßen im Haus unterwegs gewesen. Oder ...« Alasdair drehte sich abrupt zu Lou um, welche immerhin den Anstand hatte ertappt zusammenzuzucken.

»... barfuß? Du bist doch nicht schon wieder barfuß unterwegs gewesen. Verflucht Lou. Du wirst dir noch eines Tages Frostbeulen an deine hübschen Zehen holen. Außerdem wage ich zu bezweifeln, dass eine Erkältung in deinem Zustand prickelnd wäre«, schimpfte er besorgt.

»Al, ich bin nur schwanger. Und bisher habe ich nicht das Gefühl, eine Erkältung zu bekommen!« Ihr amüsierter Tonfall nahm ihm bereits wieder den Wind aus den Segeln. Führsorglich rieb er ihre Füße zwischen seinen Waden. Ihm war schon seit jeher wärmer als allen anderen. Weshalb er selbst im Winter oft nur im T-Shirt, zumindest im Haus, unterwegs war. Jetzt kam seine an einen Ofen erinnernde Körpertemperatur gerade recht. Zumindest sagte Lous wohliges Seufzen genau das aus.

Tage kamen und gingen. Lou konnte kaum genug bekommen von den vielen Farben, die von heute auf morgen in den Highlands zu explodieren schienen. Allen voran der gelbe Stechginster, der mit seinem Duft an Kokosnüsse erinnerte, gefolgt von einer überwältigenden Zahl an bunten Wildblumen. Die B&B Zimmer waren fast ständig belegt und das Café bestens ausgelastet. Während sie Höhenflüge der Kreativität mit ihren Bildern absolvierte und sich nebenbei um die neuen Gäste kümmerte, hielten die Bäckerei und die frisch geborenen Lämmer ihren Schotten in Beschlag.

Das Baby wuchs und mit ihm Lous Bauch. Gut sie hatte gehört, dass eine dritte Schwangerschaft die werdende Mutter ziemlich aus dem Leim gehen lassen konnte. Aber so sehr? Emily, Cormacks Frau war ihr inzwischen eine sehr gute Freundin geworden, mit deren Hilfe es ihr gelungen war, das vererbte Hochzeitskleid so zu verändern, dass es ihr passen würde. Zumindest wenn ihre Hochzeit wie geplant, im nächsten Monat stattfinden konnte. Bisher sah alles so aus, als würde ihre Scheidung endlich durchgesetzt werden.

Da ihr Schotte bereits am frühen Morgen zu einer der

abgelegensten Weiden aufgebrochen war, wollte sie ihn mit einem Picknick überraschen. Philipp war spontan über das Wochenende angereist und die Männer hatten sich noch nicht einmal gesehen. Grace im Schlepptau kletterten beide über den Strohberg des Anhängers, suchten sich eine bequeme Stelle, während Lou neben Angus in der Fahrkabine des großen Traktors Platz nahm. Die Luft war herrlich und die Sonnenstrahlen wärmten bereits angenehm. Philipp sang voller Inbrunst ‚Old MacDonald has a Farm', wobei er Graces Hände an seine Wangen hielt und ihr freudige Jauchzer entlockte.

»Wird wohl das letzte Mal sein, dass du hier drin mitfährst, mo bean-mhic«, stellte Angus mit einem Blick auf ihre Leibesfülle fest.

»Aye. Ich fürchte, du hast Recht, Angus. War Alasdair auch so ein großes Baby?«, fragte sie interessiert nach, die Hände liebkosend auf ihren Bauch gelegt.

»Groß, ja. Aber so ... Mich würde nicht wundern, wenn es zwei sind.«

Lou schüttelte lachend den Kopf. »Davon war bisher nie die Rede!«

Tuckernd erklomm der Traktor die Bergkuppe, auf deren anderer Seite das Weideland der Munros lag, um dort Geschwindigkeit aufzunehmen und ins Tal zu fahren. Die Fahrt wurde jedoch immer schneller und schneller. Was Lou zu Beginn für einen Spaß ihres zukünftigen Schwiegervaters gehalten hatte, war mitnichten einer. Angus Munro stand der Schweiß auf der Stirn. »Abspringen!«, stieß er barsch aus, erntete dafür ihren verständnislosen Blick. »Was zum ...?«

»Alle runter, habe ich gesagt! Die Bremsen funktionieren nicht.«

Lou konnte spüren, wie ihr alle Farbe aus dem Gesicht entwich. Hinter der Scheibe zum Anhänger war Philipp verstummt. Sie konnte Angst in seinem und Graces Gesicht lesen. Das konnte doch nicht wahrhaftig passieren? Ihre Finger rissen binnen Sekunden das hintere Fenster auf.

»Flipp, öffne den Anhänger und spring mit Gracy ins Stroh!« kommandierte sie.

»Hast du sie noch alle Mama? Warum sollten wir so was hirnrissiges tun?«

»Weil die Bremsen nicht mehr funktionieren und wir geradewegs in den Loch rasen! Mach schon!«

»Aber Mama ... Und du?«

Ja. Verdammt. Was war mit ihr? Was wenn sie auf den Bauch fiel? Vor Sorge erstarrt konnte sie erst wieder atmen, als sie sah, wie beide Kinder sich nach dem Absprung auf die Beine kämpften und ihnen hinterher rannten.

»Festhalten!« knurrte Angus, verbissen in einen kleineren Gang schaltend. Der Traktor bockte wie ein wildes Pferd, es krachte und doch verringerte sich die Geschwindigkeit kaum merkbar.

»Pòg mo thòn!«, fluchte Angus, schaltete erneut. »Das wird uns nicht helfen. Ich kann noch so viel schalten, wir bleiben zu schnell. Du musst springen, mo bean-mhic.«

»Aber ...«

»Ich weiß. Kurz vor dem Loch ist das Ufer voller Schlick. Da springst du. Du musst versuchen, dich seitlich abzurollen.« Angus Stimme war hart, ließ keinen Platz für Kompromisse oder ihre unbändige Panik. Seine Augen fixierten sie dunkel. Ihr kam noch nicht einmal im entferntesten in den Sinn, zu protestieren.

Alasdair hatte den Traktor schon aus der Ferne vernommen. Die alte Kiste würde vermutlich nicht mehr lange ihren Dienst tun, wenn man den Geräuschen des Motors Glauben schenkte. Er hatte nicht mit der Hilfe seines Vaters gerechnet. Aber wenn er schon einmal da war, konnten sie auch gleich das gehackte Holz mitnehmen, welches von dem Baum stammte, in den der Blitz eingeschlagen hatte. Die Sonne war bereits so warm, dass er das Hemd abgelegt hatte, um seiner blassen Haut etwas Farbe zu gönnen. Auf einem Strohhalm kauend trat er an die Mauer der Schafkoppel, die flache Hand gegen die grellen Sonnenstrahlen an die Stirn gelegt, um seinen Helfer gebührend zu empfangen. Keine Sekunde hatte er mit einem den Hang hinabschießenden Traktor gerechnet, um den eine unheilvolle Qualmwolke hing.

»Warum zum Teufel bremst du nicht, mo athair!«, knurrte er entsetzt, während seine Beine bereits die Mauer überwanden und losliefen. Wie ein Höllengefährt raste der Traktor auf den Loch zu. Erst als er die Schreie hörte, bemerkte er Philipp und Grace, die hinter dem Gefährt herrannten, als wäre der Leibhaftige hinter ihrer Seele her.

Was war passiert? Hatte Angus einen Schlaganfall? Wo um alles in der Welt war Lou? Er nahm sie erst wahr, als sie bereits an der offenen Tür des Traktors stand. Unverkennbar trug sie eines seiner Arbeitshemden, die offenen Haare wehten mit dem Fahrtwind. Alasdair war, als setze sein Herzschlag aus. Ihr gellender Schrei, als sie sprang, war wie ein Messerstich in seiner eigenen Brust. Obwohl sein Atem nur noch stoßweise kam, ungeachtet seiner brennenden Lungen, trieb er seine Beine zu immer höherem Tempo an. Ihm war egal, dass er sich bei einem Sturz vermutlich selbst das Genick brechen würde. Das Adrenalin pulsierte in seinen Adern, wie eine Droge. In seinem Kopf nahmen die schlimmsten Szenarien Gestalt an. Lous zerschmetterter Körper. Das gähnend schwarze Loch eines frisch ausgehobenen Grabes. Seine Hände, die sich wie eine Garotte um Alexander Schulzingers Hals legten. Das trostlose vergitterte Fenster eines Gefängnisses.

»Nein!«, entwich es ihm keuchend. »NEIN!«

Philipp brüllte ein so Verzweifeltes: »MAMA!«, das Alasdair die Tränen nicht mehr zurückhalten konnte, welche ihm über die Wangen rannen. Wenn du das tust Gott ... Wenn du ... ich trete aus der Kirche aus, tobten seine Gedanken voller Qual. Als würde sich Gott über ihn lustig machen, traf in diesem Moment der Traktor mit einem lauten Platschen auf die Wasseroberfläche des Lochs. Die Stille, die plötzlich eintrat und lediglich durch das Blubbern des versinkenden Gefährts unterbrochen wurde, war gespenstisch. Im Bruchteil von Sekunden wurde er gezwungen zu handeln. Angus ertrinken- oder Lou und sein Baby womöglich verbluten lassen?

»Alasdair, zu Angus! Ich bin bei Mama!«, schrie Philipp ihn an, sorgte dafür, dass er eine Kehrtwende zum Loch einlegte. Ohne zu zögern, stürzte er sich in das trübe kalte Wasser, in dem der aufgewühlte Boden ihm jegliche Sicht nahm. Blind tastete er sich an der Karosserie des Traktors entlang. Verflucht, er konnte nichts sehen. In seinem Kopf nahmen ihm Chaos und Panik fast den Verstand. Einen Moment tauchte er auf, rang nach Luft und orientierte sich. Weder sein Vater noch seine Frau oder sein ungeborenes Kind würden hier und heute das Leben verlieren! Alles würde gut werden. Es musste einfach gut werden!

Endlich ertasteten seine Finger Stoff. Sekunden später traten er und Angus Wasser. Kaum an Land, vergeudete er keine Zeit sondern kämpfte sich auf die Beine. Er ignorierte das Husten seines Vaters und stolperte ungelenk auf Philipp zu. Wasser spuckend und Luft in seine Lungen ziehend, ließ er sich neben dem Jungen und Lou zu Boden fallen.

»Ich hab per Handy den Notruf gewählt.«

Der Junge war mindestens so bleich wie seine Mutter, die

regungslos da lag. Sie hatte gut sichtbare Kratzer, jedoch sah er keine äußerlichen Wunden, kein Blut. Was natürlich auch an dem ganzen Schlick liegen konnte, der ihren Körper verunzierte. Vorsichtig tasteten sich seine Finger suchend über ihre Haut, wobei sich mehrere Tropfen Wasser aus seinen Haaren lösten und Lous Gesicht trafen.

»Es würde mich nicht wundern, wenn du dir eine ordentliche Erkältung einfangen würdest«, konnte er es ziemlich schnippisch murmeln hören.

»Kannst du dich bewegen, mo cridhe? Hast du irgendwo Schmerzen?« Seine Stimme überschlug sich fast vor Erleichterung. Lou antwortete ihm nicht.

»Angus?«, fragte sie stattdessen. Dabei versuchte sie sogar sich aufzusetzen, was er sofort unterband.

»Hier, mo bean-mhic. Jetzt tu, was Alasdair sagt!«, erklang hinter seinem Rücken die Antwort, wobei sich eine Hand schwer auf seine Schulter senkte.

Sie hatten nicht lange auf den Rettungshubschrauber warten müssen, der Lou ins Krankenhaus nach Glasgow flog. Die Untersuchungen jedoch zogen sich bereits über Stunden hin. Was nicht gerade zur Beruhigung von Alasdairs Nervenkostüm beitrug. Inzwischen war auch der Rest der Familie mit einem Rettungswagen eingetroffen. Angus hatte eine starke Unterkühlung, die vor allem seinem empfindlichen Rücken nicht gerade zuträglich sein würde. Wohingegen Philipp einen geprellten Arm davon getragen hatte. Ansonsten war der Unfall zum Glück glimpflich ausgegangen.

Wenn nur Lou und dem Baby nichts passiert war.

In einer Reihe saßen sie alle vor dem Untersuchungszimmer, in dem Lou war. Jeder mit sich selbst beschäftigt und ängstlichen, starren Blicken. Als ihn eine der Schwestern endlich rufen ließ, war Al einerseits erleichtert, andererseits kurz davor hysterisch zu werden wie ein Weib, so sehr setzte ihm die Panik um seine Lieben zu. Er wurde in das Zimmer geführt, wo Lou auf einem Bett lag, angeschlossen an zig Kabel, die mit einem Bildschirm verbunden waren. Zwischen den weißen Laken wirkte sie fürchterlich verloren. Im ganzen Zimmer lag ein Piepen und Surren in der Luft, gefolgt von einem gleichmäßigen dumpfen Pochen.

»Ah. Mister Munro, nehme ich an«, begrüßte ihn eine drahtig wirkende Frau. »Wie mir scheint, hatten sie alle eine Armee von Schutzengeln, die ihren Job wirklich gut gemacht haben. Es geht ihrer Frau samt den Babys den Umständen entsprechend gut.«

Alasdair hörte der Ärztin oder war es eine Schwester bereits nicht mehr zu. »Moment!« warf er ein, kratzte sich dabei überlegend am Kopf. »Babys. Mehrzahl? Sagten sie Babys ...«, argwöhnte er.

»Stell dir vor Alasdair, wir bekommen Zwillinge!«, konnte er Lou wie aus weiter Ferne sagen hören. Dann wurde es schwarz um ihn.

Mit gespitzten Ohren verfolgte Philipp belustigt durch die offen gelassene Tür, wie Alasdair einem gefällten Baum gleich, umkippte. Vermutlich war es auch nicht gerade leicht, nach so einem Unfall erst zu erfahren, dass alle gesund waren und dann auch noch gesagt zu bekommen, dass aus dem einen Wunschkind plötzlich Zwillinge wurden.

Angus neben ihm grinste bis über beide Backen.

»Aye. Habs gleich gesagt. Kann den stärksten Mann aus den Schuhen hauen. Bei den Ehefrauen und den eigenen Kindern werden sie alle weich, wie Butter!«

Ja. Das konnte sogar er mit seinen 17 Jahren

nachempfinden. Er war selbst froh, dass alle wohlauf waren. Wenngleich ihm egal war, wie viele Geschwister er bekam. Hauptsache er war ihr großer Bruder. Denn eins war so sicher wie das Amen in der Kirche. Er würde ein Bruder sein, wie er ihn sich selbst immer gewünscht hatte. Nicht so ein Blödmann wie Richard, mit seinem: Tue dies nicht und tue das nicht. All dieses ‚Wir sind eine alte Familien Dynastie mit Regeln, an die man sich halten muss', Blabla. Das hatte ihm fast die komplette Kindheit versaut.

Ärgerlich war nur, dass Alasdair noch nicht mit seiner Mutter hatte reden können. Der Schotte hatte ihm eine Lehrstelle in seiner Bäckerei versprochen, die er annehmen wollte, um dann ins Bed & Breakfast und Sightseeing Tour Geschäft einzusteigen. Ihm lag nichts an den Zwängen seiner deutschen Familie. Aus ihm würde nie ein solcher Chef werden, wie sein Vater es war. Verflucht. Dieser elende Unfall hätte wirklich nicht sein müssen!

Neben ihm telefonierte Angus, dessen rötliche Gesichtsfarbe mit jeder Minute die verging intensiver wurde.

»Was soll das heißen, die Bremsen sind manipuliert? Über so etwas macht man keine Witze! Was weiß den ich. Tierfraß vielleicht? Weshalb zum Teufel sollte jemand meine Bremsen durchschneiden?«

Jedes Wort traf Philipp mitten ins Herz. Plötzlich war er es, dem übel wurde. Ihm zitterten die Knie, während er das dumpfe Pochen seines Herzschlages in den eigenen Ohren dröhnen hörte. Ohne auf irgendetwas oder irgendjemanden zu achten, schoss er vom Stuhl, rannte wie ferngesteuert aus dem Krankenhaus hinaus in den dazu gehörigen Park. Erst dort hielt er nach Atem ringend an. Das war doch völlig absurd. Pure Einbildung von dem Schock, den er erlitten hatte. Sein Vater war zu vielem fähig, aber doch nicht dazu, den Tod anderer billigend in Kauf zu nehmen. Seinen Tod.

Den Tod seiner Mutter.

»Das hast du nicht getan, Papa. Ich glaube das nicht ...«, flüsterte er mit tränenschwerer Stimme, tippte bereits die Nummer seines Vaters ins Handy. Er brauchte Antworten, musste Gewissheit haben! Nachdem bei seinem Vater wiederholt nur die Mailbox rangegangen war, rief er bei Frau Butt, der Haushälterin, privat an. Er log der gutmütigen Frau etwas vor, von wegen privater Probleme und das er nach Hause wolle, man ihn aber nicht ließ. Der Erfolg war mehr als dürftig. Er brachte lediglich in Erfahrung, dass sein Vater neuerdings fast jedes Wochenende in Glasgow verbrachte, bei neuen Geschäftspartnern. Die Alarmglocken - Armada in seinem Kopf ließ Philipp fassungslos zurück. Es gelang ihm kaum, stillzustehen oder die Nerven zu bewahren.

Geschäftspartner, dass er nicht lachte. Sein Vater machte keine Geschäfte mit Großbritannien. Schon alleine wegen Alasdair Munro nicht. Der Hass seines Vaters hatte ihn sogar dazu bewogen, seinen teuren schottischen Single Malt Whisky zu entsorgen. Philipp selbst war Zeuge geworden, wie sein Vater die Flaschen in den Vorgarten gekippt hatte. Was für ein mieses Spiel trieb sein Vater? Seine Mutter hatte ihm nach dem schicksalsschweren Treffen in Edinburgh alles gebeichtet. Tief in seinem Inneren hatte er immer gewusst, dass der Umgang miteinander, den seine Eltern pflegten, nicht normal sein konnte. Kaum Gespräche, getrennte Schlafzimmer und keine sichtbaren Gefühle füreinander, sprachen doch für sich! Richard war anders als er. Seinem Bruder waren Pflichtgefühl und Prestige wichtiger als das eigene Wohlwollen.

»Lügner. Du hinterhältiger Lügner!«, schimpfte er vor sich hin, bis ihm jäh eine Idee kam. Ein siegessicheres Grinsen legte sich um seine Mundwinkel. Bereits wenige Sekunden später hatte er Konstanze am Handy. Wie nicht anders zu erwarten, war diese nicht besonders gut auf seinen Vater zu sprechen. Aber immerhin wusste sie, wo sein Vater in Glasgow abstieg. Im Aufenthaltsraum des Krankenhauses informierte er Angus darüber, dass er frische Luft brauchte und einen Spaziergang im Park unternehmen würde. Alleine. Der alte Mann hinderte ihn nicht, obwohl er seine Lüge sofort durchschaut hatte. Philipp konnte es an seinem Blick und seinem Nicken sehen.

»Mach keine Dummheiten, mo mac-ighne!«, sagte er und ließ ihn gehen.

Ein Taxi stand bereits vor dem Krankenhaus. In weniger als 15 Minuten hüllte ihn am Empfang des Blythswood Square Hotels leise klassische Musik ein. Das schönste Lächeln auf den Lippen, wandte Philipp sich an den Herrn hinter dem Tresen.

»Mein Name ist Philipp Schulzinger. Mein Vater, Alexander Schulzinger, ist in ihrem Hotel abgestiegen. Könnten Sie mir bitte seine Zimmernummer nennen?«

»Das ist nicht möglich, mein Herr. Wir geben keinerlei Auskünfte über unsere Gäste preis!«, ließ ihn der Concierge in herablassendem Tonfall wissen. Still zählte Philipp auf zehn und zwang sich freundlich zu bleiben. Entschlossen legte er dem Concierge seinen Ausweis unter die Nase, den dieser interessiert betrachtete. »Werter Herr. Wie sie auf meinem Ausweis sehen können, ist mein Name wirklich Philipp Schulzinger. Eigentlich müssten Sie über meine Ankunft informiert worden sein. Ich verlange augenblicklich zu wissen, wer am gestrigen Abend Dienst hatte.«

Mit Genugtuung verfolgte er wie die Farbe des Concierge, von rot zu aschfahl wechselte. Hektisch suchte der Mann in einem Buch, dass natürlich nichts zutage fördern konnte, was nicht vorhanden war. Bevor er auch noch in den Postfächern zu suchen begann, erlöste ihn Philipp süffisant lächelnd.

»Wenn es Ihnen beliebt, können Sie auch gerne meinen werten Herrn Vater anrufen und ihm den Fauxpas ihres Hauses erläutern. Ich möchte allerdings zu bedenken geben, dass mein Herr Vater nicht sonderlich erfreut darüber sein wird. Er ist nicht umsonst seit Neustem Stammkunde ihres Hauses. Sicherlich wäre er untröstlich, wenn er sich anderweitig in Glasgow umsehen müsste!«

Der Concierge sah aus, als würde er jeden Moment Alasdair unbekannterweise nacheifern wollen und in Ohnmacht fallen.

»Herr und Frau Schulzinger bewohnen die Suite 424. Möchte der Herr, dass ich die Herrschaften über Ihre Ankunft unterrichte?«, ließ der Concierge wie aus der Pistole geschossen verlauten, wobei seine Stimme etwas zu hoch klang.

Frau Schulzinger? Wollte ihn der Schlipsträger auf den Arm nehmen? Jetzt war er es, dem die Röte ins Gesicht stieg. Jedoch aus völlig anderen Gründen. Philipp kochte vor Wut. Seine Mutter, Grace, Angus und er wären fast umgekommen und sein Vater vögelte eine angebliche Frau Schulzinger? Das war doch der Gipfel der Frechheit. Mehrmals musste er trocken schlucken, um seine Wut unter Kontrolle zu halten. Krampfhaft die Hände zu Fäusten geballt, fuhr er den abwartenden Concierge mit einem: »Nein!«, an.

Besann sich dann aber eines Besseren. »Wo?«

Die behandschuhten Hände des Concierge zitterten, als er ihm den Weg zum Aufzug wies. Philipp entwich ein einzelner, lauter Schrei, als die Türen des Auszugs sich hinter ihm mit einem leisen ‚Ping' schlossen.

»Ich kann gar nicht so viel schreien, wie ich kotzen möchte!«, erklärte er seinem Bild in der verspiegelten Wand, an deren Handlauf er sich klammerte, als ginge es um Leben und Tod. Viel zu schnell war der vierte Stock erreicht. Seufzend strich er sich die Haare glatt und rieb sich mit den Händen einmal durch das müde Gesicht.

»Reiß dich bloß zusammen, Flipp!«, ermahnte er sich selbst. Tatsächlich hatte er nämlich Angst, seinem eigenen Vater an die Gurgel zu gehen. Der lange Flur war menschenleer. Der hochflorige Teppich schluckte jedes Geräusch seiner Schritte, gab ihm das Gefühl, ein Geheimagent zu sein. Vor der Tür zur Suite blieb er unschlüssig stehen, hob die Hand, um zu klopfen und ließ sie untätig wieder sinken. Wenn er jetzt aufgab, würde er nie Antworten erhalten. Tief Luft holend führte er aus, was er begonnen hatte. Das laute Klopfen schien durch den ganzen Korridor zu hallen. »Zimmerservice!«, sagte er entschlossen.

Das fröhliche Lachen einer Frau drang durch die Tür, gefolgt von Wortfetzen seines Vaters. Schwungvoll wurde die Tür aufgerissen und Felicitas Munro, in einen Bademantel des Hotels gehüllt, blickte ihm fragend entgegen. Philipp wusste, dass sie es war. Schließlich war er weder blind noch dumm. Sie hatte Gracys Lippen, ihr Lachen.

»Wir haben nichts ... Hallo? Was fällt Ihnen ein!«

Ohne Rücksicht drängte er die Frau zur Seite und stand plötzlich unvermittelt vor seinem Vater. Er trug ebenfalls nur einen der Hotelbademäntel. Die zerwühlten Bettlaken, zwei Champagnergläser, eines davon achtlos umgekippt, sprachen eine mehr als deutliche Sprache.

»Philipp?«, krächzte sein Vater tonlos, sprang gleichzeitig wie von der Tarantel gestochen vom Bettrand hoch, auf dem er gesessen hatte.

»Vater!« Selbst in seinen eigenen Ohren hörte sich dieses ‚Vater' an wie ein Vorwurf.

»Philipp, ich ...«

»Was willst du mir für eine Lüge erzählen?«, unterbrach er ihn, ließ ihm keine Chance etwas zu sagen. »Ausgerechnet sie? Obwohl ... eigentlich spielt es keine Rolle. In Wirklichkeit ist mir völlig egal, mit wem du vögelst. Du bist schließlich erwachsen, sollte man meinen. Nicht war, Vater?«

»Philipp, lass dir doch bitte erklären ...«, stieß Alexander aus, hielt ihm beschwichtigend seine Hände entgegen.

»Fass mich an, Vater. Fass mich an und du hast meine Faust im Gesicht!«, warnte er drohend. »Du hast keinen Schimmer, wie sauer ich auf dich bin! Ich bin deine Scheinheiligkeit so leid. Weißt du, wo her ich komme? Weißt du, was ...«, Philipps Stimme brach. Im nächsten Augenblick riss er eine gefüllte Blumenvase vom Tisch und warf sie mit einem gequälten Aufschrei gegen die Wand. Ein Hagel aus Porzellan, Blumen und Wasser ergoss sich auf dem teuren Läufer.

Alexander versuchte, ihn in den Arm zunehmen, doch er wich ihm aus. Felicitas hingegen stand stumm an den Türrahmen gepresst und sah ihn an, als wäre er der Teufel höchstpersönlich. Einen Moment lang wünschte er sich, er wäre Alasdair. Der Schotte hätte sicherlich nicht gezögert. Er hätte seinem Vater eine gehörige Abreibung verpasst. Ihm hingegen fehlte die Kraft. »Ist dir klar, was du getan hast, Vater? Wir hätten alle tot sein können. Mama, Grace, Angus und ich. Mama liegt im Krankenhaus hier in Glasgow. Sie behalten sie über Nacht da, um sicher zu gehen, dass den Zwillingen nichts passiert ist ...«, sagte er, seine Stimme verfluchend, die sich so weinerlich, so unmännlich anhörte. Wo er doch ein Mann und stark hatte sein wollen.

»Ich ... Es tut mir leid.« Alexander sank neben ihm zu Boden.

»Ich lass euch dann mal alleine«, flüsterte Felicitas sichtlich mitgenommen und verschwand im Badezimmer.

»Warum?« Philipp sah seinen Vater anklagend an.

»Wenn ich es nur wüsste, mein Sohn.« Alexander zuckte hilflos mit der Schulter. »Vielleicht weil ich mich so betrogen gefühlt habe. Am Anfang haben Felicitas und ich nur Rachepläne geschmiedet. Nach einigen dieser Treffen sind wir zusammen im Bett gelandet ... Ich wollte niemandem ernsthaft Schaden zufügen!«, beteuerte sein Vater.

»Tja, wenn man niemandem ernsthaft Schaden zufügen will, sollte man weder Bremsen zerschneiden noch ein mit Maul- und Klauenseuche erkranktes fremdes Tier auf eine Weide legen! Das ist eine Scheißentschuldigung!« Philipp erhob sich auf die wackeligen Beine. Entschlossen ging er zur Tür.

»Flipp, bitte geh nicht. Lass uns das aus der Welt schaffen. Jetzt!«

Alexander Schulzinger hörte sich regelrecht flehend an. Dennoch drehte sich Philipp nicht mehr zu ihm um. Die Hand auf der Türklinke antwortete er ruhig: »Vielleicht kann ich irgendwann wieder mit dir reden, ohne dich schlagen zu wollen, Vater. Heute nicht. Wenn Mama nicht in den nächsten Tagen dein Okay auf den Scheidungspapieren hat, zeige ich dich höchstpersönlich an!« Der Knall der zugeworfenen Tür zur Suite war mit Sicherheit auf dem ganzen Stockwerk zu hören.

9 Eine Hochzeit und andere Katastrophen

Schon seltsam, wie das Leben manchmal spielte. Nach dem Unfall war auf einmal alles ganz schnell gegangen. Lou konnte noch immer nicht fassen, wie rasch die Scheidungspapiere angekommen waren. Christoph hatte dafür gesorgt, dass sie nicht in Deutschland vor dem Scheidungsrichter erscheinen musste, sondern nur bei einem eingeschalteten Scheidungsrichter in Glasgow. Was sie wiederum ihrer Schwangerschaft, sowie der großen Entfernung zu verdanken hatte. Da sie von Alasdairs Scheidungserfahrungen profitierte und er sie zudem begleitete, war alles emotionslos und zügig vonstattengegangen. Da sie sowieso innerhalb kürzester Zeit den Namen Schulzinger ablegen würde, hatte sie darauf verzichtet, ihren Mädchennamen wieder anzunehmen. Am Morgen frisch geschieden, hatten sie bereits am Nachmittag das Aufgebot bestellt und den Pfarrer in Kildermorie aufgesucht.

Versonnen betrachtete Lou sich im mannshohen Standspiegel, während sie sich an all das erinnerte. Erst Marge holte sie ins Hier und Jetzt zurück, indem sie am Kleid herumzupfte.

»Ich kann gar nicht glauben, wie schön es geworden ist. A Dhia, Lou. Du siehst so bezaubernd aus!«, murmelte ihre zukünftige Schwiegermutter dabei ergriffen, wohingegen Emily ihr amüsiert zuzwinkerte und ihren kleinen Sohn zu beruhigen versuchte, der einmal mehr Zeter und Mordio brüllte. Wenn sie sich so betrachtet, konnte sie selbst kaum glauben, dass die Frau im Spiegel in diesem Traum aus Spitze, Seide und Tartanstoff tatsächlich sie war. Emily war gemeinsam mit Marge ein Meisterwerk gelungen, sie selbst hatte kaum etwas beigetragen. Das alte, viel zu kurze Brautkleid hatte eine breite Borte aus Munro-Tartanstoff erhalten, die es verlängerte und mehrere Tartaneinsätze wirkten wie Streifen in dem weit schwingenden Rock. Verzückt drehte sie sich einmal um die eigene Achse. Eine Art Korsage, die erst auf Brusthöhe begann, sorgte dafür, dass ihr Dekolleté zur Geltung gebracht wurde, ihre monströse Kugel von Babybauch, jedoch unter den Stoffbahnen verschwand.

»Sicherlich bist du aufgeregt wegen morgen, oder?«, merkte Emily mit glänzenden Augen an. Lou seufzte geräuschvoll.

»Ehrlich gesagt ist mir erst wieder wohl, wenn ich die Hochzeit überstehe, ohne dass die Fruchtblase platzt und ohne dass jemand aufsteht, der sich gegen die Hochzeit ausspricht!«, erwiderte sie trocken.

Marge prustete mit geblähten Backen. »A Dhia, wundern würde es mich kein bisschen bei eurem Glück. Aye.«

Es war schon ziemlich seltsam, dass Alexander sich plötzlich so ruhig verhielt. Oft genug hatte sich Lou gefragt, ob ihr Exmann bei dem Unfall seine Finger im Spiel gehabt hatte. Philipp schien etwas zu wissen, weigerte sich jedoch, ihr Näheres zu erzählen. Ihr Jüngster würde nach den Sommerferien endgültig zu ihnen nach Schottland ziehen und bei Alasdair eine Lehre als Bäcker beginnen. Es stand ihr nicht zu, ihm diesen Wunsch zu verwehren. Philipp war nun einmal ein kreativer junger Mann, keiner den man hinter einen Schreibtisch in ein Büro stecken sollte. Philipp war wie sie selbst. Er war es auch, der mit seinem bald angeheirateten Großvater Angus, ihre Hochzeitstorte gebacken und gestaltet hatte. In der kleinen Dorfkirche war bereits alles vorbereitet. Gestecke aus Margeriten, Efeu und Munro-Tartan verzierten die Seitenteile der Kirchenbänke. Lou hätte gerne etwas mit Eselsdisteln gehabt, aber da diese erst im Juli und nicht bereits im Mai blühten, kamen sie nicht infrage. Die Feuerwehr hatte ein Festzelt mit einem Tanzboden aufgestellt, in dem sie nach der Trauung gebührend feiern würden. Eigentlich wäre alles perfekt gewesen.

Der Lärm hupender Autos und Gesprächsfetzen lockten Lou ans Fenster. Missmutig sah sie zu den ungewöhnlich vielen Fahrzeugen und Passanten hinab, die in das Schaufenster des Cafés blickten. Bevor sie zurückweichen konnte, war sie bereits entdeckt worden. Blitzlichter aus unzähligen Kameras leuchteten auf.

»Himmelherrgottsackzement!«, entfuhr es ihr entrüstet. Wenn sie je rausbekam, wer der Presse ihre Hochzeit gesteckt hatte, den würde sie eigenhändig erdrosseln.

»Ich gebe offen und ehrlich zu, sehr froh über meine Unbekanntheit zu sein. Die sind ja lästiger als Fliegen«, kommentierte Emily die Fotografen, die auf der Lauer lagen.

»Ich wollte eine kleine, bescheidene Hochzeit im Rahmen der Familie, vielleicht mit ein paar Freunden. Aber das ...« Frustriert ließ Lou sich auf die Couch fallen. Sie hatte sich alles so schön ausgemalt. Grace würde mit einer Freundin zusammen Blumen streuen. Ihr Bruder würde sie zum Altar führen. Debbie und Cormack fungierten als ihre Trauzeugen. Lou war nie in den Sinn gekommen, dass ausgerechnet die Boulevardpresse ihr einen Strich durch den Traum machen könnte. Herrgott, sie war doch kein Star. Wenn sie die Bed & Breakfast Räume nicht an Familienmitglieder vergeben hätten, wäre die Presse womöglich sogar noch bei ihnen unters eigene Dach gezogen. Zu Belohnung zog es heute obendrein wieder ziemlich schmerzvoll in ihrer Leiste. Vermutlich war ihr ein Stöhnen entwichen, ohne dass sie es gemerkt hatte, denn

Marge ebenso wie Emily sahen sie mit Argusaugen an. »Senkwehen«, erklärte sie, zwang sich dabei zu lächeln. »Klappt es denn mit deinem Bruder und seiner Band, Emily? Alasdair hat nichts mehr davon gesagt«, versuchte sie es mit Ablenkung.

»O Aye. Ja. Sie kommen zu fünft. Alasdair und Cormack haben das zusammen ausgemacht. Du wirst sehen, es wird alles ganz toll. Immerhin darf die Presse nicht in die Kirche«, schwärmte Emily ihr vor.

Versonnen betrachtete Lou das kleine Baby auf Emilys Arm, das, den Daumen im Mund, eingeschlafen war. Was für ein süßes Kerlchen. Ja, die Journalisten und Fotografen hatten Hausverbot. Das änderte aber leider nichts an der Tatsache, dass sie und Alasdair einen Spießrutenlauf zur Kirche vor sich hatten.

»Mama?« Philipp platzte unvermittelt ins Wohnzimmer, riss sie aus ihren Gedanken.

»Schon mal etwas von Anklopfen gehört junger Mann«, schimpfte Emily, deren Sohn sich unruhig im Schlaf gestört, bewegte.

»Wow. Du siehst umwerfend aus, Mama.« Unschlüssig von einem auf das andere Bein tretend blickte ihr Jüngster sie an.

»Danke, Flipp. Was ist denn so dringend?«

»Wir gehen, Lou. Bis Morgen, Liebes. Vermeide Aufregung, Treppenstufen und ... Ach, sage den Babys einfach, sie sollen noch ein paar Tage warten!«, verabschiedete sich Emily mit einem Wangenküsschen bei ihr.

»Es also ... «, druckste ihr Sohn herum und stieß dann aus: »Vater hat sich bei mir zur Hochzeit angemeldet.«

»Na Prima, sonst noch irgendetwas, das du mir sagen möchtest, Sohn?« Wobei ihr bereits diese Nachricht völlig genügte. Wie hatte Emily noch gesagt? Vermeide Aufregung. Die Frage war doch, wie sie das bei solchen Neuigkeiten bewerkstelligen sollte?

Marge half ihr währenddessen aus dem Kleid.

»Darf ich?« Philipp streckte die Hand nach ihrem prallen Bauch aus, der über den Hotpants und unter dem Bustier herausstach wie eine spitze Insel, strich zärtlich darüber.

»Animiere deine Geschwister ja nicht zum vorzeitigen Schlüpfen. Also raus damit. Ich bin deine Mutter, ich sehe doch, wenn dir etwas auf dem Herzen liegt!«

Philipp holte tief Luft, sah sie dabei aber nicht an.

»Vater kommt nicht allein ...«

»Oje. Konstanze ist wirklich mehr, als ich gewillt bin zu ertragen!«, knurrte sie genervt.

Philipp schüttelte jedoch vehement verneinend den Kopf.

»Eine Neue also? Na das ging ja schnell. Aber mir das Leben zur Hölle machen. Typisch Mann!«

»Er kommt mit Felicitas. Felicitas Munro, Mama.«

Lou musste sich verhört haben. Philipp erzählte ihr doch nicht gerade davon, dass Alexander eine Affäre mit Alasdairs Exfrau Felicitas hatte?

»Kannst ... Öhm ... kannst du das bitte nochmal wiederholen, Schatz?« Ungläubig hielt sie dabei Philipps Hände fest, sah ihm auf den Mund, um nur ja kein Wort falsch zu verstehen.

»Du hast richtig gehört, Mama. Vater vögelt Mrs. Silikon Munro. Übrigens schon eine ganze Weile, wohlgemerkt!«

»Lass diese ordinären Wörter, Flipp. Du weißt ganz genau, dass ich die nicht mag«, erwiderte sie automatisch, bevor sie unter Philipps misstrauischem Blick, glucksend zu lachen anfing. »O mein Gott!«, stieß sie prustend die Hände auf den Bauch gepresst aus. »Das hat mir gerade noch gefehlt. Hätten die Beiden nicht bis nach unserer Hochzeit warten können? Alasdair kriegt einen Tobsuchtsanfall. Verflucht, ich sehe ihn schon mit seinem Sgian Dhu auf deinen Vater losgehen.«

»Vielleicht wenn ich es ihm ...«, warf Philipp vorsichtig ein.

»O nein. Das überlässt du mal schön den Erwachsenen!«

»Hallo! Ich werde in nicht mal zwei Monaten 18 Jahre alt.«

»Das stimmt, mein Sohn. Leider verfügst du, wie fast alle Männer, über das Fingerspitzengefühl eines Vorschlaghammers. Das erfordert Samthandschuhe und die Strategie einer Frau.«

Warum nur empfand sie inzwischen überhaupt keine Lust mehr auf den schönsten Tag in ihrem Leben? Sie hatte nicht mehr lange Zeit sich einen klugen Schachzug zu überlegen. Alasdair würde jeden Moment von einem Spaziergang mir Doc und Grace zurückkommen. »Verdammt Alexander du bist so ein Idiot!«, schimpfte sie vor sich hin.

Alasdair hatte Grace bei seiner Mutter abgeliefert, nachdem sie sich beide von Angus und einem sichtlich stolzen Philipp die dreistöckige Hochzeitstorte hatten zeigen lassen. Selbst das Ehepaar aus Marzipan trug stilecht Kilt und Brautkleid in einem an den Munro-Tartan erinnernden Muster. Dem Jungen war wirklich das Talent seiner Mutter gegeben. Gerührt vor Stolz, klopfte er ihm anerkennend auf die Schulter.

Eigentlich hätte sein Herz vor Glück aus der Brust springen müssen. Ja. Eigentlich.

Aber wenn man sich erst durch eine Schar, an tollwütige Tiere erinnernde Journalisten zwängen musste, um ins Haus zu kommen, erhielt selbst der schönste Tag einen miesen Beigeschmack. Aus diesem Grund hatte er auch vor einer Stunde ein Gespräch gehabt, das er jetzt irgendwie seiner

Braut beibringen musste, die ihn, wenn es dumm lief, danach womöglich nicht mehr heiraten wollte.

Sein Herz fühlte sich an, als wäre es so schwer wie ein großer Stein. Beklommen schleppte er sich die steile Treppe empor. War es richtig von ihm gewesen, einfach über Lous Kopf hinweg zu entscheiden?

Andererseits hatte er nicht vor, sich ihren gemeinsamen Traum von einer kleinen, besinnlichen Hochzeit von widrigen Umständen ruinieren zu lassen. Seine Bonnie Lass und er hatten es soweit geschafft, so viele fürchterliche Situationen gemeistert. Alasdair war sich sicher, dass sie ihr Glück wahrlich schwer genug verdient hatten.

Lous Anblick traf ihn völlig unvorbereitet. Sie hatte den Wohnzimmertisch mit brennenden Kerzen bestückt, ein bereits eingeschenktes Ale und ein Essen standen für ihn bereit. Wie sollte er dieser bezaubernden Frau je einen Wunsch abschlagen können? Und wie brachte er ihr sein mehr als spontanes Vorhaben bei?

»Du hast mir gefehlt, Al«, sagte sie, während sie mit wiegenden Hüften, wenn auch zugegeben etwas unbeholfen, auf ihn zu kam. Erfreut breitete er die Arme aus, um sie in seine Umarmung zu ziehen, vergrub die Nase in ihren zerzausten nach Apfelshampoo riechenden Haaren. »Und du hast mir auch gefehlt, mo Bonnie Lass!«

»Wie war dein Tag?«, erwiderte sie schmunzelnd, gab ihm einen neckenden Kuss, den er nur zu bereitwillig erwiderte.

»Wenn man davon absieht, dass man selbst beim Pinkeln auf der Weide keinerlei Privatsphäre mehr besitzt, nun dann war es ein Tag, der sich nicht zu wiederholen braucht.«

»Ich werde das Gefühl nicht los, dass wir diese Belagerung auch meinem Exmann zu verdanken haben!«, erwiderte Lou trocken.

»Nein. Nein, mo cridhe. Ich fürchte, das ist Felicitas

Handschrift.«

Lou schenkte ihm einen nicht deutbaren Augenaufschlag. Sie schien etwas zu wissen, was ihm bisher entgangen war. »Okay. Was ist los, Lou? Müssen wir ins Krankenhaus? Stimmt etwas nicht?«

»Vielleicht setzen wir uns lieber«, merkte sie vorsichtig an, was ihn augenblicklich in Alarmbereitschaft versetzte.

»Wenn du mir jetzt sagst, es werden Drillinge, bekomme ich einen Infarkt und du wirst sie alleine aufziehen müssen«, witzelte er sarkastisch.

»Den Infarkt hättest du nicht alleine. Aber das ist es nicht. Flipp hat einen Anruf von Alexander bekommen. Er und ...« Lou stockte, betrachtete ihn unsicher.

»Und?«, hakte er ungeduldig nach.

»Er und Felicitas haben sich zu unserer Hochzeit angemeldet«, beendete seine Braut den begonnenen Satz kaum hörbar.

»Felicitas?«, erwiderte er ungläubig, empört aufspringend. »Hast du eben Felicitas, gesagt?« Das konnte doch nicht ihr Ernst sein? Lou musste sich verhört haben. »DIE Felicitas?«

Lous Nicken kam, ohne zu zögern. Einen Moment lang ging er, um seiner Gefühle Herr zu werden, im Wohnzimmer hin und her. Lou war eine bewundernswert feinfühlige Frau. Sie ließ ihn seine Fassung wieder finden, ohne sich in Kommentare oder nervigen Fragen zu verlieren. Entschlossen trat er auf sie zu, ging in die Knie. Sanft umschloss er ihre kalten Hände mit den seinen. »So hast du es dir sicherlich nicht vorgestellt, oder?«, presste er aufgewühlt hervor, knetete sanft ihre Finger warm.

Ihr langsames, stummes Kopfschütteln und der resignierte Gesichtsausdruck sagten ihm alles, was er wissen musste.

»Was würdest du sagen, wenn wir Morgen alles stehen und liegen lassen? Was, wenn wir zusammen durchbrennen, ohne das ganze Tamtam, ohne den Rummel da draußen? Wenn nur du, ich und unsere beiden Trauzeugen auf unserer Hochzeit wären?«, fragte er, wobei er Lou keine Sekunde aus den Augen ließ.

»Ich würde sagen: Wann und wo!«, antwortete sie leise seufzend, die Augen verklärt auf ihn gerichtet. Beherzt erhob er sich, wobei er seine Braut mit auf die Beine zog. Dann offenbarte er Lou seine spontane Entscheidung vom Nachmittag. Sie würden am frühen Morgen im Jeep zu der gut fünf Stunden Fahrt entfernten Hochzeitsschmiede in Gretna Green aufbrechen. Genau dort hatte er noch am Nachmittag aus einer Laune heraus einen der begehrten Termine ausgemacht. Noch immer galt die alte Schmiede als Inbegriff der Romantik zumindest unter den Touristen, die in Schottland heirateten. Ihm war zugegeben keine schnellere und bessere Lösung eingefallen. Die Hochzeit verschieben, war aber weder für ihn noch für Lou zu irgendeinem Zeitpunkt in Frage gekommen.

»Was für eine romantische Idee, Alasdair«, bemerkte seine Bonnie Lass mit einem glücklichen Strahlen im Gesicht, das ihn alle Sorgen und Ängste vergessen ließ. Natürlich hatte er gehofft, dass sie genauso reagieren würde, wie sie es tat. Aber es hätte auch schief gehen können. Immerhin entsprach diese Art von Trauung nicht gerade der, die sich Lou ausgemalt hatte. Alasdair wollte schon vor Erleichterung ausatmen, als Lou doch noch einen Einwand äußerte.

»Ich bin mit allem einverstanden aber ich möchte mit deiner Harley zur Trauung gefahren werden. Der Wetterbericht hat Sonne und keinen Niederschlag vorausgesagt. Also was spricht dagegen?«

Ihm fielen auf einen Schlag zig Bedenken ein, die meisten davon behielt er allerdings lieber für sich. »A Dhia. Lou, du bist schwanger. Hältst du es da für so eine gute Idee, mindestens fünf Stunden auf dem Sozius einer Harley Davidson aushalten zu müssen? Außerdem wird dein Brautkleid in der Satteltasche nicht gerade sorgsam behandelt und deine Frisur zerstört«, versuchte er vorsichtig, ihr seine Bedenken nahezubringen. Vielleicht hätte ihm jemand vorwarnen sollen, dass man mit werdenden Müttern lieber keine Diskussion beginnen sollte. Aufgebracht schüttelte Lou so sehr den Kopf, dass ihre Haare hin und her flogen wie in einem Sturm.

»Ich bekomme lediglich Babys und bin nicht krank. Meine Frisur ist mein Problem und ich für meinen Fall heirate dich auch, wenn dein Kilt die Falten nicht an den richtigen Stellen hat. Wenn du mich nur nicht ehelichen möchtest, weil mein Brautkleid nicht knitterfrei ist, muss ich dir leider sagen, dass es mit diesem monströsen Bauch ...«, sie strich sich dabei demonstrativ über besagte Körperstelle, die zwar seiner Ansicht nach keinesfalls monströse Ausmaße hatte, aber er würde sich hüten etwas anderes zu behaupten, »... so oder so nie perfekt aussehen wird, Ladd!«

»Mo cridhe. Louise, sei doch vernünftig. Ich finde, es ist viel zu anstrengend und gefährlich in ...« Das ˋin deinem Zustandˊ schluckte er beim Anblick ihres ärgerlichen Gesichtsausdrucks ungesagt hinunter.

»Harley oder Kirche. Du hast die Wahl!«, zischte sie ihm übertrieben süßlich zu. Ergebend seufzend hob der beide Hände in die Luft, als würde man ihn mit der Waffe bedrohen. Was streng genommen ja auch zutraf. Die Waffen der Frauen waren nicht minder gefährlich.

»Dann also Harley, Lass. Sag aber hinterher nicht, ich hätte dich nicht gewarnt. Wir werden einiges länger an Zeit benötigen mit deinem Bläschen auf dem Sattel. Aye.«

»Das werden wir noch sehen!«, konterte sie schnippisch.

Ein Anruf später war auch Cormack informiert der mit seinem feuerroten Harley Davidson Gespann des Models Electra Glide FLHTC. Bj. 94, Lous Bruder Tobias und Grace transportieren würde. Tatsächlich teilten sie beide die Leidenschaft für schöne Harleys seit Jugendtagen. Marge, Angus und Philipp oblag es, den Rest der Gäste in Sicherheit zu wiegen, um der Presse keinen Anhaltspunkt für ihre Flucht zu geben. Die Feier im Festzelt würden sie später noch besuchen. Die Hochzeit in der Kirche sagten sie ebenso wenig ab, wie sie dem Pfarrer Bescheid gaben. Tatsächlich hatte Lou ihm nämlich von einer, wie er fand, genialen Idee erzählt, um mit Alexander und Felicitas ein für alle Mal abzuschließen.

Die Nacht war gänzlich schlaflos und viele zu kurz ausgefallen. Die Babys schienen Lous Nervosität zu teilen, waren die ganze Nacht mit Turnübungen beschäftigt gewesen. Davon abgesehen spannte die Haut unerträglich und Lou fragte sich beklommen, ob die Nabelschnur reißen konnte, wenn der Bauchnabel der Mutter blutig einriss? Obwohl Alasdair ihr in diesen Stunden beigestanden war, sogar mehrmals ihren Bauch liebevoll eingeölt und massiert hatte, fühlte sie sich schwer gerädert. Jetzt gelang es ihr kaum, ruhig zu sitzen. Aufgeregt rutschte Lou von einer Pobacke auf die andere, sodass der alte Stuhl auf dem sie saß bedenklich knarzte. Ihre Gedanken wirbelten wie von Sturmböen gepeinigte Herbstblätter in ihrem Kopf umher. Was, wenn sie die Fahrt eben doch nicht so locker überstand, wie sie es sich einbildete? Wären ihre Hochzeitsgäste sehr enttäuscht von ihrem Fehlen? Wie würden Alexander und Felicitas auf ihren Brief und ihre Nachricht reagieren? Würden Richard und seine Freundin

Alexander und Felicitas begleiten?

»Ich bin überzeugt, dass ihr beiden genau das Richtige tut, Liebes!« Emily hielt für einen Moment mit dem Flechten ihrer Haare inne, legte ihr stattdessen ermutigend eine Hand auf die Schulter.

»Danke, Em!«

»Natürlich tut ihr beide das Richtige. Obwohl ich ebenso wie Angus oder Flipp schon gerne dabei gewesen wären. Nur das mit dem Motorrad, Aye. Das halte ich für keinen guten Einfall!«, mischte sich Marge mit einem missbilligenden Schnauben ein. Ihre zukünftige Schwiegermutter gab sich sichtlich Mühe ihr Brautkleid und Alasdairs Kilt samt Hemd in die geräumigen Satteltaschen der Harley zu räumen. Am liebsten hätte sie die Frau fest in den Arm genommen und geherzt, was aber nicht möglich war, da Emily, die sie seit Neustem liebevoll Em nannte, immer noch an ihren Haaren zugange war. Die Überredungskunst ihrer schottischen Freundin hatte ihr nämlich plausibel den Vorteil einer Flechtfrisur unter einem Motorradhelm angepriesen. Da die Friseurin im Ort unabkömmlich war, aber auch, weil sie von Emilys Fingerfertigkeit wusste, hatte Lou sie sofort genau dazu verpflichtet. Wobei es ihr fast unangenehm war, die frischgebackenen Eltern, welche im Moment nur zu wenig Schlaf kamen, beide für ihre Belange einzuspannen. Vier Uhr am Morgen war nicht gerade eine angenehme Zeit, um aufzustehen, höchstens man war Bäcker wie Alasdair oder Angus. Trotzdem legten alle eine Emsigkeit an den Tag, bei der selbst Bienen vor Neid blass geworden wären. Während die Frauen Lou zurechtmachten, polierten Alasdair und Angus die alten Harley Davidson 74 Knucklehead auf Hochglanz. Die Fahrt nach Gretna Green war zu dieser frühen Stunde gut zu ertragen, und ging doch um einiges schneller vonstatten als gedacht. Die Baustellen waren noch verwaist, die wenigen Ampeln auf dem Weg ausgeschaltet und die A9 wie leer gefegt. Anstatt der veranschlagten Fahrtzeit von etwas mehr als fünf Stunden benötigten sie nicht ganz vier Stunden. Sie hatten lediglich zwei Stopps einlegen müssen, um sich kurz zu dehnen, einen Kaffee zu genießen und der Toilette einen Besuch abzustatten. Der Wetterbericht hatte ebenfalls recht behalten. Die kaum aufgegangene Sonne schmeichelte ihnen bereits mit angenehmen Strahlen. Lou reckte, in Alasdairs älteste und größte Jacke gepresst, die Nase verzückt in den Fahrtwind. Dabei vergaß sie sogar das Gefühl, sich in der Jacke wie eine Wurst in der Pelle vorzukommen. Unumwunden musste Lou zugeben, dass sie ihren Schotten einmal mehr unterschätzt hatte. Selbst an ein Hotelzimmer, in dem sie alle sich umziehen konnten, hatte er gedacht. Cormack zauberte aus seiner Satteltasche einen kleinen Hochzeitsstrauß aus Wildblumen ebenso wie einen kleinen Korb mit Rosenblättern. Scheinbar war wirklich alles bedacht worden.

Schlag 12.00 Uhr betrat Lou in ihr zauberhaftes Tartan-Brautkleid gehüllt, am Arm ihres Bruders Tobias und hinter Grace, welche ihren Job mit konzentriertem Gesicht und vor Freude funkelnden Augen absolvierte, eines der Trauzimmer in der berühmten Hochzeitsschmiede. Andächtig schritten sie, zu leisen Dudelsackklängen vom Band, auf ihren Schotten zu, der ihnen breit grinsend entgegenblickte. Im Gegensatz zu ihr wirkte Alasdair kein bisschen nervös. Er strahlte Sicherheit und Stärke aus. Lou fühlte sich beinahe wie eine der Heldinnen in den vielen Liebesromanen, die sie gelesen hatte. Da stand ihr Jamie und sie war jetzt seine Claire.

Ein Schotte in einem festlichen Kilt war ein Anblick, den man auf jeden Fall nicht so schnell vergaß. Einer der dazu noch zu ihr gehörte schon gleich drei Mal nicht. Wacker trotzte sie der Versuchung sich umzudrehen, in der Annahme das bereits Paparazzi hinter ihnen herstürmten. Und gleich wird dein Traumprinz zum Frosch und dein Märchen löst sich mit einem riesen Knall in Nichts auf, unkten ihre Gedanken böse.

»Schwesterherz, ich laufe dir nicht davon und ich bin mir ziemlich sicher deine Blumen auch nicht. Entspann dich und nimm bitte die Fingernägel aus meinem Arm!«, zischte ihr Tobias schmerzgepeinigt ins Ohr. Da erst merkte sie, wie verkrampft sie war. Niemand wird dir Alasdair wegnehmen. Er wird sich in nichts Anderes verwandeln als einen liebevollen Vater und Ehemann. Genauso wenig wie du ihn je umtauschen wirst!, machte sie sich still Mut, schritt beherzt weiter. Endlich bei ihrem Bräutigam angekommen, schloss sie für einen winzigen Moment ergriffen die Augen. Seine Hand umfing die ihre mit festem Griff.

»Ich werde mich nicht in Luft auflösen, Lass. Du kannst deine Augen ruhig geöffnet lassen«, raunte er amüsiert und küsste zärtlich ihre Stirn. Das war einer der Dinge, die sie am meisten an ihm bewunderte. Es schien, als verstünde er sie blind ohne Worte, fast als könne er tief in ihre Gedanken und ihr Herz sehen. Dieser Kuss war wie ein Befreiungsschlag, kam einer Erlösung gleich. Augenblicklich verflog ihre Aufregung und machte wohliger Zuneigung Platz.

Die Trauungszeremonie selbst war der in Deutschland ziemlich ähnlich. Trotzdem hatte der Pfarrer auf Alasdairs Geheiß hin sogar den Part des Handfasting mit eingebaut. Was dem Ganzen einen Hauch von Outlander gab. Natürlich wäre dieser Part nicht mehr nötig gewesen, da sie so oder so nach dieser kirchlichen Trauung die dem schottischen Recht entsprach, verheiratet waren. Der

Ehering war kein Outlander-Ring, wie ihr Verlobungsring. Es war ein Erbstück wie Alasdair ihr erklärte. Ein Ring mit eingearbeitetem Trinity Knoten als Band, das in schottische Disteln überging, deren Blüten aus einem violetten Saphir bestanden. Alleine der Ring genügte, um sie fast zum Weinen zu bringen vor Glück.

»Es ist kein Outlander-Ring, aber ich habe die Stelle deines Lieblingsgedichts eingravieren lassen. Da mi basia Mille …«, hauchte er und sie schniefte gerührt. Anstelle der sonst verwendeten Worte, überraschte ihr Schotte sie jedoch mit einer Stelle aus dem Hohelied der Bibel, die er, wie er ihr später gestand, eigens ausgesucht hatte: »Setze mich wie ein Siegel auf Dein Herz und wie ein Siegel auf Deinen Arm! Denn stark wie der Tod ist die Liebe, mächtig wie die Gewalten der Tiefe ist ihr Eifern. Ihre Glut ist feurig und eine Flamme des Herrn, dass auch viele Wasser nicht mögen die Liebe auslöschen noch die Ströme sie ertränken. Wenn einer alles Gut in seinem Hause für die Liebe geben wollte, nur verachten würde man ihn.«

Zum Abschluss besiegelte der Pfarrer ihren Bund für das Leben mit einem traditionellen Schlag auf den Amboss. Grace hielt es inzwischen fast nicht mehr aus. Die Kleine sah aus, als hätte sich eine Ameisenkolonie in ihrem Kleid breitgemacht. Aufgeregt trat sie auf der Stelle. Nach einem schwindelig machenden Hochzeitskuss konnte Lou aus den Augenwinkeln sehen, wie sie ungestüm vor ihnen aus der Schmiede rannte, um dann endlich die Rosenblätter aus dem Korb vor und über ihnen ausstreuen zu dürfen. Dem Blitzlichtgewitter entgingen sie auch nicht. Da dummerweise just als sie die alte Schmiede verließen, ein Bus mit japanischen Touristen anhielt, in dem wirklich jeder sofort zur Kamera griff, um sie zu fotografierte. Lous Hochgefühl konnte dies jedoch nicht trüben. Glücklich posierte sie als frischgebackene Mrs. Munro, an der Seite ihres Schotten für die Touristen. Im Anschluss suchten sie sich abseits einen Platz an einer Mauer. Cormack förderte eine Flasche Sekt und Plastik-Sektgläser aus seiner Motorradsatteltasche zutage, die sie feierlich köpften. Was um alles in der Welt hatte er noch alles darin untergebracht? Alasdair steuerte ein großes Stück der eigens für sie gebackenen Hochzeitstorte von Philipp und Angus bei, die er in einer großen Kunststoffdose sorgsam transportiert hatte.

»Die müsst ihr jetzt auch als Braut und Bräutigam anschneiden«, frohlockte Tobias, der dem verdutzen Alasdair, sein Schweizer Taschenmesser in die Hand drücken wollte. Lachend winkte ihr frischgebackener Ehemann ab und zückte seinen Sgian Dhu aus dem Strumpf, womit sie gemeinsam das kleine Stück Hochzeitstorte anschnitten. Dabei hatten sie jedoch kaum Augen für den Kuchen, sondern sahen sich gegenseitig in tiefer Zuneigung an.

»Es ist nicht ganz so, wie du es dir vorgestellt hattest, oder?« raunte er, die Hand warm auf der ihren.

»Besser«, rang sie nach Worten. »Es ist viel besser, Al!«

»Du meine Güte, was für eine Menge Journalisten. Kildermorie platzt ja fast aus den Nähten!«, sagte Felicitas und klammerte sich nur noch mehr an seinen Arm. Alexander hatte zwar mit der Presse gerechnet. Immerhin hatte er dieser unter dem Mantel der Verschwiegenheit den Tipp mit der Hochzeit gegeben. Doch mit so einer Menge hatte selbst er nicht gerechnet. Erleichtert vernahm er das leise Quietschen, mit dem das Portal des Gotteshauses sich hinter ihnen schloss. Richard und seine Freundin Regina saßen bereits wartend in der Bankreihe. Er war nur den

Kindern zuliebe hier, wenngleich auch Felicitas hatte herkommen wollen. Wofür er keinerlei Verständnis empfand. In der ersten Reihe konnte er die Munros ausmachen, daneben, erklärte Felicitas ihm, säßen die Freunde der Familie. Überrascht nahm er Philipp wahr, der sich neben ihn auf die Bank drängte, womit sie alle gezwungen wurden, ein Stück weiterzurutschen.

»Ich habe da etwas für dich«, erklärte er, drückte ihm dabei einen Brief in die Hand.

»Wenn ich du wäre, ganz im Vertrauen, dann würde ich ihn jetzt sofort lesen!« forderte ihn sein Sohn auf, erhob sich und setzte sich trotz der finsteren Blicke seines großen Bruders in die erste Reihe zu der Familie Munro. Ein seltsames Gefühl machte sich in ihm breit. Irgendetwas war hier seltsam. Nur was? Entschlossen riss er den Brief auf.

Lieber Alexander, es fällt mir nicht leicht, diese Zeilen zu Papier zu bringen. Viel zu viel Schreckliches ist inzwischen geschehen. Wir hatten schöne Zeiten, Zeiten, in denen ich dich geliebt und bewundert habe. Du hast mit mir zwei wunderbare junge Männer gezeugt und dafür werde ich dir ewig dankbar sein. Menschen ändern sich mit den Jahren. Wir haben uns beide verändert. Egal, was war. Völlig gleich, was du getan hast. Ich verzeihe dir. Ich verzeihe Felicitas. Ebenso wie Alasdair das tut. Wir wünschen uns nichts sehnlicher, als all das in unserem alten Leben zurückzulassen. Dir und Felicitas wünsche ich den Mut und die Stärke, dies ebenfalls zu tun! Mein Schotte und ich blicken hoffnungsvoll in eine neue wunderbare Zukunft. Möge euch diese auch gelingen. Hör auf dein Herz und tu einmal in deinem Leben das Richtige! Zeig Verantwortung!
Gezeichnet: Louise & Alasdair Munro.

Bevor er über Louises Worte nachdenken konnte, fing der Gottesdienst bereits an.

»Meine liebe Gemeinde, wir haben uns heute hier versammelt um den Bund der Ehe von Louise und Alasdair zu schließen. Liebe Gemeinde, liebe Familien und liebe Freunde, ihr müsst nun alle sehr tapfer sein. Louise und Alasdair müssten in diesem Moment in Gretna Green bereits den heiligen Bund der Ehe eingegangen sein. Die Beiden haben beschlossen, heute nicht in dieser Kirche zu heiraten. Was ich sehr traurig finde, aber durchaus verstehen kann. Da wir aber heute so zahlreich hier erschienen sind und mit solcher Glückseligkeit auf dieses Ereignis geblickt haben, wurde mir zugetragen, dass sich ein Liebespaar in unseren Reihen befindet, welches freundlicherweise gedenkt, einzuspringen. Meine Freude ist umso größer, da es sich dabei um ein längst verloren geglaubtes Schäfchen dieser Gemeinde handelt. Felicitas und Alexander, seid nicht so schüchtern, erhebet euch und tretet vor das Angesicht Gottes!«, dröhnten die Worte des Pfarrers von der Kanzel.

Völlig überrumpelt starrten er und Felicitas sich an.

»Das hast du ja raffiniert eingefädelt«, frohlockte Felicitas neben ihm gerührt, während sich die Gäste in der Kirche unruhig nach ihnen umwandten und hinter vorgehaltener Hand zu tuscheln anfingen. Richard und Regina sahen ihn ebenfalls an, als wäre er völlig verrückt. Ich habe nichts dergleichen getan!, wollte er sagen, doch kein Wort wollte über seine ausgedörrten Lippen kommen. Selbstverständlich wusste er, dass er dies nicht tun musste. Alexander war klar, dass er auch einfach hätte gehen können. Erschreckenderweise wollte er jedoch nicht. Obwohl er Felicitas noch nicht lange kannte, wollte er sie hier und jetzt heiraten. Felicitas Hand legte sich auf die Seine, sie sah ihn unverwandt an, beobachtete seine Mimik ebenso wie er die ihre.

Willst du mich heiraten?, fragte er stumm. Er nahm wahr,

wie sich ihre Iris verstehend weitete. Verstand ihr Tonloses Ja.

»Alexander und Felicitas, jetzt wäre der Zeitpunkt, an dem ihr zu mir kommen solltet!«, flötete der Pfarrer.

Hör auf dein Herz und tu einmal im Leben das Richtige! Zeig Verantwortung!, sagte Lou in seinen Gedanken. Vielleicht war es das Falsche. Andererseits was hatte er den schon groß zu verlieren? Ehrlicherweise fühlte Alexander sich Felicitas so nahe, wie schon lange keiner Frau mehr. Vielleicht brachte Louises einsame Entscheidung auch für ihn einen neuen, besseren Anfang. Was für eine Schlagzeile: Firmenmogul heiratet anstelle seiner Exfrau spontan in einer winzigen Kirche im schottischen Hochland. Ein Fressen für die Boulevard - Presse. Resolut erhob er sich von der Bank, wobei er Felicitas mit sich zog. Zum größten Teil waren es fremde Gesichter, die ihnen hinterherblickten, wie sie den Mittelgang der Kirche entlang schritten. Lediglich Felicitas schien einige Menschen zu kennen. Was er an ihrem trotzig in Höhe gerecktem Kinn sehen konnte.

»Du hättest mich schon vorwarnen können, Liebling!«, säuselte Felicitas. »Aber ich liebe deine spontane Art!«

»Wenn ich es euch doch sage, Mama. Sie haben ohne zu zögern geheiratet. Dann hat Vater einen Helikopter angerufen und weg waren sie«, erzählte Philipp ihnen voller Begeisterung, ohne sich im Geringsten am säuerlichen Gesicht seines Bruders zu stören. Alasdair hatte sich hinter sie gestellt, sodass sie sich wohlig an ihn schmiegen konnte. Seine warmen Hände lagen locker auf ihrem Bauch. Sie waren gerade rechtzeitig zu ihrer eigenen Hochzeitsparty gekommen, wo man sie mit großem Hallo empfangen hatte. Ihr Schotte hatte es übernommen, den Gästen ihre Beweggründe mit einer kleinen Rede auf der Bühne zu erklären und im Anschluss gebührend mit Sekt und Whisky auf ihre Vermählung anzustoßen. Zum Original Skye Boat Song tanzten sie ihren Hochzeitstanz.

»Ich bin mir sicher, Lass, dass uns beide so schnell nichts mehr auseinander bringt!«, flüsterte er ihr dabei zärtlich ins Ohr.

Epilog

»Alasdair Munro, ich verfluche dich. Was hat mich nur geritten dich zu heiraten ... aua ...«, schimpfte sie lauthals, grub dabei die Fingernägel unangenehm in seine Hände, die die ihren umklammert hielten.

»Aye, mo cridhe. Ich liebe dich auch. Vielleicht könntest du, während du mich verfluchst, versuchen zu atmen?«

»Einen Scheiß werde ich. Du hast ja keine Ahnung, wie weh das tut ... uhhhhhh ...«

Nein das hatte er nicht. Tatsächlich war Alasdair mehr als dankbar für den Stuhl, auf dem er saß, da er mit hoher Wahrscheinlichkeit sonst längst umgekippt wäre.

»Wie blöd muss man sein, um zu vergessen, wie weh das tut? Awwwwww ...«, schrie seine Bonnie Lass ihn an, sodass es ihm einmal mehr durch Mark und Bein ging. Lou lag bereits seit gut zehn Stunden in den Wehen.

»Jetzt dürfen Sie pressen Mrs. Munro«, kommandierte die Hebamme freundlich.

»Dürfen? Hatte sie wirklich dürfen gesagt? Uhhhhhh ...«, knurrte Lou gefolgt von einem neuen Stöhnen.

»Du schaffst das, Lass!«

»Ich muss ja wohl ...«, stieß sie wimmernd aus. »Schon mal Backsteine geschissen, du blöder Schotte?«, fuhr sie ihn an und ihm wurde warm ums Herz. Lou war eine Kämpferin. Er liebte sie, wenngleich sie gerade dabei war, ihm alle Finger zu brechen. Für ihn war sie die schönste Frau auf Gottes Erdboden, selbst die strähnigen, verschwitzten Haare und das feuerrote Gesicht, das sie vor Anstrengung zur Schau trug, konnten daran nicht das Geringste ändern.

»Ach da ist schon das erste Köpfchen. Ganz schön viel Haare. Ich gebe ihnen den Spiegel damit sie es sehen können Mrs.Munro!«, erklärte die Hebamme voller Begeisterung. Lous Finger krallten sich in seinen Hemdkragen, ihr Blick hatte etwas so Animalisches an sich, das ihn regelrecht zum Zusammenzucken brachte.

»Ich brauche keinen blöden Spiegel. Sag ihr das, bevor ich sie in einem Anfall von geistiger Umnachtung erwürge! Arghhhhhh ...«

Keine Minute später schoss Jamie Roger Munro wie ein geölter Blitz auf die Welt, gefolgt von seiner Zwillingsschwester Diana Claire Munro. Die Babys ebenso wie die Mutter waren wohlauf. Was man von Alasdair nicht so ganz sagen konnte. Er musste die nächsten Tage Philipp und Angus das Teigkneten überlassen, da ihm seine stark in Mitleidenschaft gezogenen Hände im Stich ließen!

MÓRAN TAING

Vielen Dank!
Ich danke jedem Einzelnen von Euch für Eure Lesetreue, für jede Rezension ob mündlich oder schriftlich.
Denn ohne EUCH könnte ich nicht das tun, was ich so liebe!
DANKE!
Falls ich Euch auch dieses Mal unterhalten konnte, empfehlt mich weiter. Schreibt mir Nachrichten, folgt mir auf Facebook und Twitter.
Ich würde mich freuen!

Neuigkeiten, Termine zu Lesungen und Wissenswertes über Schottland findet Ihr auf: www.piaguttenson.de oder auf www.piaguttenson.blogspot.de meinem Schottland Blog.

Lesungen
Falls Du mich einmal auf einer Lesung erleben möchtest, aber keine in Deiner Nähe stattfinde, liegt das nicht an mir.
Gerne lese ich auch in Deiner Nähe!
Schreib mich einfach an und nenne mir eine Location/Bücherei in Deiner Nähe, die Lesungen veranstaltet.
Oder frag Deine Bücherei, ob sie mich anschreibt!

Tapadh leat!

Danke Basil Wolfrhine, den ich erneut für ein wundervolles Cover gewinnen konnte, der mir trotz seiner kostbaren Zeit, mit Rat und Tat zur Seite stand.
Schön das Du an mich und meine Werke glaubst!

Simone, du bist mir eine tolle und tatsächlich unersetzliche Hilfe.
Was wäre mein Layout, meine Wortverdreher und so manche Rechtschreibung ohne Dich!?
Ich bin sehr dankbar mit dir fachsimpeln zu können. DANKE!

Corinna, mein offenes Ohr, meine erst Leserin, die immer Ideen mit mir weiter spinnt und Halt gebend ist, wenn ich mich mal wieder verzettelt habe. Fette Knuffeldrücker!

Riesen Dank, an mein Schwaben-Schaben-Sassenach-Team. Ich hätte nie gedacht, dass ich in
Euch so ein Wahnsinns tolles Team an Test-Leserinnen aber vor allem Freunden finde.

Heike, du hast mir sehr geholfen. Tausend Dank. Anita, Alexandra. Dankeschön für das Aussieben der letzten Fehler.

Tja, Tina, Du hättest sicher nicht gedacht, das Du auch einmal in einem Buch landest.
Ich danke dir von ganzem Herzen, für die vielen Träumereien, die tollen Ideen und deine interessante Sichtweise auf

meine Bücher. Ich bin so froh, dich kennengelernt zu haben!

Mein größter Dank gilt meinem Mann, der die Farbe und Konstante in meinem Leben ist.

Thomas, egal, über welchen Helden ich schreibe, dich würde ich für keinen eintauschen!

Danke, dass Du mir wie so oft den Rücken freihältst.

Und meinen Söhnen Robin und Julian sei gesagt:: Eines Tages werdet Ihr verstehen, dass Eure Mutter am PC arbeitet und nicht Spiele spielt. Ich liebe Euch über alles, Ihr seid das Salz in der Suppe meines Lebens.

Eure Pia Guttenson

Glossar

Schottisch Gälisch/ Deutsch

Dearg Amadain / Vollidiot
A Dhia / O Gott
Cac / Scheiße
Daingead / Verdammt
A' gearmailteach / Die Deutsche
Òinsich / Blöde Ziege
Pog mo thon! / Leck mich am Arsch!
O mo chreach! / Um Gottes Willen! / Wörtlich: O mein Ruin
Lass bzw. Lassie / Mädchen/ mehrere Mädchen
Ladd bzw. Laddie / Junge/ mehrere Jungen
Bonnie / Schön
M'eudail / Schätzchen
Mo cridhe / mein Herz
Athair / Vater
Mac / Sohn
Mathair / Mutter
mo bean-mhic / meine Schwiegertochter
mo mac-ighne / mein Enkel

Máire Brüning
Wie ein Siegel auf dein Herz
Teil 1 Roman

Was, wenn dein Beschützer zugleich die größte Gefahr für dich ist?

Als der Medicus Nael erfährt, dass sich seine große Liebe Roana mit einem anderen Mann vermählt hat, verliert sein Leben für ihn jeden Sinn. Absichtlich bringt er sich in tödliche Gefahr. Im letzten Moment wird er von einer geheimnisvollen Fremden gerettet, die ihm fortan nicht mehr aus dem Kopf geht. Auch Ravena entwickelt bald schon tiefe Gefühle für den Medicus. Doch Nael ist nicht, was er zu sein scheint. Die Schatten seiner Vergangenheit drohen jeden zu vernichten, der sich mit ihm einlässt…

Taschenbuch: 324 Seiten
Verlag: Neopubli; Auflage: 1
ISBN: 978-3741806520

Eileen Janket
Caledonia Flügel der Zeit
Roman

»Eine mystische, spannende und romantische Saga.«

Auch als ebook erhältlich

Schottland, wie es keiner kennt! Die Geschichte von Skye und Rory ... In einer geheimnisvollen Höhle in den schottischen Highlands verliert die junge Historikerin Skye Leonard nach einem Sturz das Bewusstsein. Als sie wieder zu sich kommt und ins Freie tritt, befindet sie sich inmitten einer fremden Wildnis. Skye wird von seltsam gekleideten Kriegern gefangen genommen und in eine archaische Siedlung verschleppt. Ihr Anführer Rory MacRae behauptet, sie befänden sich in Caledonia ... im Jahr 3016!

Taschenbuch: 340 Seiten
Verlag: CreateSpace Independent Publishing Platform; Auflage: 1
ISBN: 978-1530094981

Das Steinerne Tor

... und das Abenteuer geht weiter!

Das Steinerne Tor
Band I - Die Rückkehr

Das Steinerne Tor
Band II - Hoffnung

Das Steinerne Tor
Band III - Ein neuer Anfang

Lest jetzt die neu überarbeitete und mit zahlreichen Zeichnungen illustrierte Version dieses atemberaubenden Fantasy-Romans.

Alle drei Bände sind direkt auf der offiziellen Website der Autorin und bei Amazon erhältlich!

Mehr Informationen unter: www.piaguttenson.de